呼　　愁

金岳清　著

中国出版集团
東方出版中心

根据金迪(Kindi)的说法,“呼愁”不仅是关于丧失或死去亲人,亦是关于其他的精神磨难……

——奥尔罕·帕慕克

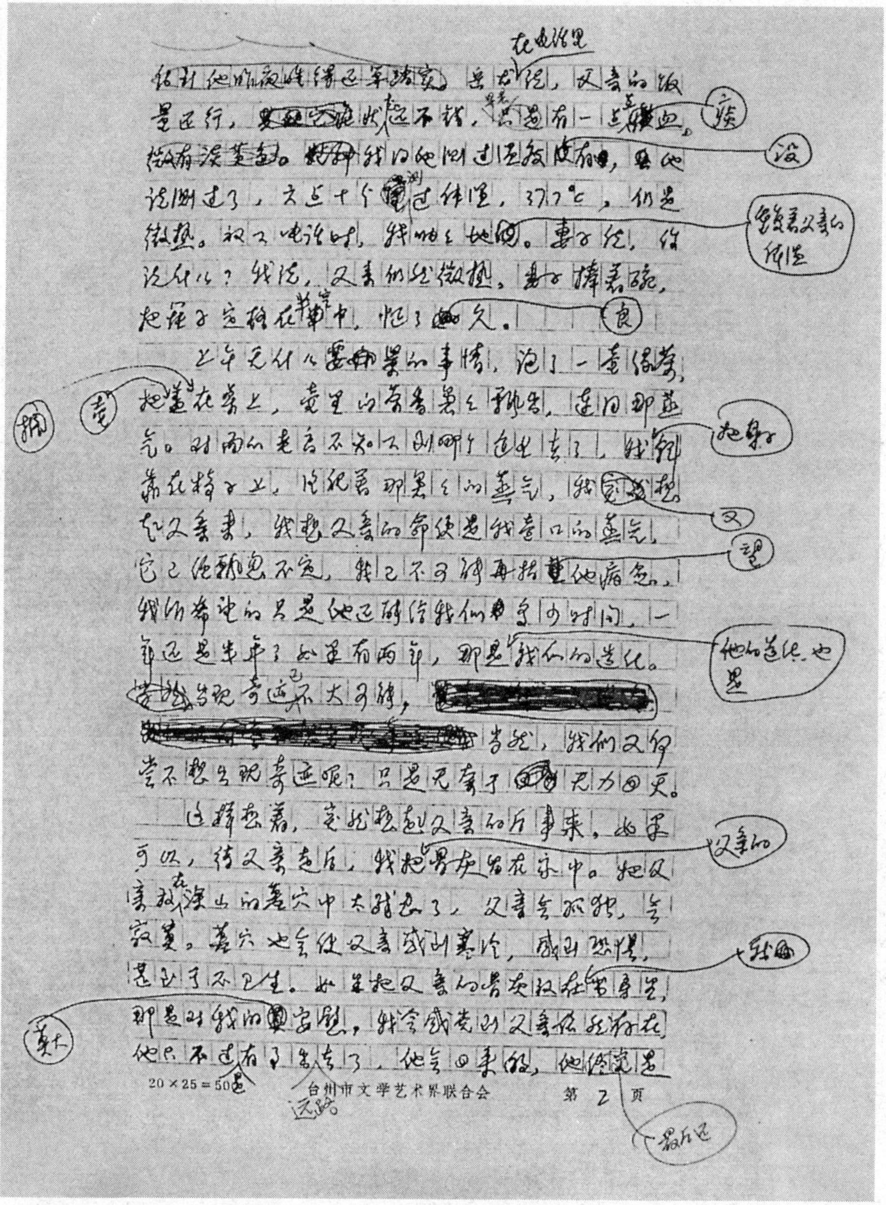

作者手迹

六月四日

二〇〇一

《呼愁》

电话里的声音与往常没有什么两样。

电话是岳龙打来的，岳龙在电话里说父亲感冒已经一个多月了，主要症状是咳嗽，程度尚可，母亲给他吃过药，稍好一些，但难愈。岳龙虽然只说了两三句话，但我已经有了许多担忧。岳龙放下电话前特意提醒我说，你打电话给老娘吧！让爸明天上午到台州医院检查一下，看看有无其他问题。放下电话，我有些紧张。我心慌，坐立不安。我马上打电话给母亲，母亲说不知道怎么，你爸感冒已经一个多月了，也吃了药，但就是好不了。我说那你怎么不早点说。母亲说，你爸说他没事，他让我不要告诉你们，免得你们操心，他说你们工作都很忙，这感冒又不是什么大不了的事，过些日子就会好的。我握着话筒无言。是的，在农民眼里感冒不是病，很多人就是不打针不吃药，完全靠身体的自我调节来去除感冒。更有甚者，有了其他较重的病，也还是一个熬字。放下电话，我还是不放心，就是担心父亲明天不会来，他又有可能以种种理由来说服母亲。我马上拨通岳翔手机，岳翔说自己在川南，我让他打电话向公司请假，明天一早无论如何要送父亲来台州医院检查。

《呼愁》

二〇〇一 六月五日

父亲来了，由二弟岳翔陪着。

单位里的空气十分紧张，我忙得不可开交。“三个代表”学习，不准请假，自然也脱不开身。父亲的事就让妻子去办，再说，医院里我熟悉的医生妻子都熟悉，有些我不熟悉的她也熟悉，所以让她去我也放心。妻子找了消化内科专家王宏地，王宏地已经是老熟人了，虽然没有多大交情，但医院里的事能与医生熟就好，再说这么一点小事，有点熟就可以了。王宏地给父亲开了几张化验单，到中午时，已有三四张报告单出来，均属正常。下午是B超检查，我照样上班，父亲还是由妻子和岳翔陪着。4点左右妻子打电话过来，说B超出来了，好像有点小问题。我问她什么小问题。妻子告诉我医生说父亲肝上有一粒小东西。我浑身一震，脑袋有些发麻。过了一两分钟，我站起来，很快把桌上的文件和资料整理了一下，放在边上。单位离台州医院很近，就那么三五百米路程，况且我还是骑摩托车过去的。妻子已在医院门口等候，父亲由岳翔陪着。我没有去看父亲，而是直接去找王宏地。王宏地在门诊，房间里有很多人，我把B超检查结果递到王宏地面前。王宏地看我一副惊魂未定的样子说，有问题吗？有，我说，你看看。王宏地接过B超检查报告，扫了一眼，说没问题。我说，那肝上的一粒小东西是什么？他一脸轻松，笑笑说，那一粒小东西是与生俱来的，也不会变什么。我如释重负，很快从门诊大楼出来。妻子一直跟着我，这时候她的脚步也轻松许多了。刚出大楼，我就给岳龙打电话，说父亲没事，该查的都查了，没有发现什么。岳龙问我有没有做过胸透。我说没有，没有发现胸透的报告。岳龙说要做胸透。岳龙在电话里的口气有些担忧。我和妻子又折回，找到王宏地。王宏地翻开病历，在一叠化验报告里抽出一张胸透表格，原来王宏地早已开了胸透检验单，妻子和岳翔都没有发现。

我看见父亲时，父亲站在门诊大厅里。父亲穿一件青灰色中山装，半新不旧的，左胸衣袋里插着两支钢笔，青灰色中山装里面是白色的衬衣。父亲脸色黝黑，黑里还透出一些阴暗，人也消瘦。父亲一向精神很好，这次也不错，但我看见父亲进门时分明有些胆怯、紧张。透视室医生是个小青年，穿白衬衣，人很瘦，干瘪得跟瘦猴一样。他让父亲先取出口袋里的硬币和插在胸前的钢笔。父亲把取出来的东西交给我。那个瘦猴一样的医生让父亲站在机器前，立正，手指并拢放在裤缝上。我站在离父亲三步远的地方看着父亲，父亲的脸紧绷着，胸口贴着仪器纹丝不动。看来父亲很紧张，我也当然知道父亲紧张的原因。过了一会，医生说行了。我好像有预感，让父亲先出去，独自一人留在透视室。我看见那位瘦猴一样的医生用笔杆指着电脑屏幕上的某一点，对旁边的女实习生说什么，我便有些紧张起来。我走过去，站在窗前，这时候父亲胸部透视的结果已经出来，瘦猴一样的医生先在父亲胸透片右肺的中上部画了一个小圆圈，然后把小圆圈涂黑，再在黑点周边画上四散的短线。我脑袋好像突然间被人敲了一下，头昏沉沉的。我站在窗口看见那个瘦猴若无其事地翻开父亲的病历，跟那个女实习生边说边笑，一边很轻松地在我父亲的病历上写下 Ca。我突然间觉得自己的脚轻了起来，脚下踩的并不是平实的土地，而是一团柔软的棉花。

走到门口，我对父亲和岳翔说，你们先在这里等着，我拿去给医生看看。出了门，转过墙角，我就跑步去门诊找王宏地。王宏地看过片说有问题。我说，怎么办。王宏地说拍张片看看，到什么程度了。王宏地边说边开了一张拍片单。他把拍片单递给我时，看了一下表说，时间不早，快下班了。从他房间里出来，我就给朱坚胜副院长打电话，朱坚胜不在医院，在外面出差，但他在电话中说，你先去拍片室，我给他们打个电话。我让妻子去叫父亲和岳翔，自己拿着王宏地开的拍片单直接跑到拍片室。快下班了，拍片室里没有病人，两个医生大概接到了朱坚胜副院长的电话，态度很好，一个年轻医生接过拍片单问我，人呢？我说人马上就到。说话时，我看见父亲已从走廊的另一头走过来，由妻子和岳翔陪着。父亲状态还好，就是脸色不行，走路轻松，但内心似乎有些恐惧。我想稳定他的情绪，走上前去说，爸，没什么事，你既然来了，全身都查查吧！拍好片，我让岳翔把父亲带出去到庭院什么地方先坐一会，我和妻子站在走廊里等结果。有了朱坚胜的电话，一切都很顺利，片很快就出来，结论是 Ca，右肺中块状明显，医生用尺量了一下说：比鸡蛋还大些。我呆了，我不知道医生在说些什么，我看见妻子一副很落寞的样子。我听见医生对我说，做个CT吧！这样更清晰些。听医生这么说，我和妻子很快离开拍片室，去开了CT单，可刚开出CT单就已下班。

晚上，我和父亲睡在一起，我估计这很有可能是我最后一次与父亲同床而眠。躺在床上，我思绪万千。小时候，家里只有一间房子，弟妹多，祖母也还健在，所以很拥挤。我、父亲还有二弟岳翔三个人挤在一起，虽然挤一点，但很踏实，很安全，要是冬天，还很温暖。那是因为有了父亲。因为有了父亲，心里就很踏实，所以每天晚上我都睡得特别香，往往把口水都流在枕头上。后来读书了，工作了，再后来结婚了，连回家的时间也少了。想不到我在城里刚有了房子，家里的日子也刚有了起色，父亲竟又将离开我们。想到这里，我潸然泪下。

这一晚，我一直没有睡。我想完了父亲想母亲，我想，父亲得的是绝症，尽管我们将不惜一切代价去挽留他的生命，但凭目前的医学科技水平，我们的行为终将徒劳，父亲在很短的时间内就会离我们而去，这肯定将是一个不争的事实。但母亲怎么办？谁又能在家里照顾母亲？让母亲一个人生活？这样一个大家庭转眼间就分崩离析？

窗外的月光很好，初夏的天气不冷也不热，我不知道父亲睡得踏实否？我知道父亲即使睡不着，他也不会流露出来。因为父亲很内向，也很敏感，有什么心事他都放在心里。跟我睡在一起，也会怕影响我休息。在暗淡的月光下，我睁开眼睛看着父亲，父亲很瘦，也很黝黑，我也瘦小，我们俩躺在床上，床上还留有很多空隙。我突然感到人生苦短，天地不公，如果这就是一生，那人的一生实在太无意义了。父亲虚岁也只有六十二，样子更年轻，如果父亲的生命将在六十二虚岁终结，那我还奋斗什么？我的奋斗很大程度上是为了让被生活压弯了腰的父亲能直起身来，并从容地喘一口气，是让父亲能舒心地微笑，如果父亲刚刚抬起他沉重的头颅，就行将消失在这一片土地上，那我的目标和指向还有它的终极意义吗？再说我也三十九岁了，按这样推算，我也有可能再活个二十余年。这二十余年对一个沉迷于文学艺术的人来说，是否太吝啬了一点……

《呼愁》

二〇〇一 六月六日

早晨,父亲和我都起得比较早,因为父亲今天要做 CT 检查,所以必须早起。父亲精神尚可,但脸色不大好,还有些咳嗽。

昨晚,台州医院的吴素芳帮我联系了赵年家。赵年家是台州医院 CT 专家,曾在上海华山医院进修过,经验丰富。吴素芳的女儿和赵年家的儿子都是我的书法学生。赵年家我并不认识,吴素芳经常送女儿过来,所以有些熟悉。昨天下午在医院的走廊上遇见吴素芳时,她问我给谁看病,我说给我父亲,我把父亲的病情简要向她说了一下,问她能否联系到 CT 医生。她说她帮我联系,她说赵年家医生是 CT 专家,他儿子也是我的书法学生。她还说明天你早点来,我们 7 点半上班,晚上我先给你联系好,你明天过来直接找赵年家医生。

到医院已 7 点多,岳龙已到。找到赵年家医生,赵年家很热情,说吴素芳医生已经跟他说过了,他让我父亲先做碘化验。做好碘化验,再做 CT 检查。到 9 点左右,三张 CT 片结果都出来了,赵年家叫我和岳龙进去看片。父亲坐在走廊上,进门时我回头看了父亲一眼,父亲好像有些紧张,虽然不怎么明显，但我看到父亲坐下去的动作有些不自然，比往日多了几分生硬。赵年家把我和岳龙叫进CT室，让我们看片，赵年家指着夹在日光灯灯箱上的CT片对我说，症状已经很明显了，已侵入纵膈，迟了。岳龙说，开刀呢？赵年家说开刀不但没有效果，反而更差。我看见日光灯的光线在眼前晃动得很厉害，那惨白的光已连成一片，头有些晕，赵年家与岳龙的对话也好像从很遥远的地方传来的，我听见赵年家说，很快。我抬起头，看见他消瘦的脸上神情有些严肃。岳龙站在我边上，脸色发青。

从CT室出来，我远远就看见父亲。父亲的目光里有些期待。我避过父亲的目光，尽可能显得自然、从容些。我看见岳龙走在我前面，手里拎着白色透明的纸袋，纸袋干瘪，三张胶片隐约显露出来。我突然想到他手里提着的并不是一个透明纸袋，而是父亲的生命。父亲的生命如同纸片一样单薄，也如同纸片一样轻飘。父亲已经像是断了线的风筝，随时都有可能飘荡而去，他与我们、与这个家再也没有承诺和约定。岳龙走过去，在父亲边上站着。岳龙说，爸，没什么，是肺炎，右肺有些糜烂，范围也不大，就一点点。我看见岳龙说话时面不改色，嘴角上还露出一丝微笑。父亲的眉头舒展了一些，脸上的肌肉也放松了许多。我突然间有些欣慰，岳龙的能力和心理素质使我不觉得天崩地裂时的孤单和无助，但唇亡齿寒的那种冷和痛却不时袭击着我，这种冷和痛让我感到失去的不仅仅是灵魂，而是一切内容，而留下的却是一副空洞的壳。这壳没有任何依靠，轻飘飘地在水中央打转，毫无一点安全感。一旦有风吹草动，风从空壳中穿过，那种空虚、迷茫、无奈和丝丝的生痛全都呈现出来。

我让妻子先带父亲回去，我和岳龙去找林荷琴医生。林荷琴是朱坚胜副院长的夫人，为人热情，我们与其交往多年。我们家亲戚多，全都在乡下，台州医院在本地独享盛誉，所以来看病的亲戚也多，但不到万不得已我都不去找他们，因为朱坚胜既是医院领导又是传染科专家，在行政和学术两方面都会忙得不可开交，朱坚胜这样忙着，林荷琴自然也不会有很多空闲的时间，况且林荷琴医生是血液科搞血液细胞培养的，肯定也会有很多事情等着她去做，再则，她也会有很多亲戚和朋友来找她帮忙的。我去找她，完全是出于无奈，本来我想去找朱坚胜商量的，因为昨天下午下班前父亲拍片时，他是在外地打电话来让拍片室帮的忙，所以我估计他上午不大可能在医院上班，这样，我就只好来找林荷琴医生帮忙了。我们在另外一幢五楼找到她，她让我们在外面稍等，说仪器里有个东西要过几分钟才能出来。站在走廊上往下看，空地上全都是人和车，有人欢笑有人愁，芸芸众生的生老病死虽然十分平常，但与上下左右却有着千丝万缕的关系，生的欢笑和死的悲哀都会淋漓尽致地写在家人的脸上。我们在走廊上等了四五分钟，林荷琴从屋里出来。她穿着白大褂，满脸微笑。岳龙靠在阳台的栏杆上，我把父亲的病况简要叙述了一下，林荷琴脸上已无笑意，她说她帮我找朱成楚看看。朱成楚是胸外科专家、副院长，在医院里有一定声望，虽然是上盘人，但我们彼此不认识，所以也没有交往。林荷琴拨通朱成楚电话，朱成楚正在手术，说要等到中午。林荷琴跟我说了，我说那只能这样了。因为时间还早，林荷琴还要工作，我对岳龙说我们先去门诊肿瘤科看看。到了肿瘤科,遇到余文杰,余文杰好像是在杨一家里认识的,我只知道余文杰在台州医院工作,但不知道是在肿瘤科。余文杰看过片说,还可以。我也不知道余文杰说的"还可以"的意思。余文杰问我,人呢?余文杰说话时站起来把藤椅挪到一边,伸了一下腰。我正想出来找父亲,父亲不知什么时候已经出现在门口,父亲的眼神告诉我,他已经看见了余文杰桌上的三角牌,那三角牌上赫然写着三个黑体字:肿瘤科。我让余文杰出来,余文杰大概明白了我的意思。父亲没有进门,已经回到门厅,他说算了,这点小咳嗽不治也会好的,况且家里的事情还很多。我看见了父亲内心的恐惧,因为父亲的眼神里掠过一丝慌乱。我说你既然来了你就应该让医生好好看看。余文杰也这样说。余文杰在父亲颈项上摸了一遍,笑笑说,没什么,没什么。余文杰的轻描淡写让父亲释然。我看时间已经快到下班,就让妻子先带父亲回家。父亲走后,余文杰说等下班再带我们去找朱成楚副院长,让他看看能否手术。到了下班时间,余文杰带我们去找朱成楚副院长,朱成楚副院长还在手术室,我们只好在外面等候。徘徊在白色走廊上,焦急难忍。等到 12 点 40 分,手术终于结束了,见到朱成楚副院长时,他正在休息室里吃面条,头上还戴着手术帽,身上的手术衣还沾满了病人的鲜血,红得耀眼。我换了鞋,跟在余文杰后面。朱成楚副院长见我们进来,把筷子搁在碗上。看过 CT 片后,他说手术可以,但问题是纵膈能否扫清心中无底。朱成楚和赵年家的看法大同小异,看来问题已很麻烦。

朱坚胜出差回来了。下午上班我们又去找朱坚胜,看看有无其他办法,朱坚胜对此也无多少主意,商量的最后结果是先住院，再请上海医生来做手术。看来别无选择。事情初步定下来后，我才稍稍吁了一口气，马上打电话让妻子把父亲带到医院来，妻子和父亲很快到了医院。我说，爸，还是先住下来吧！这点小问题本来也不算什么，可医生还是要你留下来观察几天。父亲站在那里有些疑惑，我说你既然来了，还是住吧！挂几天针就没事了。父亲想了一下，最后还是答应了，但答应得很勉强。

父亲一答应，我就马上给林荷琴打电话，请她帮忙。余文杰知道父亲要住院，也过来帮忙。有了两人帮忙，手续办得就很快，父亲住在十楼，因为暂时没有床位，所以只好加床。朱成楚副院长为主治医生，分管医生是叶江明。

《呼愁》

二〇〇一 六月七日

岳龙是上午来的，他没到医院就给我打电话，说心里不踏实。我知道他指的是台州医院的医疗水平和医疗设施。他说，是否去上海？上海我是想过的，但上海人生地疏，很难找一个好医生，况且要很快住进去就更不容易。站在医院行政楼的矮围墙边，我很快在脑子里把朋友的名单过滤了一遍，只有三四个人可能与上海有关系，我便试着给他们打电话，但结果令我很失望。我顺着围墙踱了几步，这时候，吕新景打来电话说：台州医院的院长和书记都是他朋友，可否让他们出面请上海医生来？我说好的。到了中午，吕新景又打来电话，说帮我联系好了，让我下午2点半准时去找叶加洪院长。

下午2点15分，我和岳龙已站在院长室门口，院长室门关着，我们只好站在门口等候。岳龙手里拿着父亲的CT片，我们心情都很沉重，两人谁也不说话，气氛很压抑，好在走廊两头的窗都开着，不时吹进来一些东南风，走廊里的空气并不混浊，窗外有绿树掩映，让人感到一些清凉。到了2点半，院长室的门还是关着，我轻轻敲了一下门，里面有人走动的声音，开门的正是叶加洪院长。叶院长五十多了，头发有些花白，很和善，也很清雅。我说我是吕部长的朋友。叶院长很热情，问过我父亲一些具体情况，又仔细看过片，也说手术可以做，但纵膈部分无法保证能扫清。叶院长是肺科专家，这我早有所闻，看来父亲真的错过了治疗机会，癌细胞已侵入纵膈，马上要向左肺转移，纵膈部分癌细胞万一清理不完，很快就会复发，手术不但没有效果，还会大伤元气。所以赵年家医生说开刀效果更差，看来是很有道理的。叶院长见我一脸落寞，安慰我说也许有可能会扫清，又说他们会尽最大努力的。我向他表达了请上海医生来主刀的意思，他表示可以。我们向他道谢。他说，等会儿我到十楼看看你父亲。

叶院长要来看父亲，这我没想到。我们回到十楼，父亲的病床在走廊的过道上，靠着墙壁。这我一点办法也没有，医院就这么多床位，我们不可能去排挤人家，只能耐心地等着人家出院。父亲坐在床沿边，母亲站着。父亲精神还不错，只是感觉消瘦了一些。母亲有些木讷。我们从电梯里出来时，我看见父亲正对母亲说着什么，脸上的表情还很轻松，但母亲的心里却充满了担心，反映到脸上是一脸的迷茫。3点半左右叶院长过来看望父亲，叶院长穿着白大褂刚从电梯里出来，岳龙就看见了，对我说，院长来了。我们马上迎上去。父亲见了，问我是谁？我说是院长，院长过来看你了。父亲很高兴，也站起来。叶院长问过父亲一些情况，看过病历，又摸摸父亲的颈项，说，没问题。我知道这完全是安慰，当着父亲的面他只能这样说。叶院长离开时，我和岳龙都去送他，岳翔也跟在后面。电梯还没下来，我们都站在电梯口等候。叶院长说，情况还可以，做个头颅CT吧！看看有无转移。叶院长说话的声音并不高，因为父亲病床离我们也只不过十多米，好在中间有护士站和医生工作室，进出的人很多，声音也十分嘈杂。送走叶院长后，我从右边转过去，来到医生办公室的走廊，站在走廊上我给余文杰打电话，请他帮忙开一张 CT 单，余文杰有些忙，开好 CT 单拿到 CT 室，CT 室的人都下班了，好不容易找人加班，可做好 CT 已经 6 点。

劳累了一天，人已疲惫不堪。但这些并不重要，最难扛的是精神压力，我从来没有遇到过这种天崩地裂的灾难，我也没有亲眼看见过亲人死亡的过程。虽然我见过祖母的死，但那时我在城里，祖母在乡下，等我回到乡下时，祖母已经走了好几个小时。对于祖母的离去，我心里已有了充分的准备，但令我做梦也无法想到的是在祖母逝去的两年后我年轻的父亲也将不辞而别。这对我来说，简直是天崩地裂。两年来，我一直在怀念宠我爱我的老祖母，心灵的伤口还没有愈合，常常一人独自落泪。我悼念祖母的文章还存在电脑里，还来不及发表，可又将失去我的灵魂——至亲至爱的父亲。

9 点半左右，岳龙从台州医院回来，他没有上楼，而是在楼下给我打电话。我知道他有什么重要事情要跟我商量，因为母亲在楼上说话不方便，母亲还不知道事情的真相，虽然母亲从我们的行色中看出了我们有些慌乱，但善良的母亲还没有猜透其中的奥秘。夜色中，我看见岳龙孤零零地站在空旷的水泥地上，手里的烟蒂暗红色。岳龙问我母亲休息了没有，我说没有。岳龙弹了一下手里的烟灰，说，自己心里很不安宁，还是想把父亲送上海肿瘤医院去看看。我说台州医院的水平不是还不错吗？岳龙说，治肿瘤不专业，还是小儿科。岳龙读过台州卫校，自己在乡下开诊所已近十年，这方面的知识当然要比我丰富。我沉思了片刻便同意把父亲送往上海。这时候，我下意识地看了一下表，是晚上 9 点 40 分。从临海开往上海的长途班车早已开走，我只好给陈局长打电话借车，让单位小车送我父亲去上海。陈局长同意，并让我给单位驾驶员小杨打电话，请小杨送我们去上海。谢过陈局长后我就给小杨打电话，小杨说，我马上就到。夜开始寂静下来，天空还飘下几点零星的雨点，岳龙去台州医院接父亲去了，我一个人站在空地上有些不安。上楼时，我一直在思考，这样急急忙忙地去上海是否会引起父亲的怀疑？那母亲呢？她又会怎么想？开门的是母亲，母亲见我一脸疲惫，问我有什么事情，我说我们想把父亲送上海去看看。尽管我把话说得轻描淡写，母亲还是怔了一下。我知道这样的话不应该说，但我又不得不说，因为我们马上就要去上海，不可能避过母亲，我也不知道岳龙是怎样跟父亲说的，父亲又是怎样的一个态度。妻子问我：什么时候走？我说等会儿就走，也没什么大不了的，只不过是去上海看看而已。妻子说，车呢？我说我单位里的车，小杨开车。妻子问我是否叫永源一起去，我说好的。妻子给永源打电话，让他马上从椒江赶回来。

我到单位时，小杨正好把那辆黑色桑塔纳轿车开出来，门卫站在铁门边看着我，我坐在副驾驶室。我让小杨把车开到台州医院，医院里很寂静，很少有人走动。我们把车停在医院的大院子里，白天里挤满了人的大院子，夜里显得寂寥而空旷，西边的一排树在夜色里有些浓重。有几滴雨，但不大。我看见父亲在前，岳龙在后，两人正向我们走来，好像正在说着什么。我下车让父亲先上车，我知道岳龙已经说过了，我根本没有重复的必要，况且这种事情越说会越麻烦，越说就越有可能露出破绽。从父亲上车的那个动作看，父亲心情还不坏，所以我更没有必要解释。加油站在后山，后山不远，绕过东湖就到，我们把车开过去加油，加好油再回家，妻子和母亲已经整理好行李，刚送到楼下，永源也已从椒江赶到。我让父亲坐前面副驾驶室，这样稍稍宽敞些，我们三个坐在后面虽然很拥挤，但我却并不感到累，因为父亲的生命就在这辆车上，它离上海每接近一步，生命的希望就增添一分。车到高速公路临海北入口处，边上有许多小吃店，我们考虑去上海需要四五个小时，所以先停车吃饭。吃的也没什么东西，就是大田的大排面。大田大排面果然名不虚传，那中年妇女在锅里也没有放什么东西，只不过是抓一把手打面放进沸水里，再随手抓一把青菜撒下去，再过了一会，就把面和青菜捞上来，分别盛在五个早已准备好的大碗里，每个大碗原来都放了一块大排，加了一点肉汤。就这样的一碗面条让父亲吃得津津有味，我坐在父亲对面，父亲的这种欢畅我已经很久没有看到了。父亲喝完碗里的最后一口汤，抹抹嘴巴笑着说，真的很好吃。看到父亲的笑容，我背过脸舒了长长的一口气，但这口气还没有吐完，父亲的咳嗽声就粗暴地把它打断。我把后半口还来不及吐出去的气活生生地咽了下去，感到一阵钻心的痛。

12点左右，车上高速，谁也睡不着。过了一会，天突然下起大雨，我不时提醒小杨注意安全。车过新昌，雨停了，我让父亲先睡会儿，自己却出奇地清醒。2点左右，小杨有些困，就不停地用湿毛巾擦脸，强打起精神。我问小杨是否进服务区休息一会，小杨说没事。我虽然嘴上这么说，其实心里还是想早点赶到上海，以便排队挂号。但此时的我却依然十分理智，时时提醒小杨雨天路滑，慢速行驶。一旦发现车速超过一百四十，我就让他减速。

《呼愁》

二〇〇一 六月八日

经过近五个小时的长途跋涉，凌晨 4 点半我们到了上海肿瘤医院。上海肿瘤医院位于零陵路 399 号。凌晨是上海最寂静的时候，天色已经翻白，马路上很少有行人，但卖早点的却已开张。岳龙去挂号，我让父亲与小杨小睡片刻，一夜劳顿，小杨都疲惫不堪，更何况父亲。父亲很快就睡着了，发出均匀的鼾声，从窗外看，车里的父亲穿着青灰色的中山装，里面是白衬衣，黝黑的脸庞消瘦了许多。父亲把手放在大腿上，粗大的指节显得更加凸出，头向后仰着，喉结也很明显，胡子也有些拉碴。我不知道小杨睡着了没有，我没有听见他的呼吸声，只是看见他闭着眼，坐在驾驶室里。我和永源去吃早点，早点与家里也没什么区别，只是肉包和豆浆之类的东西。吃过早点后再带回来一些，好在气候温和，等父亲醒来豆浆也没有冷却。

7 点半，医院上班，队伍已经排得很长，有几个中年人在排队者边上兜售什么。我没有见过这种场面，岳龙说是“黄牛”，卖排队位置的。真是没有想到，天下之大无奇不有，连这种手段也能谋生。他们都说我见识少，这些人本来就是吃这一碗饭的，不足为奇。我说一个位置大约多少。岳龙说刚才后面有人在讨价还价，好像是五十到一百之间。真是生财有道，好在岳龙排在前面，还是个位数，所以也用不着找“黄牛”买位置，假如不是凌晨4点半来排队，我们也肯定会用钱去换“黄牛”的位置，因为这样的非常时期钱已经不算什么，只要有命，用什么东西去换都值得。岳龙拿回的票号是16号，也不知道是什么原因，排在个位数的位置领到的票却是两位数。上午坐诊专家是韩企夏教授，从照片上看，韩教授也六十有余了，听说他不多看，限额三十名。挂好号我们坐在候诊室里等候，候诊室人满为患，空气十分混浊。门诊的房子并不怎么样，一点也没有大医院的气度。与肿瘤有关的宣传广告直接贴在墙壁上，有些已经残损，甚至出现了污秽的斑点。我开始对这家名声显赫的大医院产生怀疑。有两三个卖杂志的人到处向病人与家属兜售与肿瘤有关的杂志，兜售者都是些老男人，穿着白大褂，很有些医生的模样。我听见他们对病人家属说，杂志里有治肿瘤的最新研究成果，这些杂志的主编或者副主编有些是他们医院的权威。我知道这些最新研究成果要经过相当长一段时间的实践才能用于临床，况且医生们对这些最新研究成果也会关注，我们即使看了也不可能去建议医生怎么治疗。其实，关键都不是这些，买一本杂志要考虑这么多干吗？问题是此时的我有些魂不守舍，我的心一直悬着，一夜未睡更使我情绪低落，大上海让我无可奈何，因为在这里我举目无亲。我木然坐在父亲边上时，看见一个五十岁左右穿白大褂的男人向我走来，他手里抱着一包杂志。他说最新研究成果，看看，看看。我不想说话，我无力摇摇头，表示我不想买他的杂志。我不知道是我百无聊赖的神情还是漫不经心的动作触怒了他，他竟然一脸怒火，用他令人作呕的上海话教训我，我只听见他叽里呱啦的抢白。当时，我真有点头晕，过后才明白他的意思：你不要就不要，但你不能摇头，你这个乡巴佬，摇头就是对医学界尖端成果的否定，也是对我们权威医生的否定，更是对我们这家闻名全国的大医院医疗水平的否定。我的情绪一下坏到极点，竟然会遇上这样的无赖，一个穿白大褂的貌似医生的无赖。这真是一个庸俗到极点的上海小市民，这样一个轻轻的摇头怎么会有如此复杂的含义呢！我今天来的目的是为了挽救我父亲的性命，我连巴结教授、权威的机会都没有，我还能否定他们？我要否定，干吗还连夜驱车？如果能早点给父亲看病，安排父亲住院，我完全可以下跪。遇到这样的无赖真是倒霉透顶。当然，为了父亲的心情我都咽下了。此时我估计我的脸色十分难看，坐在我边上的好心人跟我说，这些人都有心里毛病的，他们原来都是这里的医生，因为技术水平低才转换到这种岗位，心里不平衡，所以老是吹毛求疵，无事生非，老挑我们病人和家属的刺。

9点半左右，候诊室广播在叫我父亲名字。我和岳龙一起陪父亲进去，韩教授正在询问病人。韩教授气色很好，穿一件白大褂，满面红光，六十多了还中气十足。听说韩教授60年代从上海医科大学毕业，曾担任过上海肿瘤医院胸外科主任，90年代中期进修于美国马利兰大学癌症中心，还参与《现代肿瘤学》和《乳腺癌》等著作的编写工作，专长胸外科，特别是对乳腺癌、肺癌、食道癌和软组织肿瘤的诊断和治疗，都有独到的一手。看来父亲挂他的号是完全正确的。韩教授问过父亲一些基本情况，比如发热、咳嗽等。父亲大致都能听得明白，有些不大容易懂的由岳龙转述。岳龙把从台州医院带来的 CT 给韩教授看，当着父亲的面韩教授也没说什么，我知道韩教授有话要说，只是当着父亲的面不便说。我说，爸，这里空气浑浊，我们还是坐到外面去吧！

回到候诊室，我突然看见于阳春坐在我前面，我们隔着两排，她旁边坐着一位中年男子，大概是她丈夫。我有了一种依靠的感觉，在茫茫的大上海遇到老乡，这是一种天赐的幸福。我对父亲说，我看见一个熟人，我先过去打个招呼。父亲说，在哪？我往前面指过去，父亲心情轻松许多，脸上有了笑意。于阳春看见一脸疲惫的我吃了一惊，问我怎么会到这里来，我说我陪父亲来检查。于阳春说，那你父亲呢？我回头指点给她看，父亲也对她笑笑。于阳春说，你父亲很年轻。我说六十刚出头，看上去还只有五十多一点。于阳春说，查过了吗？我说没有，昨天夜里的车，今天凌晨到，刚才看过了，我弟弟还在韩教授那里。于阳春说自己患的是乳腺癌，已做了切除手术，这次来上海化疗。于阳春问我父亲病情，我只能含糊其辞，虽然台州医院已经明确，但这里还没有检查，我还抱有一点侥幸心理，再说父亲就在不远处，我也不能说得很明白。

岳龙出来时手里拿着一叠化验单，我们就按化验单一一去各个化验窗口排队。有四张化验单都是常规性的东西，所以很快就出了结果，化验白细胞的窗口医生说可能搞错了，白细胞怎么会这么高，要给父亲重新化验，我们当然同意。第二次化验结果出来仍是老数据，岳龙好像早已知道，只是不说，由着她们去。最后一张是痰液化验单，医生让父亲明天一早把第一口痰咳在杯里再送过来，因为要做细菌培养，所以要到11号才能出结果。这种等待让我无法接受，但又无可奈何，看来这几天只能闲着。

听于阳春说申林旅馆离肿瘤医院不远，她住的就是申林旅馆，她说她还要检查，不然可以和我们一起走。我说这没关系，出大门我们就可以打听。其实，我们根本用不着打听，按照于阳春的指点，出肿瘤医院大门往右走，到十字路口左转弯，再往前走两百来米就是申林旅馆。申林旅馆很普通，是由一家毛纺公司改造过来的，有些灰暗。好在旅馆就在马路边，边上还有一个不大的菜市场，旅馆隔壁就是一家小饭店，这样生活就方便了许多。中饭后稍作休息，3点左右回临海，还是小杨开车，到家已近7点，妻子告诉我，父亲头颅CT已经出来，赵年家说没有什么异常反应。

《呼愁》

二〇〇一 六月九日

早晨起来看见母亲脸色灰暗，也有些木讷。母亲已经感觉到气氛凝重，这自然无法避免，在台州医院的一系列行动，我们显得匆忙而焦灼，前夜连夜驱车上海，母亲当然能看出问题的严重性。我想，父亲自然也知道，只不过不说而已。

台州医院照样十分忙碌，刚上班不久，院子里便车水马龙。岳龙是写了请假条带父亲出来的，主管医生没有想到我们会去投奔上海，当时父亲暂时离开医院的理由十分充足，因为父亲住的是加床，加床设在住院部走廊通道里，走的人多，影响父亲休息，所以请假回家过夜完全在情理之中。现在突然去办理出院手续，不知道医院是否会有意刁难。踏进医院大门时，我跟妻子说，我们去找林荷琴。妻子说，我们老是麻烦人家。我把我的顾虑说与妻子，妻子也认同我的想法。找到林荷琴，林荷琴很热情，我告诉她我已把父亲转到上海肿瘤医院，她笑了笑。我说明来意，她便陪我们去住院部。有了林荷琴帮忙，手续办得很顺利，但十楼的主管医生叶江明还是很不高兴，一脸愠色。我想，要不是林荷琴陪同，他很可能会刁难我们，好在有林荷琴陪着，他也不便作梗，只是把签字写得虎虎生风。在电梯口，我一再向林荷琴道歉，林荷琴坦然一笑，怀里还抱着父亲住院时领来的那个塑料脸盆。我说真不好意思，让我拿吧！她说，不是一样的吗？妻子站在她边上，手里拎着一些杂物，一脸茫然。回到家里，母亲说自己要回家，她坐在木沙发上，样子黯然。我身心疲惫，情绪低落，也没有留她。母亲默默收拾东西，我打开门，让母亲出门，我脑子里一片混沌。竟然没有跟母亲道别，也没有送母亲下楼，母亲刚走出两步，我便关上房门，关门的声音很响，岳母意识到什么，从客厅里走过来重新打开房门时，母亲大概已走下半层。我仍然没有反应过来，坐在木沙发上呆了好久才想起母亲，我想，我怎么会这样呢？我这才意识到我刚才的关门会使母亲产生诸多悲哀。我走进书房，望着窗外，想象着母亲回家的一路情形。这一段是母亲最难走的路，母亲从来没有走过，肯定思绪万千。都是自己不体谅，没有顾及母亲的感受。况且母亲是一个地地道道的农村老妇人，她从车站到我家都要问路，让她从我家到车站，再打听上车地点，买票，这对目不识丁的母亲来说，有多难！我在心中骂自己是个混蛋。

因为父亲已去了上海，我还没有告诉吕新景。叶加洪院长是吕新景介绍的，我们的不辞而别如果不作说明会使朋友产生一些尴尬，上午叶江明医生的脸色就让我们难堪。下午去了吕新景家，告诉他父亲已去了上海，走前的那天下午叶院长特意来住院部看望过，摸过父亲的颈项，还让父亲拍一张头颅 CT 看看，从病情反应来看尚好，但已近中期，手术能否扫清很难把握，要进去后视具体情况而定。吕新景说上海专科医院技术水平应该更高些，不过到上海住院有一定难度，排队要等很长时间，没有熟人和关系可能更难。这一点我没有估计到，我原以为检查出结果了便可以住院接受治疗，如果要等上一段时间，这岂不贻误了时机，本来父亲的最佳手术期就已过，再等下去可能更糟。我记得赵年家在CT室对我说，这东西发展很快，马上要过纵膈。我知道癌细胞过了纵膈就意味着侵入左肺，两肺都有了，就等于完全丧失了手术的机会。我有些落寞。吕新景拿出两瓶茅台，一条中华送给我，让我带到上海去。我坚决推辞。吕新景把酒和烟装进礼品袋放在旁边，何晓红走过来坐在左边的单人沙发上，劝我把东西带去。她说你去上海人生地疏，这些东西用得着的，我们放在家里也就放在家里了，况且这烟放久了还会坏掉。见她这么说，我就默默地接受了。

晚上与岳龙通话，知道他上午去了上海胸科医院。他说上海胸科医院也是一所著名的专科医院，擅长手术，有一位姓高的教授11号下午坐诊，先提前挂号，到时再请高教授看看。我说，父亲呢？你出去找医院把父亲一人留在房间里了？岳龙说，父亲下午由爱虎陪着去了上海动物园。我不知道爱虎在上海，因为父亲突然间检出绝症来，让我头昏目眩，到上海也是临时的决定，所以，爱虎在那里我也无心顾及，看来凤素已给他打过电话了，否则，爱虎是不可能知道父亲已到了上海的。再说，为了不必要的解释和麻烦，我让家里人不要走漏风声，这样，才能让我们安心去做自己的事情，否则，我们的精力就会受到亲戚和朋友好心的干扰。我问岳龙：父亲精神如何？电话中的声音断断续续，我听了好久才明白，父亲心情和精神都不错。我想，父亲一生从没有去过大上海，更没有看过动物园，心情和精神都不错是应该的。再说，爱虎和凤素尚未结婚就来陪父亲，爱虎办事认真仔细，比我们要熟悉上海，让父亲有安全感，父亲心里自然欣慰。

《呼愁》

六月十一日 二〇〇一

车是昨晚 8 点从临海出发的。其实这样说法并不准确，准确的说法是车昨晚 8 点经过临海。我和岳翔从临海上车，我不知道车来自温岭还是路桥，到临海时车里已经很拥挤，是个体经营的北方大客，超载是十分正常的事情，不过这次还好，但车内的空气却十分混浊。我们坐在窗边，过道上也坐着几个人，加的是硬板小凳。上车时，服务员给每人发了一个塑料袋。大家都脱了鞋，汗味和脚臭就在空气中弥散开来。还有两三个人在抽烟，烟味呛人，几个妇女早就忍不住，嚷着要打开天窗。我用塑料袋包了鞋，放在床边，人靠在薄被上，岳翔坐在我对面，大概白天里累着，车刚开出两三公里就听见他的打鼾声。我却睡不着，看着窗外月光下模糊的田野、山峦、房屋和隐约的灯光，想得很多。岳翔刚结婚不久，这本来是家里最欢乐的时光，现在灾难却突然降临，真是人生无常，也想不到父亲福根那么浅。我从小就多愁善感，关于家里的事情和自己的事情我想得很多，也曾想到父亲最终会离开我，但那时我也应该满头白发了吧？我孩子的孩子也该上学了。我没有给父亲带来多少荣耀，但我却在尽力培养孩子，我想应该让我的孩子来完成这一沉重的历史使命。

车到上海已是深夜1点20分，繁华的都市也一片宁静，只有灯光还亮着，街上还有来往的的士。我们打了一辆的士，来到零陵路申林旅馆，父亲与岳龙都睡着了，我们尽可能不发出声音，但父亲还是醒了，问我几点，我说大概2点。由于太累，尽管有一身臭汗，我们也没有漱洗，就躺下了。凌晨时，父亲咳嗽有些厉害，我很累，有些迷糊，就是睁不开眼睛，但父亲的咳嗽每一下都撞击我柔软而脆弱的心房。迷糊中我听见父亲告诉岳龙，这两天痰里有血丝，血丝都出现在第一口痰里，今天早晨第一口痰里血丝特别明显。父亲叙述时口气有些沉重，言辞里也夹杂着许多担忧。父亲的担忧很有道理，假如出现别的什么现象，父亲都不会在意，唯有痰中出现血丝，因为这是农村人的大忌。知道癌这种病之前，农村里最谈虎色变的要数肺结核，肺结核在农村叫痨病，我少年时有所闻，隐约中觉得这种病在农村肆虐了很长一段时间，好像是无药可救的一种病。后来有了异烟肼，它是这种病的克星，患肺结核的人就少了，就是有了肺结核，人们也不再谈虎色变，几个疗程就痊愈了，但在这之前患肺结核就是死刑。患肺结核者痰中往往会出现血丝，到后期血丝就会越来越明显，越来越多，农村里的人很忌讳，就说见红了。

父亲痰里已出现血丝这令我始料不及，当然我希望它是偶然的。如果不是偶然，那说明父亲的病已经严重了，别的不说，就拿农村人那一套长期积累下来的经验和说法都可以佐证。岳龙6点左右就去了胸科医院，我想多睡会儿，白天里好有个良好的精神状态，就不想起来。7点10分，岳龙打来电话让我过去，说已挂好号，上午能看胸科医生。岳龙来电话时，我正走在去肿瘤医院的路上，去肿瘤医院送父亲的痰液，因为痰液还要化验。我拿着肿瘤医院特制的咳痰杯，边走边看，边看边想，我想，这怎么可能呢？父亲仍然是父亲，他只不过比往常消瘦了些，黝黑了些，但他依然年轻、依然亲切，他怎么会咳出血来呢？肿瘤医院大门还紧闭着，周围站着几个人，手里也都拿着同样的纸杯，我估计还要等一会，我走到大门边掏出手机给岳翔打电话，让岳翔先带父亲去上海胸科医院。

肿瘤医院大门终于打开了，我把盛有父亲早晨第一口痰液的杯子交给化验室，化验室里的女医生正在打呵欠，一副懒洋洋的目光，动作也无精打采。我说，你好，请问什么时候能出化验结果？女医生突然打起精神，看了我一眼，说，明天过来看看。我在心里对自己说，还好，至少没有被骂。人在这种时候已经很低贱，小心谨慎，唯唯诺诺，自己也看不起自己，只要不被严重伤害，谁也不会去和这些天使们论理，到了上海，我已经完全没有方向，感觉像一叶孤舟泊在水中央，抓不到任何依靠。父亲的命完全掌握在医生手里，稍不留心，让他们发怒，他们便会扼住父亲的咽喉。

出了肿瘤医院大门，正好有一辆的士驶过，于是便搭上了。上海胸科医院要远一些，但还好，从肿瘤医院出发大约十五分钟左右路程。岳龙他们都在候诊室里等候，我问岳龙上午专家是谁，他说罗清泉，副主任医生。听岳龙口气他还想找主任医生，但上午坐诊的只有罗清泉，所以只好请他看了。父亲精神依然很好，但仍然消瘦、黝黑，他坐在那里与岳翔交谈着什么，两人都很专注。这里的秩序要比肿瘤医院好多了，环境也比肿瘤医院要整洁，我站在过道的廊柱边，听导医在广播里叫着病人的名字。等叫到父亲名字时，我与岳龙陪父亲进去。罗清泉医生大概四十五六，很清瘦，精神十足，说话温和，他同样也是问父亲一些基本情况，再看看 CT 片。岳翔站在门口等候，我让他进来先带父亲出去。父亲出去后，罗清泉指着 CT 片对我们说情况并不乐观。岳龙说如果采取手术，关键是能否扫清？罗清泉又仔细对着片看了一会说，能扫清。见罗清泉这么说，我心里突然掠过一丝欣慰。罗清泉给父亲开了住院单，说星期六可能有床位。我请罗清泉医生给我一张名片，我也掏出名片给了他，他瞟了一眼便扔在抽屉里。罗清泉关抽屉时正好有个中年男子走进来，后来才知道是刘海龙，罗清泉让刘海龙给我们帮忙解决住院床位。我很感激，说了很多好话，刘海龙给了我一个电话号码。我们从楼上下来准备去办理住院手续，他尾随着我们追下来，对我说，住院部要打点才能安排住院的。我说这我知道，并请他早点与我们联系。他说可以，有空床位他就给我打电话。我和岳龙去住院部办完手续，岳龙说到门诊看看下午是谁，我知道他说的是下午哪个医生坐诊。于是我们又折回门诊。下午是高成新医生坐诊，在专家名医表里我们找到了高成新的背景资料。高成新是胸外科主任、教授，在肺癌、食管癌、纵膈肿瘤及气管肿瘤、气管狭窄手术方面有丰富的临床经验。这应该是最高级别的专家了，并且他的专长正是父亲的病症。岳龙让我先回申林旅馆，下午再带父亲来，他就留在胸科医院里。岳龙是想请高成新教授再给父亲看看，因为从导医栏的专家介绍上可以看出高成新要比罗清泉水平更高一些，也更适合父亲的病症。岳龙懂医，我自然听他的意见。回到申林旅馆已是中午，几个人就在旅馆隔壁小饭店里点了几个菜，父亲状态不错，饭量也可以。但小饭店里的菜我始终不习惯，尤其是烧鱼的水平实在不敢恭维，但在这种时候能将就着就已经很不错了，况且这一些都是鸡毛蒜皮，跟父亲的命不可同日而语。

下午 1 点 45 分左右高成新到医院，岳龙排在第五位，听说高教授很忙，有时在病房里抽不开身就打电话请假不坐门诊。看来今天运气还好。正排到父亲时，我看见一对老人提着一袋东西走进去，我对父亲说，我们进去吧！父亲说里面有人，我说轮到我们了。岳龙已经进门。我们让父亲在高教授边上坐下来，我站在高教授对面，岳龙站在父亲左边。高教授再三推辞老人手里的东西，老人说，没有什么，我只是略表一下我的心意。老人说话时把手里的东西放在高教授的办公桌下。老人很和善，直起腰时冲着我们笑笑。高教授说，康复得还可以吗？老人说好，好！老人看看父亲，又对父亲说高教授医术高明。父亲笑了一下。高教授对着老人说：好吧！我先给他看看。老人又转过身对父亲说，这几个都是你儿子吗？这时，我才发现不知什么时候岳翔已站在我边上。父亲说，是，三个都是。听得出来父亲的语气里充满着自豪和优越。老人走到门口还在唠叨，有福，你真有福呐！我只能苦笑。高教授看来六十左右了，但天庭饱满，满脸红光。高教授一边问父亲，一边很专注地听着。详细问过病史后，高教授让助手曹医生摸摸父亲的颈项，曹医生在父亲颈项上来回摸了几次后对高教授说，情况还好。高教授说是否能不停顿走上四楼，我说这没问题，我家住六楼他也能走上去，只是感到有些累。高教授拿过岳龙手里的 CT 片，我问高教授是否可以让我父亲先出去，因为门口已有人等着。高教授明白我的意思，说，好吧！父亲与岳翔出了门，高教授对我和岳龙说，情况还好，虽已到纵膈，但扫清不成问题。高教授的说法与罗清泉医生一样，但病人不在同一组，要高教授手术，肯定要住他的院。我们又让高教授开了住院单，不知道岳龙什么时候已用父亲的藏名去挂号，所以，高教授给我们开的住院单是父亲平时不用的名字。下楼时，我忽然想起上午是我和岳龙去住院部办的手续，这次应该让岳翔和爱虎去更妥当一些。我和岳龙、父亲三人在树下站了片刻，岳翔和爱虎很快便办好住院手续，住院部同样是让我们先等着，说是有空床位会给我们打电话。

晚上天气有些闷热，好在房间里有空调，父亲他们都在看电视，我和岳龙去了于阳春那里。于阳春听我们说白天里去了胸科医院，就带我们去找小圆，小圆叫林优平，她是于阳春的病友，也是台州人。见到小圆时，她正坐在床上看电视，五大三粗的一个妇人，三十来岁，头发已经没有了，人有些胖。小圆说话声音很高，节奏也快。听她说了一些话后，才知道她有个亲戚的亲戚是胸科医院 CT 室主任，刚从国外回来。小圆问过我们一些具体情况后，说帮我们联系，争取早点住进去。

六月十二日

《呼愁》二〇〇一

父亲的皮鞋已经破旧，鞋面还沾满灰尘，昨夜我们带他去商店买了一双。新买的鞋并不适应，父亲一大早又去商店里换鞋。凌晨时，我在睡梦中听见三次开门声，我不知道是否全是父亲开的门。隐约中我听见父亲咳嗽的声音，父亲咳得不重，次数也比昨天少多了，父亲把痰咳在纸杯里，纸杯要继续送肿瘤医院化验，这是第二次痰液化验。我醒来时看了一下表，5 点 38 分，这个时间早了点，我还是继续睡。过了好一会，父亲回来了。父亲是去换鞋的，但商店门还关着，父亲这才记起时间不对，就先回来。

我们起床时，父亲已坐在床边看电视。父亲精神很好，来上海后从未这么好过。父亲仍然穿着旧皮鞋，新皮鞋放在电视机边的桌上。早晨的风还有些凉爽，窗外有几株水杉绿得发黛，那躯干笔直地劲挺着，蓬勃向上，边上的屋不高，大多是老屋，有几缕炊烟向上飘动。岳翔昨晚住在上海朋友那里，爱虎留在旅馆。岳龙和父亲他们去外面吃早餐，给我带了豆浆和馒头。父亲斜靠在床头，岳龙用手试了一下父亲的手掌心，父亲仍然有些微热，跟昨天差不多。父亲说早上痰中只有一次带有血丝。父亲说话时显得轻松。岳龙说可能是鼻子发炎引起的，看来昨天服了先锋Ⅵ与阿莫西林效果很好。其实，早几天在台州医院检查的脑颅 CT 就已证明父亲脑颅正常无异，无转移迹象，我未在意，岳龙看片后曾说过此事，而我却心有余悸，因为担心父亲出血源在于脑颅而忧心忡忡。

父亲的轻松也给我们带来宽慰。我的宽慰是因为早晨父亲痰中只有一次有血丝，再者，小圆亲戚今日已去胸科医院帮我们联系住院。闲来无事，我和岳翔出去看看到临海的客车从哪里走最方便。因为这也很重要，我估计在较长一段时间里我们将会不停地往返于临海和上海之间。我们从徐家汇乘地铁到上海火车站，上海火车站是地铁终点站，在地铁出口处背面，我们从秣陵路找到恒丰路，沿恒丰路往北走几分钟，看见一个很大的立交桥，桥下停满了去台州的北方大客，大客车停得很乱，车上灰尘满身。地也不平，地上油渍斑斑，废塑料袋、矿泉水瓶、废纸和烟蒂随处可见。空气中已经有些燥热，等车的人三五成群躲在墙边阴凉处，有些就干脆坐在地上，下面垫着一片破报纸。随车的女人看见有人走过来，就冲上前去询问是否去台州。她们说话的声音噼啪作响，还把唾沫飞到人家的脸上。有个三十多岁的女人看见我们就抢了上来，我说我们现在不去，只是先看看时间和站点。那女人很快从肮脏的包里掏出名片塞在我手里，她说不去没关系，去时再找我们，名片上有电话，你打这个号码就行。我往名片上瞟了一眼，是温岭车，车主姓郑，手机号码也打在上面。我说好的，我会给你打电话的。那女人走开后，我们看见门口有几间小房子，墙壁上用大红漆七歪八斜地写着：售票处。又在下面画了一个箭头。我们沿着箭头所指的方向往里走，售票处门口挂着一张小黑板：

临海：10:00　21:00

温岭：14:00　15:45　16:00　20:00　22:00(北)

新桥：19:00(北)

路桥：17:15(北)

我从口袋里摸出刚才那个女人给我的名片，用铅笔把上面的时间表写在名片反面。

回到申林旅馆，进门就看见一个八九岁的女孩子，光头，面部白得让人难受，目光呆滞，衣服却很艳俗。她坐在过道转弯处，一个又黑又瘦的中年女人坐在矮凳上给她喂饭。我们从她身边经过时，她扭过头用混沌的目光看着我们，那睫毛一动不动。女人用羹匙在碗里掏了几下米粥又放下，大概米粥还烫着。我走到门口回过头去，那女人还是低着头，呆在那里。岳翔说，这女孩大概做了化疗，头发都落光了。我回头又看了一眼，好久都不想说话。

岳龙已从肿瘤医院回来，痰液化验没有找到癌细胞，这真是奇怪。我躲进开水间，站在那里想：是台州医院出错呢？还是肿瘤医院的疏漏？台州医院有 CT 证明，这是科学。那么，肿瘤医院的痰液化验不是科学吗？当然，最好的答案是后者，如果是后者，我们只不过是一场虚惊。那么，父亲肺中的块状呢？那块状假如是一片阴影，这也不无可能啊！我在心里对自己说。一个老女人过来打开水，很狐疑地看我两眼，我侧过身，走到窗边，楼下小酒店的饭菜又香起来了。我想，我的思绪真是复杂纷繁。

中午大家都很舒适地睡了一觉。父亲醒来时，岳龙试了他的手掌心，仍然有些微热，这种不温不火的温度最可怕。闲着无事，岳龙他们带父亲去上海大世界，我去门口小报亭买了五六份小报，开着电视，坐在床上慢慢阅读。小报上都是些无聊的新闻，唯有关于伊拉克局势的新闻让我感兴趣。电视里也没有什么可看，我只好翻翻乱七八糟的地摊杂志，杂志里很多红尘故事都大同小异。正当我百无聊赖时，单位里给我打电话，问我绿化材料放在哪里，哪份材料是领导出席台州市绿化建设经验交流会的发言稿。我说我写好后放在壁橱的第三个抽屉里，请他们拿去。关上手机，我突然觉得我不可能都在上海陪着父亲，单位里有很多文字需要我处理，只要领导要材料，我就要连夜赶回去。这样想着，我心情又焦急起来。我想，我还是去于阳春那里看看，能否再催一下小圆，让她尽早与胸科医院CT室的亲戚联系上，以便让父亲早日住院。于阳春住在三楼，下午病友们都从医院回来了，所以走廊上便有些嘈杂。于阳春因为上午刚做完胃镜，还没有恢复过来，情绪不好，我自然不能催她，就陪她说说话。我们聊了很多，她的情绪也渐渐平静下来。闲聊中，她告诉我手术前可吃些甲鱼、黑鱼和泥鳅，泥鳅尤以黑背白肚为最好。聊了一会，于阳春脸色渐渐明朗起来，我想，我是否应该去买两只甲鱼送给她，以感谢她的帮忙。我说，那你今晚吃些什么？于阳春说自己刚做了胃镜，只能吃流汁，别的什么东西也不能吃。这时候，于阳春的丈夫老董从外面回来，看见我在，就乐呵呵地说自己刚才买菜去了，菜场里什么东西都有，可惜于老师现在不能吃。于阳春是小学校长，当教师时就很出名，大概她丈夫老董也习惯了，都叫她于老师。于阳春对我说，你们现在都在外面吃饭不方便，你去买点东西让我们家老董给你们烧，我们家老董烧菜手艺还有一套。老董嘿嘿地笑着说，一般般，一般般，只不过是烧烧熟而已。

从于阳春房间出来，我看看时间还早，敲过门，父亲他们还没有从大世界回来，我就去了菜场。菜场离申林旅馆很近，大概不到一百米，边上有一个小超市，就在马路边。菜场也不大，但物品倒很丰富，穿过蔬菜铺、肉铺，再往里走便是卖水产品的地方。甲鱼、螃蟹、黑鱼、泥鳅，应有尽有，一个卖甲鱼的中年男子问我是否想买甲鱼，他说的是上海话，我听起来觉得难受。我没有回答他，蹲下来仔细瞧着水中的甲鱼。他用手指着木盆说，这里二十五元钱一斤，是恒温养殖的。我说，这个呢？我用手指着旁边的另一个木盆。他马上笑嘻嘻地说，那是室外养殖的，七十元，营养当然这个好，室外养殖的甲鱼不多，就只剩下这五六只了。我看了盆里两眼，问他有无野生的甲鱼。他说没有，现在野生的甲鱼很难找到，即使有，价格也十分昂贵，很少有人买，况且这室外养殖的东西跟野生的营养价值差不了多少。我知道他前面说的是真话，后半句完全在骗人，养殖的甲鱼怎么能跟野生的甲鱼相提并论呢？当然我指的是营养。转了三四摊，都是恒温养殖的甲鱼，就连室外养殖的也没有，更遑论野生。市场里的人乱哄哄的，杀黄鳝的、杀鳗的，动作飞快，三两下就解决了问题，放在清水盆里一撩，就装进袋里，水盆里的水污秽不堪，摊主随手一掀，污水便哗哗地冲出来,四处漫溢,苍蝇在污水上飞舞,在有血腥的地方停下来,叮着。前面没有卖甲鱼的了,只有虾和青蟹。我只好往回走,回到原来那个摊主旁。那摊主说,我真的不骗你,室外养殖的甲鱼真的也不多,我们是从宁海过来的,大老远的过来骗你这小青年干吗?我别无选择,就指着室外养殖的那木盆里的甲鱼说,给我来这个背部泛黄的。摊主随手用网把那只甲鱼兜了起来,操着剪刀,咔嚓一下,一股热血从甲鱼的脖子上涌出来,甲鱼把头伸得很长,左右环顾,仿佛在寻找凶手,但没几下便气息奄奄。摊主把甲鱼翻了个身,剪刀沿着裙边一路走过去,嚓嚓作响,里面的肉和血便一朵朵向外翻出来,像只美丽的花环。

我把洗净的甲鱼送到老董那里,父亲他们已经回来。父亲坐在床沿上,电视开着,又是戏剧频道。父亲迷恋戏剧,这大概也是他们这一代人的集体爱好,在家里时,每逢节日和农闲,附近村庄写了戏,父亲都要约上几个人去看戏,他们称这些草台班演的戏为大戏,我们这一代对此嗤之以鼻。我们迷恋的是电影,尽管当年的电影大多是黑白片,况且是一种模式,都具有强烈的崇高主义和英雄主义色彩。但对我们来说,看电影有时候甚至比吃饭更重要,有几次为了看彩色片,我们宁愿饿着肚子走三五公里路,回来时,实在饿得不行,就在路边番薯地里刨番薯,刨了番薯,再在水塘里洗过,甩两下水珠,一口咬下去,味道也很鲜美,于是便集体唱革命歌曲,一路走一路唱,歌声传向田野、村庄,有时候也好像滑过了山冈。

老董烧好甲鱼竟然端着盆送到楼下,我很感动,谢过老董后,我让父亲先喝些汤。父亲大概有些累着,再说电视里的戏好像也不怎么样，父亲精神有些不济，我让他先小睡片刻。我关了电视，让岳龙他们先到门口待会儿，自己一个人坐在床上看下午翻过的报纸。大约过了半个小时，父亲醒来，精神好多了，窗外的天色已经有些发灰。父亲问我几点了，我看过表，5点40分，我说我们到外面吃饭去吧！父亲去了洗手间，我把盆里的甲鱼分了一大半到塑料盒里带出去。父亲胃口很好，吃了一碗米饭，尽管父亲一再催我们吃甲鱼，我们都没有把筷子伸向盛有甲鱼的塑料盒，我们把甲鱼汤和肉全让给父亲吃。这顿饭，父亲吃了五分之三甲鱼，这是我始料未及的，也给了我安慰和信心。

晚上我又去于阳春那里，老董洗碗去了，于阳春正在看新闻。她气色很好，问我父亲吃了多少，又问我他家老董烧得可口否。我说父亲吃掉了五分之三，味道很好。于阳春笑笑说，在家里都是老董做的菜。聊了一会，我说小圆那里不知怎么样了？于阳春说，我给她打个电话。于阳春边说边拨通了小圆的电话。于阳春跟小圆通话时，小圆那头的声音又高又短促，于阳春在电话里很有分寸地催了一下，小圆说待会儿给我们回话。过了片刻，桌上的电话机响了，于阳春接过来，小圆说，明天一早打电话告诉我们有无床位。于阳春放下电话时，我说，我想是否先去那位CT室主任家里走一趟，不然心里总是不踏实，空落落的。于阳春说，这个小圆会告诉我们的。

《呼愁》二〇〇一 六月十三日

不知道昨晚什么时候下起雨来，这雨一直下到早晨也没有停下来的意思。早晨空气里充满着一丝凉意，但这不停的雨也实在烦人。凌晨时，父亲的咳嗽声又多了一些，恍惚中的我突然清醒过来。我起床把窗帘拉上，又关上半开着的窗门，我怕父亲昨夜着凉了，患了感冒会使他病情加重。大家都睡着，屋内很宁静，窗外的雨还在下，水汽弥漫开来，窗上的玻璃有些模糊，外面房屋的轮廓线曲曲折折。

7 点 40 分左右，我还坐在床上看书，听见有人敲门，我趿拉着鞋去开门。于阳春站在门口，父亲他们仍在睡觉，屋里谈话有些不便，我只好把于阳春让到走廊上。于阳春气色好多了，脸上也有了些光泽，她说小圆一早打电话过来，说我们把号给挂错了，应该挂在肺外科而不是心外科，另外，她亲戚给查过了，这星期肺外科没有人出院。于阳春说的话使我十分紧张，我记得我们挂的就是肺外科的号。我让于阳春等着，自己进屋去找住院联系单，父亲他们都醒着，岳龙问我找什么，我说找住院联系单，我们可能挂了心外科的号。岳龙说是挂肺外科的，住院联系单在写字台中间的抽屉里。我在写字台中间抽屉里找到那张住院联系单，没有错，住院联系单上写得很明白，我们挂的是肺外科的号。我拿着住院联系单出去，于阳春接过去看了说，那可能是小圆亲戚搞错了，她说这也无妨，她打电话给小圆说明一下就好。

早饭后，雨停了下来，空气很新鲜。旅馆里昨晚又住进几个新病友，在走廊里见了面，大多忧心忡忡。离肿瘤医院最近的大概要数申林旅馆了，所以，这些肿瘤病人大多选择了申林宾馆。于阳春上午去肿瘤医院放疗。因为心里焦急，我和岳龙直接去找小圆，这时候我彻底明白时间就是生命的最直接的意义。到了小圆住宿的旅馆，小圆没在，听说她去了保健医院，好像不是很远，所以就走着去。街上人很多，嘈杂、拥挤，老是遇到红灯，大城市的交通真让人心烦。马路两边是矗立着的摩天大楼，直刺蓝天，在阳光照射下成片的玻璃幕墙好像随时都有可能倾泻下来，在马路上行走的人就有了很大的压力和恐惧，特别是初进大城市的乡下人，尤其像我这样的惊弓之鸟。找到保健医院，小圆不在，打她手机，通是通了，但就是没人接。住在隔壁的台州病友见我们说的是台州话，就过来告诉我们，说小圆早上去了肿瘤医院。谢过台州老乡，我们直接去肿瘤医院找小圆。找到小圆时，她正坐在二楼候医室里和病友聊天。小圆性格爽朗，心直口快，即使是聊天，说话的声音也噼啪作响。我们进门就听见小圆的声音，小圆也看见我们，马上站起来说，有什么事吗？岳龙从口袋里掏出那张住院联系单，我说，是否医院给搞错了？小圆说于阳春已给她打过电话，有可能是他亲戚听错了。我们呆呆地站着，小圆见我们还不是很放心，她说，这样吧！看完病后我去胸科医院一趟，直接去找叶易刚主任。我们考虑小圆身体还在康复中，不便多行动，所以就劝她不用这样。小圆想了一下说，那也好，等中午我把叶易刚姐夫叫过来。我说好的，那我们中午过来。回到申林旅馆，父亲他们都在房间里看电视，岳龙去找台州病友聊天，因为这样的事情我们头一次经历，没有什么经验，岳龙想从其他病友身上得到一些经验，以便借鉴，免走弯路，再说与他们多聊天也会减轻一些压力，因为，大家都是同一条道上的人，此时的心境都差不多，有些人处境比我们更差，我们自然还会多些自我安慰。

中午我们去找小圆，小圆不在，打她电话，电话又关机，我们在门口徘徊了很久，我想我们上午是否听错了，不然，小圆绝不会不在旅馆里的。我们在旅馆的走廊里转悠了好久，始终没有见到小圆，想打听台州病友，他们却都关着门。我想小圆大概在肿瘤医院里还没回来，要么在房间里休息。我们站在走廊的转弯处考虑了一番，感觉很无奈，又回到申林旅馆。午睡对我来说十分重要，要是不午睡，那这一天剩下的时间我就会忧郁而暴躁。可中午我却始终无法入睡，躺在床上看天花板，天花板上小圆的影子重重叠叠，小圆说话时的种种神情不断变幻，耳朵里还会想起小圆响亮的声音。到了3点钟，父亲他们都起来了，我有些昏昏沉沉，这时候我手机响了，是于阳春打来的电话，于阳春在电话里说她已到了龙华医院，在龙华医院开中药方，等抓了药再与我们联系。我只能说好的，中午找不到小圆已使我产生了动摇的念头，有了于阳春的热心，我又燃起一些希望。下午的日子很无聊，几个人又围着一台老旧的彩电转，大家不停地换频道，但始终也没有变出什么新花样。父亲坐在床沿上，岳龙试了他手掌心的温度，说已没有微热的感觉，我怕岳龙因为心理作用感觉不准确，自己也试了一遍，确实没有什么异样的感觉，心里突然间轻松了许多。这时候，于阳春打电话来让我们过去。我问她去哪里，她说到小圆那里。我和岳龙赶到小圆住处时，于阳春和小圆都在，小圆一脸倦容，脸色也不好看，这时我们才知道小圆中午一直在肿瘤医院放疗。坐着闲聊了一会，小圆说，这星期无人出院，床位可能要等到下星期，这样吧！明天我让我亲戚过来一趟，让你们直接与他见面联系，因为下星期一我要住院治疗，我们无法再联系，那挂号的事情我也问过了，是他们听错了，是挂在肺外科。我们道了谢，见小圆累着，不便久坐，便回来了。

晚饭想给父亲换换口味，所以就出来找了一家点心店，父亲点了一碗水饺，水饺也好，父亲在家里最喜欢吃的是粉食，不管糯米、糙米，抑或是小麦他都喜欢，他最不喜欢那种菜泡饭之类又酸又带水性的食物，遇到这样的食物父亲有时会皱一下眉头，但又马上放松开来，要是不注意，也不会觉察到，接下去父亲便会一声不吭地吃个一大碗。水饺上来后，我们发现水饺原来是米粉的，而且质地较硬，好在我们还给父亲带着昨晚的甲鱼汤，父亲只吃了半碗，我说点一些其他东西。父亲说差不多了，待会儿回去吃八宝粥，还是那个味道好。父亲把话说得很轻松，我也没有认真下去。我们点的是蒸水饺，更硬，所以也只好草草收场。回来路上，我一直在想那水饺的事情，我很后悔没有坚持重新给父亲点些什么，或者干脆换一家餐馆。回到旅馆后，父亲用餐巾纸清理鼻腔，发现鼻腔里有些血丝，血丝颜色有些暗，他怀疑前日痰中的血丝可能是鼻腔发炎所致。我认为他说的有些道理。

父亲清理好鼻腔后心情很好，与我们说一些村子里的旧事，这些事有些我少年时有所闻，但大多是没有听说过的，即使少年时有所闻，也不知道其详情，出于父亲之口听起来也特别亲切，更何况我早就有写写村子里故事的想法，父亲说的许多故事都很有可能成为我小说的素材。有些事情听起来也简直不可思议，比如：亲戚中的一位女长辈，在我们还未出生时的一次家庭聚会上，为一些细小的矛盾递过菜刀给亲兄弟去砍自家的小叔子。这使我震撼，因为我那位尊敬的女长辈还活着，我看到的是她慈祥的面容，但无法想象她的过去。父亲一直没说，祖母也一直没说此事，如果今晚父亲再不说，我想，很有可能我们就永远也无法知道这样的细节了。当然，父亲也并不是一定要给亲戚挖丑，我想父亲他只不过是把当年的真实情景告诉我，使我日后在处理家族问题时适当想得更远些，更细些，这才是父亲的用意。如果这不是初衷，那父亲早就把此事告诉了我们，父亲是善良的，而且十二分的正直真诚，这我知道。当然，父亲在叙述时流露出来的不满和鄙夷，我也看得出来，这完全是他的正直所至。

父亲兴致勃勃，我们听得入迷。到了 10 点钟，父亲有些饿，我让爱虎去热八宝粥，爱虎把热过的八宝粥送到父亲床前时，父亲的脸上掠过一脸笑容，但转瞬间又稍纵即逝，父亲大概想到他暂时的幸福，继后又马上想到他的不治之症。

父亲很快就吃完了一罐八宝粥。在父亲看来这大概是天底下最美妙的食物了。其实，也不尽然。我记得有一年夏天，天气十分闷热，我跟着父亲在田里劳作，母亲送汤面来，我很不喜欢，我喜欢的是炒冷饭，我硬着头皮去吃面条，并问父亲这时候最想吃的是什么？父亲说，蛋糕，加上一大桶冰牛奶。在这物质尚为匮乏的年代想不到父亲还有这样的想象，这也很难得，父亲毕竟不同于一般的农民。当然，我并不喜欢，因为，我不喜欢甜食。父亲的不假思索让我记住了他这句话，也让我思考了很久，我想，这应该是简单的事，等他老了，我让他每天都在蛋糕与牛奶中度过，这个能力我想我肯定有。

将近 11 点了，父亲才躺下。我对岳龙说明天回家应该让母亲来。因为晚上的食物已使我考虑到长期这样也不是办法。其实，这我早有所想，这些天来尽管每天都在饭店里给父亲小炒，但始终无法合父亲口味，这我知道。还有饭店里米饭的粗糙，有时也让父亲难以下咽。如果母亲来，可以自己烧饭炒菜，这样既卫生，又能照顾好父亲，再说还可以省些钱。父亲听我说让母亲来上海，问我是否要住两个月，我说不，先住院检查，有了结果就回去，既然来了，就好好全身检查一遍。父亲虽然半信半疑，但母亲来，让他每天都有可口的饭菜，我想他也会舒心的。

《呼愁》

二〇〇一 六月十四日

等待的日子本来就是一种煎熬，更何况我们的等待是一种迫在眉睫的与死神赛跑。我感觉一座跨海大桥上已放上了炸药包，并且导火索已被点燃，我看见黑夜中那导火索暗红色的火光飞速前进，我也听见火光飞速前进时嗞嗞作响的燃烧声和吞噬声。那种即将毁灭的幻觉在我大脑里已进行了无数次预演，我真是求生不得，求死不能。我只能是抱着头去看这一次次桥毁人亡的惨烈，去忍受那种燃烧神经末梢的残酷的折磨。

昨夜想得很多，因为老苏打电话来询问父亲病情，想起父亲的厄运和自己的处境，心情很不平静。我让老苏在领导面前说些好话，从一个侧面去取得领导的关心和宽容。我本来不会这样，更不愿意这样，我历来认为正理堂堂，大行于四方，根本用不着这些雕虫小技，但现在很多东西都受制于人，不得不委曲求全。也许，我的想法是错误的，把一个人的事情置于集体概念之上。但我的人文理念是人的终极关怀，我对生命的绽放不讴歌，但对生命的零落却叹息；我对大众的苦难无法拯救，但对大众的悲情却富有足够的悲悯情怀；我不注重崇高理想，但却看重平凡的道义。所以，我往往把任何个人看得比集体重，这也许是我的不足和弱点，但这是我的本真，是我与生俱来的理念和情怀。这一点，我虽然在努力克服，但我却无法从根本上改观。

由于昨夜的胡思乱想，我很久才睡着，早上醒来已是 7 点半，父亲精神不错，咳嗽也不多。岳龙他们出去吃早点，我匆匆漱洗一番，打开电视和父亲一起看看早新闻，等岳龙他们带早点回来。房间里也还清凉，父亲坐在床沿上，穿一件白衬衣，把袖口卷上来。我往父亲床头的痰盂里瞥了一眼，里面的痰液并不多，白白的，云一样飘浮在清水里，我偷偷舒了一口气。但等我把目光收回来，从一个侧面看父亲时，发现父亲又消瘦了许多，脸色比来上海前更加黝黑。

上午真是无聊透顶，坐在床上翻来覆去看报纸，很多小报里的新闻是不能相信的。《新民晚报》是一份不错的报纸，内容丰富，趣味性足，信息量也大。我忽然看见《新民晚报》上有则消息，意思是说冬虫夏草可以控制肿瘤细胞的生长，我马上拨通永茗电话，让她了解一下医药公司里冬虫夏草的价格。她问我买多少，我说先打听一下价格再说。因为，对这种药我并不了解，我只知道是一种昂贵的补品，但究竟是否适应父亲目前的身体我也说不准，还要问岳龙。我刚放下电话，于阳春进来。于阳春手里拿着一把钥匙，我们都有些纳闷，于阳春说是小圆房间的钥匙，因为小圆上午去了肿瘤医院，小圆亲戚上午来，所以，小圆把钥匙留给我们，让我们自己去她住宿的地方等。于阳春出门时说小圆亲戚大概 11 点左右会到。送走于阳春，我让岳龙把烟和酒准备好。岳龙从柜子里拿出烟和酒，再在原来的包装上套了一个礼品袋，的确比原来的好看多了。我看过时间，觉得应该早点去，否则让人家在那边等很不好，况且又是我们求人家办事。

到了小圆住处，发现小圆住的旅馆亦很一般，似乎比我们住的申林旅馆还要差些。我们没有打开房门，只是站在走廊上，因为我不习惯在人家屋子里待着，主人又不在，况且这些地方空气本来就不好，屋里会更糟，对此我生性敏感。10 点半刚过，小圆亲戚来了，是一个四五十岁的男人，高大，但很清瘦，头发稍稍有些卷起来。小圆亲戚姓茅，名叫茅永富。我打开房门，让他进屋，他坐在靠窗边的床沿上，岳龙给他递烟，他说自己不会抽烟。我说明来意，茅永富很通情达理，他说了胸科医院的一些具体情况，从他的言辞中，我们判断这星期要住院已经完全不可能。他见我很落寞，便说回去后跟他的亲戚叶易刚再联系，尽最大努力争取。我掏出自己的名片和岳翔的名片给他，还有父亲住院联系单的复印件，因为没有住院联系单，很多事情就说不清楚，科室、姓名等都容易忘掉，有了这联系单就方便多了，也容易操作。分别时，茅永富找了一张纸，给我们写了他家里的电话号码和住址。我拎起礼品袋，请他带上。他婉言谢绝，他说都是老乡，你们又是小圆的朋友，有困难互相帮忙是应该的，这谢礼的事以后再说吧！我再三表明，这仅仅是一点心意而已，因为给他们带来不便和麻烦使我们很过意不去。但不管我怎样解释，茅永富还是没有接受，我也只好作罢。

回来的路上路过一家菜场，我记起于阳春曾对我说过，黑鱼有很高的营养价值，我顺便买了一条黑鱼带回去，走在大街上，看着手里的黑鱼，想起小时候父亲在田里劳作，我们拿着渔竿在田边的水塘里钓黑鱼的情景，很是心酸。那时候，虽然物质匮乏，家里贫穷，但大家都很快乐，我们在水塘里钓黑鱼时，常常为水塘里冒出来成群结队的黑鱼崽兴奋不已，这黑鱼崽突然间从水中花一样盛开，弟弟们便会大呼小叫着要我把渔钩放下去，我劝他们不要惊动了我的好事，我知道这一刻大黑鱼不在那里。岳龙不服气，问我大黑鱼在哪里，我说大黑鱼肯定跟在黑鱼崽的后面，因为这样才不致使它的崽被同类吃掉。岳龙见我说得有理，也就站在一旁不再说话。有时候，田里的父亲便会放下手中的活，走过来接过我手中的渔竿，亲自尝试。有一次，我看见父亲手中的渔钩刚放下，渔钩上的小泥鳅还活蹦乱跳地往水里钻，渔线附近就冒出几个大水泡，父亲猛一提竿，一条大黑鱼就从水里闪出来，被悬空荡着，渔竿被拉得跟弓一样，我们都大喊快要断线了，父亲顺手一甩，大黑鱼掉在水田里，两个弟弟欢笑着冲上去捉拿黑鱼，被黑鱼的尾巴甩得一脸脏水。那一晚我们都多吃了一碗饭。

中饭又在申林宾馆隔壁那家小饭店吃，我把黑鱼带过去请饭店给加工，黑鱼一斤半多一点，每斤八元，加上五元加工费也只有十七元钱，很便宜。上午有小雨，父亲因为一上午都在房间里看电视，所以也只吃了一碗饭，对于黑鱼，父亲看来还比较喜欢，除黑鱼外，父亲还吃了一些青菜。

因为父亲近日不可能住院，所以我让岳龙先回家一趟，岳龙独自一人开诊所很不容易，这些日子他在上海，家里店门一直关着，现在稍有空隙，让他回去看看有无什么要急着处理的。况且，母亲她们也在家里一直担心着，不知道我们在上海的具体情况，岳龙回去一趟也可让她们安心些。我拨通开北方大客的温岭人电话，对方说有车，下午 2 点走，车停在汉中路龙门宾馆，那边还有个温岭办事处。我看时间已是 12 点 35 分，我找了那张已被我们几乎翻烂了的《上海交通图》摊在床上，从地图上看，可以从徐家汇坐地铁，那边的出口离停车点也不远。我让岳翔从徐家汇坐地铁送岳龙去汉中路上车，其目的是想让他也熟悉一下这条路，因为到台州方向的私人车都停在那里，我们以后可能在这条路线上要不停地往返，让他先熟悉一下路很有必要。1 点 50 分，我正睡着，岳龙打来电话说已上车，温岭的北方大客，20 号床。

中午父亲睡得很香，醒来后我试了他手掌心，体温几乎正常，已没有微热的感觉，但咳嗽还有，虽然不多，每一下却都如铁锤一样敲在我心上，震得我脑袋嗡嗡发响。

下午雨很大，窗外到处是一片哗哗哗的雨声，成片的雨像箭一样从高空俯冲下来，一头撞在瓦片上、墙上，有些直接打在水泥地上，落在树叶上的，把树叶打得抬不起头来。水沟里泛起很大的水泡，地上的水从四面八方向低处汇集，汹涌着流向水沟。这样的天气更使我心烦意乱，但我又不能表现出来，我知道父亲他们肯定同样烦闷，我应该想些解闷的办法才对。但我愚钝，最多也只不过是与父亲聊聊天，陪父亲看电视。整个下午永茗来了三次电话，由于那边要发传真，所以中途有两次都被打断，最后一次通话谈得详细些，她说已问过临海医药公司，冬虫夏草八千元一斤，如果要买，可以帮我先买。我说迟一点再说，我不知道这药药性如何，是否合适我父亲目前的身体，还要问岳龙，他中午回家了，如果可以，我让他去买。

雨大约是4点半左右停下来的，我让爱虎陪父亲，我和岳翔去菜场，菜场里乱哄哄的，屋外到处是积水，卖淡水鱼的只有几个摊位，我们买了一条鲇鱼，听说无鳞鱼营养价值都很高，鲇鱼也是无鳞鱼，所以也有丰富的营养。但在老家，我们都瞧不起鲇鱼，因为乡村里不知从什么时候开始流传一句谚语：冬天鲇鱼吃蛇，夏天蛇吃鲇鱼。因为鲇鱼连蛇都能吃，所以乡村里的人就认为鲇鱼很贱，不是好东西，谁家要是吃鲇鱼我们还会鄙夷他。买回鲇鱼，岳翔把它洗净，配上佐料，放在砂罐里炖。烧菜是很方便的，旅馆里有六七个煤气灶，只要付给煤气费就好，病友们想烧什么都可以。大概是用砂罐炖出来的鲇鱼味道好，晚饭时父亲竟然吃了半条。

晚饭后与父亲出去散步，沿着马路绿化带走，空气十分清新。我们边走边聊，街上走的人很多，车也川流不息，我让父亲尽量靠绿地走，我们一直走到枫林新村小学。闲聊中，父亲告诉我下午有些胸闷，我估计是整日闷在房间里的缘故，也有可能是下了一天的雨，气压低，父亲才会有这样的感觉。散步回来，我们在门口遇见于阳春，于阳春问我上午与茅永富见面的情况，我把见面的情况简要叙述了一下，于阳春也一脸无奈，只好安慰我们再等些日子。送走于阳春后，我突然想起给吕新景打个电话，看看他上海医院里有无熟人。电话接通了，他在外面出差。听了我电话，他说先想想办法，待会儿再跟我联系。9点左右，吕新景来电话说找了朋友的朋友，名叫黄和平，他是上海第九人民医院的，与上海胸科医院的医生有联系。吕新景把黄和平的联系电话告诉我，又让我记下他朋友张岳生先生的电话和BP机号码，因为黄和平医生是吕新景的朋友张岳生先生介绍的，万一找不到黄和平医生，我可与张岳生先生联系，通过张岳生先生再找黄和平医生。放下电话，我心中又燃起一线希望，中间转折尽管有些复杂，但不管怎么说，多了一条道路这是肯定的，在这种时候多一条路就是多一分希望，多一分希望，就有可能挽救父亲的生命。

这一晚，我睡得很好。

《呼愁》二〇〇一

六月十五日

凌晨 4 点半左右，我在迷迷糊糊中听见父亲的咳嗽声，咳嗽声不重，而且有些压抑。我知道父亲在控制自己的咳嗽，因为我们都睡着，他怕吵醒我们。再则也怕我们听到，让我们担忧。所以，父亲咳嗽的声音就显得有些沉闷，咳嗽中，父亲又开门出去过几次，我不知道他干什么，但我很累，没有睁开眼睛。

父亲饭量依然不错，早上喝了一碗粥，吃了一个半馒头。父亲精神很好，但很消瘦，本来就黝黑的皮肤这些天显然又阴暗了些。我担心闷在房间里会使父亲心烦意乱，一旦父亲心烦意乱，父亲的病情就会加剧，所以，早饭刚过，我就让岳翔和爱虎带他去外滩转转。外滩是上海一道亮丽的风景，黄浦江边的摩天大楼肯定会使没有见过世面的父亲惊叹不已，站惯了田中央、一介农夫的父亲无论如何也无法想象大都市的雄伟气魄，尽管父亲读过几年书，但乡村与都市毕竟是天壤之别。父亲压根儿也不会想到真有高耸入云的楼房，黄浦江的西岸还巍峨屹立着老上海时代的西洋建筑，那一片灰色的水泥森林，教堂一般，尖顶上罗马文字的黑色大钟发出的声音依然浑厚、低沉。这是父亲一生中的第一次,是否最后一次我无法断定,但愿上苍保佑。

父亲他们走后,我一个人孤零零地留在房间里,房间里那台电视机已经陈旧,选台少,雪花点多,唯有上海东方台稍好些,但声音已变得枯燥而且乏味。床上的小报连角落里的谜语都看过几遍,唯有那本《大江健三郎随笔集》还聊可自慰。翻过几页后,总是心神不宁,虽然大江的语气沉稳从容,但我还是焦虑不安。看了两页,我便将大江的随笔集扔在床上,独自坐着发呆。

9 点左右,去了一趟菜场。假如不知道什么叫生活,走进菜场,疑问便会释然。那乱糟糟、臭烘烘的地方人声鼎沸,我想,坐在云端上的上帝看这芸芸众生,正好像我们童年时在一株老樟树下看一群蚂蚁在不停地爬行、忙碌、找食、抢夺和撕打一样,看来人类在上帝面前正如蚂蚁在人类面前一样滑稽,难怪米兰·昆德拉说,人类一思考,上帝就发笑。米兰·昆德拉真是个一手拉着上帝,一手扶着众生的圣人。早几年,世界上挺米者众多,但瑞典皇家文学院就是不肯将诺贝尔文学奖的王冠戴在这颗充满智慧的头颅上。当然,这不是奖励他那些至理名言,而是米氏的小说拓展了世界小说的外延,丰富了小说的写作方法。但无论如何,米氏的这一成就都将会在世界小说史上留下浓墨重彩的一笔。

在菜场里,我买了十几条黑背白肚的泥鳅和一块白嫩的豆腐,泥鳅和豆腐都是高蛋白物质,具有很高的营养价值,我吃过这道菜,所以也想做给父亲尝尝。但等我回到旅馆时,我傻了,我压根儿不知道这道菜应该怎么动手,束手无策时,只好往家里打电话，妻子不在，电话是永源接的，永源在电话里问我情况怎么样了，我如实告之，他也很焦急，但又别无他法。我又给岳翔打电话，岳翔知道，他在电话里简略说了一下，原来做法也很简单，我洗好泥鳅，照他说的做。

上午心情沉重，所以把砂罐放在煤气灶上后，就一直站在边上傻乎乎地看着煤气灶上的火苗。看着火苗就想起父亲，想起父亲的生命也跟火苗一样跳跃着，如果关了这煤气的阀门，火苗就会一下子熄灭，那父亲的生命也一样，一旦走到尽头，也将灰飞烟灭，就会在我的眼前消失，从此，我们阴阳两隔，永远也无法相见，我后半生的喜怒哀乐又将与谁说。我会像一个失去衣服的人，赤裸着，站在大庭广众前面显得局促与无助；我会像一个刚剥开皮的肉体，站在寒风凛冽的十字路口，感受到一种不可名状的生痛。

11 点半左右，我开始给黄和平医生打电话，因为是昨天说好的。拨了好长时间，对方都是无人接听，但我仍然是隔三四分钟拨一次。电话终于被我拨通了，电话里对方说自己是黄和平。我说自己是张岳生的朋友，对方问我有什么事情，对方问话时态度并不热情。我把我想请他帮忙的事情简要说了一遍，由于受对方情绪的影响，我说话时底气不足。对方沉默了一会后，让我直接去找胸科医院财务科长陈忠祥。我心一下就凉了半截，我想，怎么能够经得起这样的折腾呢？这一环又一环的远去，等我找到陈忠祥先生时这一点可怜的人情恐怕早已耗尽。但无论我怎么失望，怎么消沉，我想，下午还是要去碰碰运气，去找，就会多一分机会，不去找，就等于坐以待毙。

12 点了，父亲他们还没有回来，窗外飘过臭豆腐的气味，过去闻之恶心的东西，这回却飘来一丝幽香，我知道那是胃的作用，看来到这种时候什么东西最重要就一目了然了。但回头一想，又觉不对，我饥饿的感觉一向很迟钝。今天究竟怎么了？我刚伸出头去寻找窗外的气味，岳翔打来电话说他们已经回来了，在"你我他"餐馆等我过去。出门时，我想起是否把烧好的泥鳅炖豆腐带过去，但又觉不妥，因为餐馆一般很讨厌客人自带酒菜。"你我他"餐馆就在零陵路边上，离申林旅馆很近，大概只有二百来米。到了餐馆，我看见父亲他们坐在餐厅里看照片，大多是合影，岳翔与父亲站在黄浦江边，后面高大的建筑作为背景，父亲穿着青灰色中山装，里面是一件白衬衣，精神有些颓废，我第一次发现站在岳翔边上的父亲瘦小了许多。父亲连人也没有站直，有些佝偻着，两脚也岔开，裤管好像有点歪，我估计是被风吹的。父亲脸上表情僵硬，古铜色的脸突然间似乎消瘦了许多，额头上的几道皱纹特别明显，仿佛刀刻一样。最要命的是父亲眼睛凹陷得很深，里面的双眼竟有些看不清楚。岳翔穿着红 T 袖，挺着胸膛，身材高大，站在父亲边上，一手揽着父亲的肩膀，父亲便显得更加瘦小。我一直以为父亲虽不高大，魁梧，但父亲却挺拔、精神，想不到照片里的父亲竟然是这等模样，看来父亲已受到了沉重打击，无论是从肉体上，还是从精神上。我没有吭声，从餐桌上拿起另一张照片，是三人的，父亲、岳翔，还有爱虎，这一张父亲的形象似乎稍好一些。还有一张是父亲独自一人的，父亲站在墙边，前面有许多花，水红色的，花朵不大，但开得很盛，生机勃勃，不知道是看到花的原因，还是另有所致，父亲精神比前两张好了许多，但眉头仍然没有舒展开来，眼睛仍凹陷得很深。父亲平时话也不多，不顺心时往往皱着眉。也许是太阳光线的缘故吧！由于父亲脸向东，正对着阳光，父亲睁开眼睛很费力，所以就皱着眉，以挡住部分直射的光线。

下午 2 点半，我乘公交车去上海胸科医院，陈忠祥不在，接连问了两位医生，才知道陈忠祥在家休息，要到下星期一才能上班。又断了线，但好在我对此本来就不抱多大希望，因为，我向来对这种转弯抹角的关系缺乏信心，也缺乏能力，只有熟得不能再熟或者是最直接的关系，我才很少有开口的障碍。医院里人不多，我在住院部大厅里到处转悠，后来又转到七楼，七楼是胸外科病房，也就是父亲要入住的病房。我突然间记起高成新教授，我看见走廊东头有一位病友走过来，马上迎上去打听。他说高教授今日没有来。他还告诉我，开刀由医生定，高教授一般不大动刀。那病友从我身边经过时，我看见他瘦得可怜，脖子很像一根老藤。

病友说高教授一般不大动刀，我心情又沉重起来，因为父亲住胸科医院的目的，主要是想请高教授亲自动刀。另一个目的，当然是想避开肿瘤医院，怕父亲承受不了打击。父亲对自己的病根还充满疑虑，如果住进肿瘤医院，那无疑是明确告诉他，他患的是肿瘤。父亲无法豁达，这我当然理解，因为父亲的一生经历有他的独特性，更重要的是父亲的正义感与责任心使他的忧患意识十分浓重，所以父亲就无法豁达，再说就是豁达者，又有几人能够在生死面前波澜不惊？

转到护士值班室，看见房间里有几个护士在聊天，墙壁记事板上记录着出院信息，猛然发现 18 日有人出院，内心一阵激动。问过护士，护士说这不是明写着吗？护士说话时还用手指了指墙壁上的记事板，经得护士的准许，我在护士办公桌上捡了一支铅笔，把记事板上的病人出院信息写在一直拿在手里的上海交通图上：

18日、星期一、35、9、13、26

二、24、28

三、11、38

六、37、49、52

我马上想起CT室主任叶易刚。问过护士后，我径直来到CT室，在CT室门口，我又犹豫起来，我们未见过面，这样直接去找他总觉得有些冒昧，也有可能把事情办坏。在CT室门口休息椅上坐了片刻，我努力让自己平静下来，再三考虑是否直接去找叶易刚主任，经过反复掂量，我还是觉得应该先给小圆打电话，把看到的情况先告诉小圆，让小圆去说比较合适。拨通小圆电话后，我又走到墙边转角处，把下星期有多人出院的情况向小圆说了一遍，小圆那边的声音很嘈杂，根本无法听清楚。我很快从医院出来，拦了一辆的士，赶往小圆住处。路上交通并不拥挤，但我总觉得的士太慢，看看表，已是4点30分。我又给小圆打电话，想让她先与茅永富联系，趁叶易刚主任未下班，让茅永富与叶易刚通个电话，这样我就可以直接去找叶易刚主任。十来分钟后，我赶到小圆住处，小圆与几个病友在打牌，于阳春也在，小圆说她打了茅永富七个电话，就是没人接听，也不知道是什么原因，小圆说晚上再打。

我只好垂头丧气地回来，回来的路上我一直在想，是否有必要晚上去茅永富家走一趟。大概是中午没有休息好，下午又伤了神，从小圆处回来时头有些难受，后颈胀硬，额头好像被什么东西紧箍着，太阳穴有些痛。回到申林旅馆，我让岳翔和爱虎去买电饭煲、米和菜，准备自己做饭，我想赶紧休息一会，以便晚上出去精神一些。岳翔他们出门时，父亲坐在床边看电视，我出去上卫生间，我问岳翔父亲中午睡得怎样。岳翔说父亲睡到3点半左右，咳嗽了一两声，试了他手掌心的温度，也没有微热的感觉。

晚饭时，于阳春来看我们，于阳春说小圆后来已打通茅永富电话，小圆太直率了，说话缺乏婉转。我已听出了言外之意，从我见小圆第一面起，就觉得这人是个直性子，虽然是个女人，却什么事都直来直去地说话。但这个人心肠好，肯帮忙。于阳春让我直接给茅永富打电话，我站在走廊里拨通了茅永富电话，我把话说得很温和，甚至有些哀求的口气，我也不知道我怎么会流露出这种情绪，也许是对小圆说话语气不妥的一种弥补吧！我说我晚上去你家一趟。茅永富在电话里说他晚上再与叶易刚联系，劝我不要过去，电话中茅永富的口气极其真诚，我也只好作罢，就猫在旅馆里等候他的佳音。可茅永富一直没有电话，我估计他没有与叶易刚联系上，或者，另有其他原因，我又不好催得很紧，催紧了，万一人家反感，事情就难办了。所以，拿在手里的手机一直没有拨出去。9点半左右，手机突然响起来，我心里一阵狂跳，以为茅永富已与叶易刚联系上了，我有些迫不及待。原来是吕新景打来的电话，他在云南，他问我下午联系上了没有，我只好告诉他人未找着，财务科长陈忠祥要待下星期一才能上班。吕新景在电话那一头沉默了一会说，也只能等到下星期一了。

这一晚，我躺在床上想了很多。窗外几乎没有什么声音了，但有少许月光，屋内朦胧，我看见朦胧中父亲的睡姿。我床靠窗边，父亲睡在最里面，紧挨着墙壁，中间是岳翔与爱虎。父亲两只手叠放在胸前，仰着，身体似乎比以前单薄了许多。想到父亲的病情，黑暗中我明白自己的眼泪汩汩流出来，滑向太阳穴，然后滴在草席上。我正想着时，父亲突然间说起梦话，捣脚，舞手。岳翔与爱虎也被父亲的举动惊醒了，我连忙趿拉着鞋跑过去，扶父亲坐起。我让岳翔倒开水给父亲喝，压压惊。我问父亲梦见什么了，父亲说有人打架了，还拿刀砍人。我笑笑说，你睡觉时不要把手放在胸脯上，这样很容易做噩梦的。

六月十六日

《呼愁》二〇〇一

我不知道父亲什么时候说过，上海的米很难吃。一大早于阳春的丈夫董老师就送米过来，董老师送来的米是家里带来的，很合父亲口味。于阳春他们的这份真诚，使我很过意不去。

上午我一直猫在旅馆里没有出去，因为是星期六，医院里闲着，也找不到想找的医生，茅永富那边也不见电话，这也是我预料中的事情。因为，即使茅永富昨晚与叶易刚通了电话，叶易刚今天不去医院上班，他也无法确认有无床位，所以，这肯定是个未知数。既然是未知数，叶易刚也无法给茅永富一个明确的答复，这样，茅永富也不可能给我打电话，因为他心中也无底，所以肯定与否定的话都不能说，单是说与叶易刚联系上了，但又不知结果，打这样的电话他又会觉得多此一举。所以，茅永富没有电话来我完全可以预料。但我更担心的是小圆昨天的直率伤了茅永富的好心，要是这样，那事情就难办了。

父亲早餐后看了一会电视，大概有些累，又睡了大约两个小时。父亲睡着时，小德打来电话，他说自己出海刚回来，才知道我父亲病了。小德在电话中问了许多，虽然我是在走廊中接电话，但我也只是轻描淡写地说了几句。刚放下小德电话，手机又响了，是母亲打来的，母亲问我是否住进去了。我只能告诉她要再等两天，今天是星期六，医院里只有值班医生，要找的人在家休息，等星期一再去医院看看。母亲那头没有声音，我知道此时母亲心情十分沉重。我说父亲现在情况还好，跟来时没有太大变化，心情也不错，玩了几个地方，拍了一些照片。母亲说不要走太多，走多了，人会累。

结束了与母亲的通话，我回到房间里。岳翔烧菜去了，父亲也刚刚醒来，睡了一觉的父亲状态很好，似乎刚刚放下一身重担，满脸轻松。因为换了米，所以中午的饭父亲吃起来特别香，菜是泥鳅加豆腐、鳊鱼和青菜。虽然父亲吃得很香，但只吃了一碗，没有再添，这与在家里的父亲不一样。饭后父亲又服了阿莫西林和头孢拉定，两者都是消炎的药丸，岳龙回家前交代过，每餐饭后必须服用。父亲服过药，我又试试他的手掌心，没有微热感觉，我心里稍稍宽慰些。父亲出去在走廊里转了一下，我想到门口报亭买《新民晚报》和《参考消息》，看见父亲坐在门口一把方凳上，父亲的视线落在那个小女孩身上，那小女孩趴在木凳上吃饭，脸色白得瘆人，头发已掉光了，头皮青青。小女孩手里拿着一个羹匙，一口一口地去舀饭，饭碗里看不见菜，好像有汤水。小女孩的目光有些呆滞，很生硬地落在饭碗里。我看父亲很专注地看着她，有些落寞，柜台边那位四十左右的女服务员也很专注地看着那个小女孩。小女孩每次把饭送到嘴边时就停下来看看我父亲，又看看那位女服务员，然后收回呆滞的目光，再把饭塞进嘴里。我走过去跟父亲打了个招呼，那位女服务员突然转过头来说，这孩子在这里已经住了快半年，因为化疗，所以头发都掉光了。我的心突然间塌了下来，膝盖下面好像没了。我瞟了那小女孩一眼，那小女孩正好抬头看我，目光里似乎没有什么痛苦，充满着的全是疑问，我估计她没有听懂那女服务员的话。女服务员又转过头来看看我，我没有看她，我怕她会问我，父亲会受感染，会伤心，因为父亲也是一个多愁善感的人。父亲站起来的时候，我发现他的情绪明显受到了影响。我对父亲说，你回去先睡一觉吧！我到外面买些报纸。父亲说好的，说话的声音有些低沉，我一时找不到合适的语言，只好看着父亲在走廊里的背影默默祈祷。

父亲醒来后说自己有点胸闷。父亲说这话时，人已经坐起来了。我正在看报，我让父亲先平静一会儿，赶紧打开门，我怕房间里空气混浊。我又给父亲倒了一杯水，父亲喝了几口，对我说好多了。

我出门时，大概 2 点左右，马路上人并不多，头上的太阳有些热，人行道上的树叶也有些精神不济，出租车仍然匆匆而过，女人们大多打着花伞尽量靠着树荫下走。我转到一家小书店，想给孩子买几本书。小书店里只有几个顾客，稀稀拉拉的，有点零落和凋敝，店里只有一个女营业员，很年轻，趴在桌子上，好像十分困顿，眼皮也耷拉着，桌上还有擦过口水的痕迹，大概也是趴着桌子刚刚睡醒，但脑子还依然混沌着。给孩子看的书并不多，没有多少挑选空间，就买了三本《头脑训练营》。《头脑训练营》还真有些意思，翻过几页，觉得这是开拓孩子思维的好书，我估计孩子像我，思维可能平面化和线性化，空间性、立体感的思维能力稍差一些。这三本《头脑训练营》很注意空间思维和立体概念，很可能会打破孩子思维方面的某些局限。

从书店里出来，突然想起晚上应该给父亲炖只鸭煲，所以，也没有回旅馆，就径直来到菜场。因为时间还很早，所以菜场里也没有几个顾客，卖肉的、卖鱼的，还有卖豆腐、青菜的，都三五成群，坐在那里打牌。肉案上血红的肉有些耀眼，有几只绿头苍蝇在上面盘旋，偶尔在血红的肉上停下来，施展着尖爪抓住肉，仿佛要把这肉给提起来，但片刻又飞走，大概也明白这是蚍蜉撼树。过了一会，似乎又忘了，飞回来重蹈覆辙。卖鸡鸭的是一位老者，样子很温和，他的摊子设在靠左边墙的角落里，边上有两只笼子，左边是鸡，右边是鸭。我用手里的书指指鸭笼，老者自然明白我的意思，随手抓过一只鸭。我说，老鸭吗？那老者告诉我这市场里的鸭全是新养的。我也只好作罢。老者抖抖地用稻草缠了几下鸭脚，秤过后，告诉我二十八元八角。我一边掏钱，一边让他杀了。老者操过一把剪刀照着鸭脖子一刀剪下去，一股血腥味马上弥漫开来，待我转过身，老者早已把手中快要断气的鸭子扔进沸水里。

回到申林旅馆，父亲他们三人正在看电视。戏剧频道是父亲的最爱，岳翔与爱虎并不一定喜欢，但还是跟着父亲看。戏剧里的每一句唱腔，每一个动作都让父亲入迷。太阳的光线从窗外斜照进来，落在草席上，比中午时温软了许多。我在床边坐了片刻，电视里这种温婉缠绵的腔调让我心烦意乱。我让岳翔去把鸭洗净，放上佐料，再放在电饭煲里炖闷，自己捧着《大江健三郎随笔集》坐在床上消磨时光。尽管我再三努力，但电视里的声音使我常常走神，等我重新意识过来，我发现自己的目光仍然落在开始的地方。父亲却看得很有滋味，嘴里也跟着哼上两句，粗大的右手还轻轻拍打着床沿作为伴奏。

5点半左右，岳翔端着电饭煲进来，我切了两块鸭肉，再加了一勺汤，给父亲先尝尝滋味。父亲端起碗，一边看电视，一边喝着鸭汤说，香。父亲说香的时候，嘴角还微微向上翘起来，露出些许微笑。看父亲有这样的心情，我在心里也偷偷放松了一下，好像一个长期工作于空气混浊车间的人，突然间呼吸到一股新鲜的、略带芳草味的空气。我很明白，这种瞬间的愉悦，对我来说也是一种奢侈。这瞬间的愉悦过后，我马上又有负罪感，父亲已经病入膏肓了，我怎么还会有这种轻松的心情呢？

父亲晚饭吃得很有滋味。晚饭后，我对父亲说，我们出去散步吧！父亲说好的。出了门，我们沿着马路边人行道一直往南走，天色有些斑斓，街上的路灯亮得很整齐，马路上的车依然川流不息，丝毫没有改变白天的忙碌状态。我让父亲靠里走，我走在父亲外面。我们走得很慢，边走边看着黄昏中的城市景象。其实，高楼在夜景中也显得突兀，站在它下面，总会感到摇晃与压抑，这种不是摇晃的摇晃让人恐惧，这种恐惧也使人十分紧张，身上的神经似乎都绷紧了。我真的想很快逃离这夜幕中浓重的阴影，但父亲走在身边，我只能保持原来漫不经心的步伐。

一路走过去，前面便是东安路，肿瘤医院门边的马路上有一块空旷的绿地，说它空旷，其实也很小，但在上海，这已经是够奢侈的了。坐在绿地边的侧石上，心里平静了许多，刚才的紧张和压抑已经消失了。青草的气息传过来，使人神清气爽。父亲精神很好，很有说话的欲望，我坐在他边上，用手拂过毛茸茸的青草，一边听他讲述。父亲说了很多村里的事情，这些都是早年事情，早年的事情已成为历史，都褪去了它当年的贼光，泛着沉静而又不失使人遐想的昏黄色。我当然希望父亲多说些过去，因为这些过去的事情我没有经历，我缺乏那个时代的生活，尤其是那个时代的苦难，我想了解那个苦难时代，了解人在面临着生存威胁和人的努力仅仅是为了活命的时候，他们是怎么生活和思想的。少年时，我曾问过村里一位老者，一个人的生活究竟是什么？他的回答使我瞠目结舌：挖吃等死。老人说话时那肥厚的嘴唇还嗫嚅了大半天，凌乱的胡子在秋风中打颤，那一时刻，西下的夕阳斜照着他的半边脸，老人脸上的沟壑更加分明，仿佛是让刻刀给刻出来的。老人的话让我消沉了好几天，有几个夜晚，我辗转反侧，无法入眠，我想，人落到了这种地步，那与动物有何区别，人仅仅是为了活命，那这种生活早已失去了它的生机与色彩，那么，生命的长短对一个人来说已不是很重要了。

父亲没有给我说苦难，父亲跟我说的是那个时代发生的一些事情，这也好，这里面有能使我把它发酵成小说的细节。父亲讲到兴奋处，神采飞扬，讲到艰难处语气凝重，皱着眉头。在月光下，这隆起的眉头便成了一道山梁。父亲讲到不平处时没有慷慨陈词，只有那种落寞和惆怅，这就是父亲的性格，沉静、内敛，有些自我压抑。也许是长期的压抑导致父亲细胞变异，以致出现这种绝症。

有风吹过来，有些凉意，父亲外面穿着一件青灰色中山装，里面是一件白衬衣和一件圆领汗衫，父亲将领口敞开着，我怕他着凉，劝他把领子扣上。父亲说不冷，这种天气正好。父亲说话时，我发现自己穿的是黑色的短袖，我想这个担心也可能是多余的。

天上的月亮很不错，月光洒在草地上，青草更柔和了些。父亲看着马路上川流不息的车和悠闲踱步的人，有些落寞。我无意中拔了一棵青草在手心里揉着，我想，要是父亲没有病，或者不是绝症，这世界该有多好。这种时候，乡下村子里的池塘水肯定都暖洋洋了。还有水草，在暖洋洋的水中，在阳光的召唤下仪态万方，要是赤脚走在田埂上，那脚底下的泥，细嫩柔滑，会从你的脚趾缝中吱吱地冒出来，脚底下那种痒痒的感觉是至高无上的享受，这一刻，来自神经末梢的快感是无法用语言来形容的，这种快感也是很难重复出现的。可惜，这一切勃勃生机全被摧毁了，我现在的感觉只有孤独、无助、恐惧和焦虑不安。想到这里，悲哀又一次袭来，那种辛酸爬上鼻子，但无论如何，我都得强忍泪水，因为，父亲就坐在我边上，我的失态，会影响父亲的情绪，这对父亲来说，那是恶化他病情的催化剂。我见父亲有些落寞，便特意寻找适合父亲讲述的话题，慢慢地，父亲又进入了角色。父亲对我讲述了当年的“小海门赛诗会”、“革命样板戏”和“帮人家抢媳妇”，还讲述了“文化大革命”中村子里的人和事。我正好手头在写一个中篇小说——《少年手榴弹》，我希望父亲能帮我进入当年的氛围，我也渴望在父亲的讲述中能出现精彩细节。在父亲关于“文革”的讲述中，我看到了人性的丑陋，人格的异化，人类的集体狂热会导致国家和民族走向毁灭。父亲的讲述还勾起了我模糊的记忆。我记得我很小的时候，那是一个炎热的夏天，我被母亲背着，站在一座桥上，看西边河水里有一群人在水中行走，岸上有很多人，男男女女都跟着呐喊，周围很乱，很嘈杂，有些人慌乱地向前跑去，我还听见哒哒的脚步声。前面在水中行走的人很快便变成了一个黑点，很多人折回来，赤脚走在河岸上，骂骂咧咧的，身上的衣服都被撕破了，露出古铜色的肌肉。这时候，我看见父亲走过来，站在母亲面前说着什么，一脸遗憾的样子，父亲的白衬衣肩膀被人撕破了，可母亲却显得兴高采烈。我想，这也许就是那次抢婚吧！如果是真的，那时的我只有五岁。但五岁的记忆尽管沉睡了三十三年之久，只要有人能唤醒它，它依然是那样的鲜活。

回来并不晚，晚饭时岳龙打电话来，说晚上 9 时左右能到，我看表时已经 9 点 35 分了，我不知他旅途安全否。父亲与岳翔、爱虎一起看电视，我到门口独自一人静思了一会。快 10 点了，岳龙到旅馆，岳龙从家里带来体温表，放在父亲腋下，过了片刻，取出来一看，37.6℃，父亲的体温依然是微热，我的神经又被重重地挑了一下。

《呼愁》

二〇〇一 六月十七日

上海的老城隍庙在父亲这一辈乡下人眼里应该是天堂般的地方。父亲虽然没去过，但早有耳闻。所以，想去老城隍庙逛逛也应该是父亲的心愿。早饭后，岳龙与爱虎他们带父亲去城隍庙，我没有去，留在申林旅馆。

正想出门去买菜，手机响了，是单位领导打来的电话。领导在电话中问我父亲住院了没有，是否确诊。我一一谨慎回答，领导又说眼下单位很忙，等着我回去。我听了十分反感，对我来说，父亲的绝症无疑是晴天霹雳，我最直接的感觉是天塌下来了，那种天崩地裂的感觉让我恐惧、让我煎熬、让我痛不欲生。这种时候还能谈工作吗？我真想在电话中说，让我辞职吧！

但这话我没有说出来，我觉得事情还没有到万不得已的地步，如果工作真与父亲的生命有不可调和的冲突，我会毫不犹豫选择后者。因为连生命也很虚无，职业当然不能算得上什么，这世界上没有工作的人照样活得有滋有味，何必一定要为这五斗米折腰呢？

领导见我在电话的另一头沉默着，又说了一句：怎么样了？这一次传过来的声音温和一些。我说，大概是转折期，过了这个转折期就无法手术。领导听了，隔了一会，问我什么时候能住院。我告诉他大概是下星期三，但说完后我自己也呆了。其实，我心里也无底，我只是希望父亲在下星期三前能住院。不过我想，要是再住不进去，我准备直接去找院长，或者去找罗清泉医生。如果此路不通我只好找彼路了。放下电话前，领导问起江滨公园的导游图事情，我说我马上打电话给神通广告部，让他星期一把事情办妥。结束与领导通话后，我马上打电话给神通广告部褚学军，让他星期一上午与张新副局长联系，先把江滨公园的导游图安装上。

处理完工作后，去菜场买了一只甲鱼。卖甲鱼的人匆匆地在甲鱼的脖子上剪了一刀，殷红的鲜血泉涌而出。它紧缩着脖子，两只眼睛死盯着我，心中好像有许多怨恨和愤怒。我心里掠过一丝辛酸，同样是鲜活的生命，却让人任意宰割，看来那都是造物主的过错。

父亲他们是中午回来的，从父亲的脸上可以看出父亲情绪不错，进门时消瘦黝黑的脸上还洋溢着笑意。看见父亲这样的心情我心里自然轻松了许多。我想，我父亲真的有病吗？正当我这样想时，父亲又咳嗽起来，这又让我重新回到了现实。虽然只有几声不重的干咳，但每一下都重重砸在我心头上，一阵辛酸袭来，我只好背过身忍着。

因为明天是星期一，星期一的日子往往十分重要，医院里一周内出院的人应该有个初步安排。我想无论如何我应该与叶易刚取得联系，不抓住这个机会，下一星期说不定仍然无法入住，要是下星期仍然无法入住，那种压力我真的不敢想象，我们的心态呢？父亲的病情呢，是否还扛得住？它还允许我们这样一拖再拖吗？我开始怀疑，或许我错了，要是不来上海，留在台州医院，就是请上海医生来主刀，现在也该是康复期了。想不到来上海住院这么艰难，这是我完全始料不及的，早知道这么艰难，我肯定会选择留在台州医院。

父亲的晚饭吃得很香，一个是心情好，另一个原因是米来自老家，还有甲鱼汤炖得也好，很合父亲的口味，所以，两餐下来一只甲鱼就差不多了。父亲放下碗时我问他明天想吃什么，父亲说都能吃。父亲说话时嘴角上还浮有一丝笑意。

晚饭后我让岳翔带父亲出去散步，我和岳龙去茅永富家。我考虑再不与茅永富见面，事情恐怕就无法落实，因为，我们不认识叶易刚，只能通过茅永富。与茅永富已电话联系了多次，但始终得不到确切的消息，况且前几天小圆的直率可能引起了茅永富的反感，我觉得还是我们自己去一趟比较妥帖。

茅永富家住在黄浦区自忠路131弄。因为是晚上，有充裕的时间，我们没有打的，而是坐了公交车过去。公交车站离他家还有一段路，我们一边看地图，一边走。晚上有些闷热，街上很少有风，车和人都匆匆忙忙的，天空也灰暗。这么大的城市也真害苦了上班族，听说上下班坐两个小时的公交车路程都属正常范围，这怎么得了，即使中午不回来，上下班荒废在路上的时间也要四个小时，尽管专家在地铁上绞尽脑汁，但谁也没有合理的办法完全解决这一难题。看来城市大了也未必是好事。

走在立交桥下，桥上的车辆川流不息，车轮碾着水泥路面，发出隆隆响声，头顶上仿佛有春雷滚过，那种声音使人惴惴不安，全身的神经都绷得很紧。岳龙走在我左边，我不停地看着指示牌，空气中有很多灰尘，人有些燥热，我觉得浑身不舒服。汽车的喇叭声还响个不停，连立交桥的路也堵住了，堵着的车在夜幕下看不见尽头。路灯昏黄，从我们旁边经过的自行车拼命响着铃声，骑车的男人总喜欢全力以赴蹬着自行车，学生也有，女学生相对骑得舒缓一些，但却叽叽喳喳地说个不停，我只是听懂了一个字，侬。这样走了近千米，我们才看见自忠路的牌子，向右拐过去，前面有一个偌大的地方正在挖土，周边有很多树，很多人站在绿化带上，看着前面灯光下的挖土机，边上还堆着老房子拆下来的木头和老砖。挖土机的声音虽然闷响，但因为距离远了，传过来的声音已是强弩之末。站在边上看的人大多是出来纳凉的，但从他们的笑谈中看来，好像是在旧城改造，不久的将来，这里又将矗立起一幢摩天大楼。我不知道他们是否想过，时刻置身于摇摇欲坠的感觉下会是一种什么样的滋味。也许，他们早已司空见惯，完全没有压抑和危险的感觉，看来人的生存能力都是被逼出来的，环境的确能塑造人。

找了很长时间，才找到131弄6号，我真不敢相信在上海的市中心竟然还有这样破败不堪的老房子。城市里的老房子即使破败，也应该有它结实的外形和沧桑的风味，但这里的老房子却和乡下已经废弃了的老房子一样，给人以一种贫困潦倒的感觉。从过道走进去，里面是一味的黝暗，昏黄的十五瓦灯泡悬在头顶，左右好像堆满了什么杂物，空间极小，显得很逼仄。穿过那个过道，里面是个四合院，极小的那种，四合院里整个都很昏暗，灯光也不大亮，斑斓的天色下只看见几个慵懒的妇人或躺或坐，手里摇着蒲扇。她们听说我们来找茅永富的，就给我们指点说，这道木梯子上去就对了。茅永富大概在楼上听见了，就匆匆下楼来，见了我们，很热情地把我们引上楼。木梯很陡，光线也很暗，茅永富在前面引路，我们跟在他后面。茅永富不时回头对我们说，这里很快就要拆迁，到时要搬到外面很远的地方去。我们只能说这地段够繁华的，迁了真可惜。楼上有些暗，房间里也很拥挤，家具已褪去光泽。屋里虽然是日光灯，大概电压低，发出来的光有些灰白色。茅永富怕我们热，把一旁的电风扇按了一下，电风扇是落地式的，也很陈旧，开始发出刺耳的响声，但几下以后这声音又消失了。我们在电风扇对面坐下来，我说明来意，茅永富说他已经把住院联系单交给叶易刚了。我说我想明天直接去找叶易刚主任，茅永富说这也好，茅永富说完后又给叶易刚打电话，电话没有接通，我们闲聊了一会，茅永富又拿起话筒拨电话，电话还是没人接，手机也关着。茅永富说自己晚上迟些时候再打，让我们明天上午 9 点去找叶易刚，他不会不在的。我看再坐下去也没有什么必要，该说的都说了，父亲的住院联系单也在叶易刚手里了，只不过晚上电话没打通，茅永富又说晚些时候再打，这样，我们明天去找他就方便多了。我站起来，向茅永富道谢，岳龙很适时地从口袋里掏出红包，我们说这是一点心意，没有别的意思，只是感谢他的救命之恩。茅永富说这样不妥，事情还没有办好。我们说了很多感恩话，但茅永富就是不接受，他说一定要待事情办妥后再说，包括医生也一样。我见他坚持再三，只好让岳龙先收回。回来的路上我一直在想，茅永富说也包括医生，这可能吗？

从茅永富家里出来，城市好像安静了许多。车仍然多，但不再拥挤，远处大厦的灯光更加明亮、辉煌。路灯的光洒在疏疏密密的树叶上漏落下来，地上多了一些斑影。回到申林旅馆，我看时间尚早，想去于阳春那里坐一下，岳龙说自己不去了。我刚踏上楼梯，忽然想起父亲今日体温，又退回来叫住岳龙，岳龙说自己都有记录，今天上午是37.2℃，下午38.1℃。岳龙说话时脸色也不好，还伸手往口袋里摸烟，走廊里路灯昏黄，地上有一个他浓重的投影。38.1℃的体温仍然属于微热，这是一个很糟糕的体温，总是令人担忧。岳龙把烟掏出来，叼在嘴上，我让他拿下来，父亲已是前车之鉴，况且，父亲因为病情已不吸烟了，他说他闻到烟草已有臭的感觉，我记得早几天他说这话时，还不好意思笑了一下。岳龙看了我一眼，说自己实在熬不住，他又说自己知道，他不可能去房间里抽，而是站在走廊里过过瘾。我不知道这烟的瘾头为什么那么大，也许，他是为了减轻一些压力。想到后者，我只好同意他，但只能抽一支。踏上木楼梯最后一道时，我回过头往下看，岳龙坐在门口，对着门外的月光，把头埋得很深，手指上的烟头闪着通红的光亮。我站在过道的转弯处想，这1℃真是泰山啊！

于阳春和她丈夫董老师都没有睡，我轻轻敲了敲门，董老师出来开门，于阳春正在看电视，见我进来，马上让董老师给我倒开水。我说我晚上去了茅永富家，刚回来。于阳春转过身，把电视关掉，我看她气色不错，估计她心情愉悦。于阳春问我住院的事情怎么样了，有无进展。我把晚上去茅永富家的情况叙述了一遍。于阳春说要是明天再不接触就有些不对头。我说我也是这么想的。于阳春说是否可以直接去找罗清泉医生，或许能早点住进去。我点点头，其实，这也是我的打算，但愿明天能见到叶易刚，并且能如愿以偿。坐了一会，我看时间也不早了，我说我先回去，你们也该休息了。于阳春说，你明天应该给你父亲再做一下 CT，看看这十多天来的变化。我站起来向她道谢，我觉得她的建议很有道理。

我回来时，父亲已经睡下，岳翔他们仍在看电视，电视音量调到极低，几乎是只看画面。我进来时，他们都沉默着。我坐在床沿，岳翔轻轻告诉我，晚饭后，他与父亲外出散步，父亲咳嗽比往日多了一些，痰液中还粘有血丝。我听了头皮有些发麻，我把目光投向靠门口墙壁的那张床，父亲被一床薄薄的白色被子裹着，蜷曲在角落里，从白色被子里透出来的信息告诉我，这些日子父亲又消瘦了许多。这时候，父亲醒了，也许他一直没有睡着。父亲又咳嗽了两下，往痰盂里吐了痰。昏黄的灯光下，痰盂里的水上漂着一块白色的絮状痰液，白色的絮状痰液里有一丝十分刺眼的红。岳龙很快把床头的纸巾递给父亲，父亲接过纸巾往嘴角轻轻一拭，我故意说，爸，你的鼻子又发炎了。父亲把身子往床边稍稍挪动了一下，看着床前的痰盂说，不会是鼻子，我看我的肺可能有问题。岳龙笑着说，不大可能，肺如果有问题服阿莫西林没有什么效果的，只有口腔、鼻腔里的轻度发炎，阿莫西林是最有效果的，早几天服了阿莫西林效果不是很好吗？我接过话茬，问岳龙还有无阿莫西林，岳龙拉开抽屉找出一盒阿莫西林，又倒了半杯开水，让父亲服了两粒。

父亲服过药后就躺下了，好像有点累，脸上有些倦意。岳龙把痰盂端出门外，厕所里传来哗哗的冲水声。过了一会，岳龙把冲洗了的痰盂放回父亲床边。

快10点半了，我让岳翔关了灯与电视。黑暗中，我和衣靠在床头。房间里什么声音也没有，我没有听见他们的呼吸声和打鼾声，连翻身的声音也没有。

六月十八日

二〇〇一

《呼愁》

昨晚很久我都没有睡意，一直在黑暗中胡思乱想。见父亲有轻微的鼾声，又偷偷开了灯，找了一本《抗癌》杂志趴在床上研究。岳龙也没有睡，见我看杂志，他也过来。我翻到《饮食与癌症》，抄录下一段：

> 胡萝卜、番薯、大蒜、花菜、丝瓜、蘑菇、大豆、大葱、洋葱、白萝卜、韭菜、卷心菜等。

这些食品都有利于抗癌，我想，明天买菜就应该考虑了。这时候，父亲正好起来小便，我连忙将平摊在床上的杂志卷起来，以免父亲看见杂志的封面而知道自己的病情。大概是父亲身体虚弱的缘故，昨晚父亲至少走了五趟厕所，虽然我睡着，但我睡得很浅，我的意识仍然使我明确父亲的一举一动。我没有起来，但我能感受到父亲开灯与下地的动作，厕所里传来哗哗的流水声尤其刺耳。

天快亮时父亲有些咳嗽，父亲咳嗽时极力在控制自己，所以声音很压抑，这种沉闷的声音像一把木榔头锤在底下垫着石墩的稻草上。父亲往痰盂里吐痰时，我不敢睁开眼睛，我在心里默默祈祷。岳龙已经起来，好像抚着父亲的后背，又从床边立柜上撕下一截卷纸。我听见父亲的声音：怎么还有血丝。父亲的声音里充满了焦虑。岳龙故意很轻松，跟父亲说，不碍事，今天阿莫西林多服两粒，等会我看看你鼻孔。我侧过身，心情慢慢往下坠。

我醒来时，大家都已用过了早餐，爱虎到门口给我买了豆浆和包子，我就坐在床上边吃边看早间新闻，岳龙看过表说可以走了，我便将剩下的包子与豆浆扔进垃圾桶里。

乘 72 路公交车到左家宅，外面的天气有些热，公交车已开了空调。胸科医院在淮海西路边上，马路的对面是上海城市雕塑艺术中心，但此时，我没有半点艺术心肠。公交车停下来时，我们穿过一条小街，走了百来米，便到了胸科医院。医院门口的宣传窗上有一条信息告诉我，叶利钦曾经在这里做过心脏搭桥手术。看到这一条信息时，我心里涌起一阵喜悦，连俄罗斯总统都能来这里做心脏手术，可见这里的技术水平决非等闲之辈所能达到的，父亲要是能如愿在此做肺部肿瘤切除手术，这也是最理想的选择。如果连这样的医院也无法挽救父亲的生命，那也是天意，我们不可违背也无法违背。天要收人，芸芸众生不得不顺从天的意志。小时候，祖母常跟我说这世界天最大，天要刮风就刮风，天要下雨就下雨。我说，那人呢？祖母笑着说，人算什么，人是上天眼中的一只蚂蚁，哪一天它不顺心了，顺手一捻，这只蚂蚁就消失了。看着祖母笑着时洞开着的嘴里没有一颗牙齿时，我竟然有恐惧感。祖母大概在我眼神里看出我的不安，一把将我揽在怀里，轻轻地抚摸着我的后背说，当然，上天不可能无缘无故地随便捏死手中的蚂蚁的，它的眼睛很明亮，什么事情都瞒不过它的眼睛，只有那些经常作恶的人，常常会遭到报应。虽然祖母的解释消除了我当时的恐惧，但祖母的话很长一段时间控制着我的情绪，我有时会为此而极度悲哀，尤其是闲下来时，特别是雪天的冬夜，早早地钻在被窝里，在一盏昏黄如豆的油灯下，祖母的话便会潮水般地涌过来，将我的寂寞淹没，悲哀四起，我便泪水满面，感觉生命无常，生存毫无意义。这样想着，我便会和衣而睡，那盏黄豆般的油灯却一直亮着。很多时候都是祖母走过来，站在我床前看了好久，又喃喃地说，这孩子怎么哭啦！怎么哭了！白天里是否被人欺侮了？我有时被她的行动惊醒，但我也假装睡着，我知道这时候睡着比醒着省事得多。

我想着时，前面有个人挡住我的去路，我发现自己已站在一幢大楼门口，这里不是门诊，而是放射科。挡住我去路的人是一位警察，我没有想到胸科医院还有医警，这在别的医院好像都没有遇见过。医警冷硬的目光直逼过来，我脑门上满是热汗。医警问我干什么，我说我找叶易刚主任。医警的目光马上温和了许多。在取得医警的同意后，我和岳龙穿过一道走廊来到 CT 室门口。CT 室设在一楼，走廊里几乎没有人走动，也没有声音，墙壁刷得很白，光线从我们的背后一直向里面努力地照射进去，白墙两边的房门大都掩着，里面寂静，几乎听不到什么声音。我们正纳闷着，CT 室的大门忽然打开，里面走出一位穿白大褂的女医生，端庄而贤淑。我说您好，叶易刚主任在吗？她没有用普通话回答我，而是用她那口地道的上海话告诉我，叶主任去门诊了。谢过她后，我们从左边林荫道转到门诊，门诊设在三楼，人很多，但不显慌乱。这次是岳龙走上前去，他看见一个女医生刚从门诊出来，就走过去站在她面前，岳龙的态度也和我一样，显得很谦卑，女医生说话时，我已站在她边上，她说叶易刚主任刚走。我估计他可能回CT室了，我对岳龙说我们还是在CT室等吧！我们刚折回CT室，站在转角处，我看见一个四十左右戴着一副金丝眼镜的中年男子走过来，他边上走着一位年轻女医生，两个人说笑着什么，他从我身边绕过去时，还打量了我一眼。我们跟在他身后，走到CT室门口，我有些耐不住了，我请问他有无看见叶易刚主任。他转过身来告诉我，他就是叶易刚。我突然间有一种久违了的欣慰。这时候，走在前面的女医生已推开门，走了进去，叶易刚也已进了门，我站在CT室门口怯生生地问：叶主任，我可以进来吗？叶易刚没有回头，但我听见了他浑厚的声音：可以啊！你进来吧！我回头让岳龙也进来，因为岳龙手上还拿着父亲在台州医院拍摄的CT片。我说，我们是茅永富的朋友，台州的老乡，父亲病了，想住胸科医院，是茅永富让我们来找您的。叶易刚说，我知道，他给我打过电话。叶易刚让我坐下来，问了几句关于父亲病情的话，岳龙把父亲的病情大致作了介绍。岳龙说完后，我把父亲的CT片递上。我说，叶主任，您帮我先看看吧！叶易刚站起来接过CT片，夹在台镜上，雪白的灯光下，父亲的肺如在徽宣上画出来的灰色荷叶。我当然看不出什么名堂，所以我只好站在岳龙侧面。叶易刚指着肺上的一点说，看来还行。我心底里突然一阵欣喜。岳龙脸色仍然阴沉，眉头蹙在一起，我不知道他听见叶易刚说的话了没有。叶易刚拉下父亲的CT片，关了灯，转身对我说，永富前天已把你父亲住院联系单的复印件给我了，昨天我没有上班，医院里外出搞活动，搞活动时，我与外科医生已联系过，你放心，我会尽力帮忙的。我看着站在对面的叶易刚的眼睛，感到一种安慰。叶易刚停了一下，拿起桌上一杯开水喝了一口说，不过，要确定在这几天也很难，毕竟要住院的人太多。他说话后又喝了一口水，把手里的杯子放回到桌面上。我不知道该怎么说更得体些，岳龙也无语。沉默了一会，叶易刚说，你们先把电话留下吧！以便我能及时与你们联系。我赶紧掏出名片，又在名片的背面写上岳龙的手机号码，叶易刚接过名片随手压在桌面玻璃下。

我还是惴惴不安，我担心他这随手一压，又将我父亲的生命紧紧压住，不过，好在是在他的眼皮底下，只要目光随便扫过，他的目光肯定都会触及那张联系我父亲生命的名片。叶易刚大概觉察出我目光游离，神思有些恍惚，对我说，你们先回去吧，我会尽力的。叶易刚说话时，转过身又问那个女医生刚才门诊里那个病人的病情，我这才发现那个女医生一直坐在靠墙壁的一把木椅上。我突然间清醒过来，停住我的手，我的手此刻刚拉开我另一只手中的棕色皮包，我匆匆把刚拉开的拉链重新拉回，我已记不清我当时怎么跟他告别的。我只好退出门。到了走廊上，我站在那里看了远处的绿树一眼，让自己的思绪稍稍稳定一下。岳龙点了一支烟。虽然我十分反感他吸烟，因为父亲已成为前车之鉴，但此刻我明白他的情绪，所以我没有呵斥他。

在走廊里站了一会，我对岳龙说我们事情还没有完成。

岳龙明白我的意思，他说他先去七楼看看。岳龙走后，我独自一人坐在CT室门口的候诊椅上等待机会。走廊里寂静无声，父亲往事的画面不断在眼前浮现，且挥之不去。想起人生苦短，真是譬如朝露。这样想着，心情便不断地往下坠。这个时候，CT室的门被打开了，那响声把我吓了一跳。出来的那个女的就是坐在西边墙壁木椅上的那个女医生。我马上站起来，我不知道出于一种礼貌，还是出于一种本能。她很轻盈地走过来，我很和善地看了她两眼。她在我面前经过时，我感觉那是一阵风，一阵叫白色的风，这风还带着一丝隐隐约约的幽香，我极力控制住自己的思绪，我不敢贪婪地去吸一口空气。此刻的我，也无这种春天的心情，因为此刻的我已跌入万丈深渊，而此刻的春天却在高山顶上的树梢上泛着绿意。我看见了那位女医生眼里有一丝笑意，那是一种和善的、友好的笑意，我心底里明白，因为我们是熟人了。我没有多想，我马上走过去，可CT室的门又被关上了，我敲敲门，里面没有声音，我连续敲了两次，还是没有动静，我只好折回来。我十分纳闷，刚才叶易刚都还在房间里，这回怎么会没人了呢？我一直坐在门口，出来的分明是一位女医生呀！这样想了一会，我对自己刚才的举动产生了怀疑。我想，我是否真的看见那扇木门紧闭着？我是否敲过CT室的大门？我下意识地举起右手，看看眼前的右手指的关节，右手指的关节没有什么异样的表现。我站起来又朝CT室大门走去，在距离CT室大门还有两米远的地方我停下来，我分明看见CT室的门仍然紧闭着。这一次，我连敲门的勇气都没有，垂头丧气地回到原来的位置。我想，我的精神可能出了点问题，我站起来，走出走廊，站在走廊门口，我看见院子里绿意盎然，在一株樟树的枝头，还停着一只小鸟，我朝那只小鸟做了一次深呼吸，小鸟突然纵身一跃，落在另一个更高更嫩的枝头，那枝头颤动不已。我突然间觉得自己清醒了许多。

我第三次走进走廊时，走廊里仍然没有人，我看见 CT 室的木门半掩着，我内心一阵狂喜，我断定里面肯定有叶易刚，我便径直走进去。转身关上门，叶易刚正在看一张 CT 片，把身子俯得很低。他是站着看的，台前一片雪亮。他见我进来，好像很意外。我说，真不好意思，我又来打扰您了。我说话时把手伸进已经拉开拉链的皮包。他转过身，把 CT 片搁在台面上，说，还有事吗？他说话时眼睛已经盯在我的皮包上。我说我知道你们这样的医院住院的病床十分紧张，要安排一个病人也不容易，所以请您代为帮忙，打点一下。他马上收回目光，看着我的脸，很认真地说，这样不可以，我尽力就是了。我看着他镜片后面的眼睛，突然间觉得他很真诚，我一瞬间被他击垮。我精神涣散，软弱无力。我一再表示，几乎流泪。他说，你拿出来我还不好办。他说话的声音有些低沉，且十分厚实，听起来具有很强的穿透力，我只好把我的右手定格在皮包里。一股辛酸从远处袭来，我不敢再看他的脸与眼睛。他已感觉到了我内心的悲怆，他说我尽量想办法吧！说话时，他的语气透出些许忧虑。其实，他也没有完全理解我的思想，此时的我早已是惊弓之鸟，如果他收下这个红包，哪怕是暂时放着，那也是对我一个莫大的安慰，我会感到我找了一根救命的稻草，一星即将熄灭的火种，它可能对我几乎已到极限的悲观情绪产生良好的转折。但他这样的婉言谢绝，却分明是一把冰冷的刀，又一次伤害了我绝望的心灵。他说，你先回去吧！我会尽力想办法的。他看着地面说。我在绝望中重新拉上皮包拉链。我心乱如麻，从 CT 室默默地退出来，刚到门口，听见那女医生的声音，她在走廊里招呼着另一位女医生。我刚出门口，CT 室的木门便被叶易刚掩上了。我回头看了一眼，便急匆匆从走廊里走出来，走廊尽头两个女医生正说着什么，身子紧紧挨在一起。我站在外面稍稍镇静了一下，把刚才的细节回忆了一遍，我怕我在哪个环节出了错，以致招来他的谨慎。但我没有找出什么不妥之处，我看见的分明是他十分真诚的眼睛，也听见他十分恳切的言辞。我想，也许是我错了，根本用不着这么多虑，看来，这里的一切还都很规范。

岳龙从七楼住院部回来，问我怎样，我明白他的指向，我说，不是我们想象的那回事。岳龙稍稍迟疑了一下。从医院出来时，我突然想起来，要把住院部的路走熟，我担心下次父亲住进来时会受到医警阻拦不能随时探望，所以探明小路是为日后随时探望父亲做准备。我没有解释，我知道岳龙肯定明白我的用意。找到两条通往住院部的小路后，心情比刚才宽慰了许多。看看别无他法，只好先回申林旅馆。路上给母亲打了一个电话，叫她先别急，住院还得等，不过，托了一个人，从上午的接触中，看来还是比较可靠的，我们几个人都好，父亲也很好，与在家时没有多大差别。

下午天气有些闷热，岳龙两次带父亲到门口散步，房间里空气很浑浊，去外面换个空气对父亲来说很有好处。董老师过来问我们上午的事情，我向他讲述了个大概，董老师也一脸无奈，只好劝慰我们再等待消息。送走董老师后，去菜场买了两条小黄鱼和三只田蟹，一小把青菜，进门时，我看见父亲坐在旅馆门口，看着一本杂志，我说，爸，岳龙呢？父亲说在房间里。过走廊时，岳龙迎面走过来，脸色有些灰暗。我说怎么啦？岳龙压低声音说，刚才量过父亲的体温，还是微热，37.6℃，痰中仍有血丝。

我怔了一下，提着菜默默地向厨房走去。

《呼愁》六月十九日 二〇〇一

昨夜的雨不知从什么时候开始下的，早上醒来时，窗外的雨还淅淅沥沥地下着。窗门洞开，外面的水汽飘进来，房间里的空气比昨晚凉爽了许多。可父亲仍然觉得空气沉闷，一大早起来就坐在床沿上打扇。

父亲穿着一件白衬衣，手里拿着一把纸扇，白衬衣的衣袖有些长，父亲把衣袖高卷起来，一直卷到胳膊肘，手臂上的皮肤古铜色，显得有些瘦硬。父亲在和岳龙说话。父亲说，早晨仍然有些咳嗽，但不多，零星的几声，痰液中仍见血丝。父亲的说话愈来愈专业了，像个医生。岳龙让父亲服头孢拉定和阿莫西林。父亲说，前几天服了效果很好，不知道是什么原因，这两天却没多大效果。岳龙说可能是习惯了的原因，有些药一旦习惯了，药效就不明显。父亲说，想想也是这个原因。

到胸科医院找到叶易刚时，已是上午 9 点半。叶易刚十分忙，本来很沉静的人，也显得有些烦躁，我们只好在外面等，让他先把手上的工作处理完。走廊里有几个人也等着，有些坐立不安。我们在走廊里站了一会，又回到门口，门半掩着，里面似乎没有人，我们就大着胆子走进去，岳龙把带来的两张新拍的CT片放在镜台上，打开日光灯，父亲的肺在胶片中清晰地显现出来，那一块阴影尤其浓重。岳龙指着阴影边上②③两个位置对我说，看来淋巴转移已经比较明显。我把身子俯得更低，但我只看到两个小小的深灰色的点，我不懂医，所以看不出问题的严重性。岳龙脸色很阴沉，目光也很冷。这时候我听见身后有脚步声，我回过头，看见叶易刚从里面一间小房子里走出来，我们连忙迎上去。我说我们昨夜跟茅永富商量过，有特需病房也可以，价格贵一些亦无妨，只要有，我们不再在乎钱。叶易刚站在我面前，脸色有些凝重。我怕得罪了他，又换了一个站姿，尽量显得谦卑一些。叶易刚说特需病房亦很紧张，到了这个分上，大家也都住得起，所以也很难安排。听叶易刚这么一说，我马上泄了气，原来的满怀希望，转眼间就土崩瓦解，我以为特需病房光住宿费就要几百元一夜，应该很少有人入住，想不到连这样的病房也无法空闲，看来人都是被逼出来的这话一点不假，连叶易刚也这么说："到了这个分上，大家也都住得起。"叶易刚大概从我的目光里看出了我的落寞，他说这两天我再帮你想办法，估计这星期内不会成问题。听他这么一说，我心里又宽慰些，毕竟有了一个时间。叶易刚说话时已经走到镜台前，他俯下身子看我父亲肺部的CT片，我和岳龙站在他两侧。我说这是新拍的两张片，昨天忘了带。岳龙没有说话，眼睛盯着叶易刚放在镜台上的手指。叶易刚指着两个深灰色的点对我说问题比较严重，已转移，手术后效果不会很好。我的脑袋突然间晕了一下，但我马上清醒过来，我极力控制住自己的情绪。岳龙说，你看什么类型可能性更大一些？叶易刚说看来是腺癌，腺癌放疗效果就不大好，化疗效果相对好些。我站在他边上，心开始往下坠，双腿发软，感觉两脚似乎已插进泥地里，身子渐渐矮下去，很快就会被大地吞没。

我不知道自己怎样从CT室里出来，我只听见叶易刚说，你们不要每天来，我知道你们很急。我听见岳龙说，那我们先回去了，听您的电话。叶易刚说，好的。叶易刚说话时我们已走到门口，他看我们出去了，又走过来轻轻掩上那扇木门。门外的天气有些闷热，没有风，树枝也静悄悄的，白晃晃的阳光让人发晕。岳龙走在前面，转过墙角时，他转过身来对我说，我们是否到住院部看看。我明白他是想找高成新与罗清泉，我说好的。他说你的脸色怎么这么难看，我说大概是没有吃早饭的原因。

住院部设在七八两个楼层，人很多，自然有些嘈杂。高成新与罗清泉都不在，问过当班医生，当班医生说罗清泉在手术室做手术，高成新教授不知道。岳龙还是不甘心，又到门诊问了几个医生，答案几乎一样，只有一个瘦高一些的男医生说，高成新教授今天大概在家休息。那个瘦高的男医生说话时还往岳龙手上装着CT片的白色塑料袋上溜了两眼。我们也没看出他的意思，专家组的照片里好像没有他，所以也没有请他看片。

没有找到高成新和罗清泉，我和岳龙都很无奈，但留在医院里也没有他法，只好很落寞地从医院里出来。从宣传窗边经过时，我又看见叶利钦心脏搭桥那篇报道。岳龙走在前面，右手拎着白色塑料袋，里面的CT片清晰可见。我跟在后面，看着岳龙手里晃动的CT片，我想，父亲的生命怎么会如此轻飘，按理说父亲一生的不幸与苦难，都会使他沉重如山。

按祖母当年的说法，我父亲三岁时就失去了祖父。祖母很多次跟我提起过，祖母每次提起时总会这样开头：你爸命苦呵！三岁时你爷爷就被绿壳打死了，是快枪打死的。我少不更事，听起来好像是祖母在讲别人的故事，直到后来有一次我才从祖母的讲述中品味到父亲身世的悲凉。那一次，是秋天的午后，父亲好像出了一趟远门，后来我才知道是去余姚买机器。祖母总是牵挂着，我给她搬了一把竹椅，坐在西墙的院子里，西墙的院子里有些杂草，但都已枯黄。阳光很温软，落在祖母的脸上和手上，我突然间发现原来祖母年轻时是个美人。祖母说，你爸咋还不回来？我蹲在地上，一边无聊地拔草，一边看着落日的辉煌，我说，你怎么老是牵挂着他呀？他出门时不是说过要三四天吗？祖母掰了一下她苍老的手指说，可今天是第五天了。我没有说话。祖母说，你爸命苦呵！祖母这样一说，我就知道接下来她又要叙述一段家史，很多次我不想听或烦着时我都会粗暴地打断她的话题，或者干脆走开，但这次我却有想听的欲望。我往祖母的竹椅边挪了几步，把手放在祖母的膝盖上，我看见祖母眼里闪过一丝光亮。

祖母说，你爸三岁时你爷爷就被绿壳打死了。那是个秋天，那天大清早我给你爸穿衣服时，你爸站在床沿边，透过老屋那扇木窗，看着窗外发呆，我没有在意，只知道给你爸把缩在袖口里的那只小手拉出来。你爸突然指着窗外面那条大路说：娘，你看，我爸爸回来了。我轻轻打了他一下手说，小孩子别乱说。我知道你爷爷刚出门一个多星期，不会这么快就回来的，一般要半个月左右，多的时候还要个把月时间。我打了一下你爸的手后，你爸就呆在那里，两眼还直愣愣看着窗外。我也扭头向窗外看，大路上连个人影也没有。我听见你爸说，嗨，刚才还在的，刚才还在的……整个上午我都心烦意乱，第二天下午，老来家的伙计就跌跌撞撞跑到我们家里，还没开口，就跪在我面前泪流满面，我知道你爷爷肯定出事了，我脑子里一片空白，摇晃了几下就晕倒在地上。

你爷爷是被绿壳打死的。当时你爷爷是人家的船护，你知道船护是什么，船护就是现在的保镖，那时候出门水路陆路都有绿壳，你爷爷在这方圆几十里有名气，就被人家请去当船护。你爷爷是水警队长出身，快枪手，特别地准，一般绿壳知道了都不敢动手，那个打死你爷爷的人原来是水警队的队副，跟着你爷爷办事，后来水警队解散了，你爷爷回家闲着，他就叫了几个弟兄干这等生事。你爷爷回家后，我让他种田，他不愿意，他说跑惯了江湖哪有这份闲心。在家闲了没几个月，有人便寻上门来。原来是绿壳看中了横湖老来和老秋家产，要敲他两兄弟一笔大洋，老来和老秋出不了那么多大洋，也咽不下这口恶气。一天黄昏，两人找到我们家，我记得当时天还下着小雨，老来和老秋两人各自打着一把油纸伞。老来一脚踏进门就一副哭腔：方正兄啊！我有难了，你救救我。你爷爷坐在饭桌边，我正在洗碗。我很快在蓝腰上擦干手，拉过一把凳，请他们兄弟俩坐下，又让你姑把你爸抱上楼。你爷爷说你不要急，慢慢讲来。原来是下洋林绿壳林大头要敲他俩一千大洋，如果拿不出一千大洋，就要把他们兄弟俩刚造好的四合院统统烧毁，还要把他家的船也放走。你爷爷还没听完就暴跳如雷，说：这还了得，这林猢狲真是胆大包天，也不看看这是谁的地盘。这天夜里老来和老秋在我们家里坐了很久，左一个方正兄，右一个方正兄，临出门时还千恩万谢。你爷爷站在家门口，对着老来和老秋的背影大声说：捎个口信去，让他三日后来取一千大洋！

有了你爷爷撑腰，老来和老秋腰板就硬了。三日后，老来和老秋备了一桌酒食，放在院子里，桌角上叠着一千大洋，用红纱巾盖着，你爷爷穿着长衫，背对门口，左脚踩在凳上，右脚踏在石板地上，左手提一把锡酒壶，右手拿筷子夹菜，一人独酌。绿壳林大头带着三个伙计站在门口一看，两腿发软，不敢踏进门槛。你爷爷早听见背后脚步声，头也没回，大喝一声：林狗头，进来！陪爷喝盅酒。林大头进也不是，退也不是，满头虚汗，手下三个伙计都像霜打菜叶蔫得不成样子。你爷爷突然把一根筷子往空中一抛，抽出腰间驳壳枪砰的一枪，筷子断成两截，你爷爷将两截筷子往后一扔，筷子落在林大头脚前，林大头跌倒在地上，看见两截筷子一样长短。村里一片惊呼，以为出了人命，都跑过来看个究竟。林大头跪在地上向你爷爷的背影磕了三个响头。你爷爷大声呵斥说，滚。林大头慌忙爬起来，带着三个伙计溜了出去。

本来这件事了结后事情也就结束了，偏偏是老来和老秋要报答你爷爷的大恩大德，说你爷爷赋闲在家里总不是办法，请你爷爷给他们当船护，他兄弟俩的船经常走温州，水路绿壳也多，你爷爷名头大，枪法也准，有你爷爷押船，他兄弟俩就放心。你爷爷不喜欢种田，也做不了小买卖，江湖闯惯了，还是喜欢在外面混。我劝不了，就让他去，可没过多久就出事了。

……

我突然被汽车的刹车声吓得头皮发麻，一辆的士就停在我右边，至多也只有几十厘米，司机把头伸出窗外，眼睛里迸发出满腔怒火，满口污言秽语。火气马上从我脚底涌上来，我脸色发青，浑身痉挛，抬头看了一眼前面，想看看岳龙在哪儿。我看见岳龙站在一家店铺前，手里拿着一瓶矿泉水在注视着我。这时候，我才发现我完全偏离了人行道，几乎走到车道中央去了。我一下泄了气，向左横跨了两大步，站在自行车道的白线上狠狠地瞪了那中年司机一眼。司机的嘴巴动得很夸张，但我没有听清楚他在骂什么，因为，在他后面的出租车早已等得不耐烦，拼命按着喇叭。骂我的司机只好狠踩油门，箭一样冲出去，当然是带着怒气和骂我的快意。

坐在路边的点心店里，我饿得发慌，但仍然只吃了五个水饺。我看着还有五个水饺躺在浮着葱花的油汤里，无论如何都没有了一丁点食欲。我用手中的羹匙不停地拨弄着碗里的水饺，在听岳龙分析父亲的病情。岳龙就坐在我对面，他没有点东西，他把手中的矿泉水瓶在餐桌上转来转去，说五年治愈率大概百分之三十。我说，不用说五年，有两年就够了，我只要两年。我说两年时又用羹匙舀了一个水饺，水饺很饱满，通体油亮，但很沉重，我还是没有把它舀上来。我把它放回去了，只是把空羹匙放在嘴边，舔了一下。

回到申林旅馆已是中午 11 点，父亲坐在床沿上，大概是理了头发的缘故，看上去比往日精神一些。父亲穿一件白色短袖衬衣，屋里还开着电风扇，我有些担心，要是父亲感冒了那病情会加速发展。可父亲却很乐观，父亲说，感冒了就一起医吧！反正这副机器要重新整修过。看来父亲情绪还好，我在心里感到一丝欣慰。

晚饭后于阳春来看望父亲，于老师说她明天要回家。我搬过一把方凳让她坐一会，于老师对父亲说你在家里也肯定忙忙碌碌，这回难得有这么长时间让儿子们陪着。坐在床沿上的父亲消瘦黝黑，看到这么一个很有知识的女性老乡来劝慰他，嘴角上露出一些笑意。我坐在他对面，发现理了头发的父亲样子只有五十开外，绝对不像六十二岁的人。我想，父亲其实很年轻，我们其实还幼稚，更谈不上独立，父亲永远是我们的挡风墙，是我们的避雨所，是我们身上的皮肤，要是没有了父亲，我们身上的肉就会裸露在外，只要有一点风雨，我们身上鲜嫩的肉便会阵阵生痛。

于老师坐了大约半个小时就起身告辞，她说要去楼上整理一下东西，因为明天想早些回去，所以晚上先把东西整理好。临走时，她一再劝慰父亲不要心烦，没有人不生老病死的，有病也不可怕，关键是要有良好的心情。送走于老师后，我和岳龙去看小圆，岳翔下午回家去了，父亲由爱虎陪着。小圆住的旅馆离我们不远，所以就走着去。我们一路走一路说话，在父亲是否手术问题上岳龙有些犹豫，因为我不懂医，所以在心里我有一个基本准则，涉及这一类专业性的事情还是以他的意见为主，我的作用是在他的分析因社会性问题而出现困惑和在他的治疗方案比较中出现艰难抉择时再帮助他拿定主意。我知道岳龙在父亲是否手术问题上拿不定主意，其原因是上午听了叶易刚的话，我记得叶易刚看过片后说，问题比较严重，已转移，手术后效果不会很好。岳龙大概听取了叶易刚的意见，考虑手术会使父亲受到一次很大的创伤，元气大损，况且效果又不是很好，是否可以改用别的方法更适合。因为住院的事情还没定下来，所以他认为可以再去看看几个专家，再作计议。

我们回来时，父亲已躺下，父亲的面容似乎比以前更瘦了，但光亮比先前要好得多，坐在父亲的床前看着，想着，鼻子又发起酸来，我不知道父亲的日子究竟还有多久。父亲翻身时醒过来，看见我们已从小圆那儿回来，睡意大减，又跟我们聊东聊西的，一直聊了很久。

六月二十日

二〇〇一《呼愁》

上午，父亲的情绪有些波动。

父亲情绪波动是由一个病友引起的，我不知道他怎么会找到我们，因为我们没有遇见过他，也不与他熟悉，但他却找到了我们。他是我们的老乡，离我们老家大约有十几公里的路程，在茫茫大上海，这当然是老乡中的老乡了。老乡大概还不到六十，患的同样是癌症，来上海当然也是为了求医，但有一点我们始终无法理解：他来上海求医却是孤身一人。

老乡很早就来敲门，是清晨的时候。我最讨厌这种时候有人来打扰，因为我习惯于晚睡晚起，夏天的早晨我一般也要睡到 7 点半以后，如果是星期天不上班，那肯定会睡到八九点钟。要是 7 点半前被人吵醒，这一上午我都会烦躁不安，往往控制不了情绪，动辄生气，自然也会得罪一些人。只有家人和极要好的朋友知道，才不会跟我计较这些，到中午如果能补上一觉，下午做事不但心情舒畅，而且效率也高。要是中午又不能休息，下午的情况就会更糟，满脑子处于混沌状态，往往在晚饭前开始头痛，有时痛得发呕，匆匆忙忙跑到卫生间，对着洗脸盆大声呕吐，其实什么也没有吐出来，洗脸盆里只有唾液和泪水。而此时，我往往浑身虚汗，不得不从口袋里掏出随身携带的散利痛。虽然，医生一再告诫我不得依赖于药物，散利痛会有一些副作用，但他没有明白告诉我服多了这种药副作用的后果，我也不管这么多了，只要痛得难受，哪怕只有短暂的片刻，我也不再忍受。这种药于我来说开始效果很好，往往能在十五分钟内使我的头部疼痛烟消云散，但日子长了，这种立竿见影的效果也正在慢慢减退。

父亲昨夜与我聊了很久，我几次劝他早点休息，他说中午睡了很长时间，晚上脑子清醒，睡不着觉，后来我睡着了，父亲还在看越剧。父亲由于昨夜晚睡，所以早晨也还睡着。老乡来敲门时，我们都还在梦里，我突然听见门外剧烈的敲门声和响亮的叫声，我猛然惊醒，但懒得去开门，我讨厌这种时候有人打扰我。岳龙去开门，我朦胧中看见一个壮硕的男子走进来，穿一件皱巴巴的衬衣，一条灰蓝色短裤。他进来就嚷嚷：怎么还在睡觉？天都这么亮了，等会太阳就晒到屁股跟了。他声音很高，中气十足，说话时笑了，笑得很响亮。父亲不是很高兴，但出于礼貌还得坐起来跟他打个招呼。岳龙大概见过他，或者他可能在岳龙诊所里治过病或者买过药，所以有些眼熟，但他好像很熟悉岳龙，还能叫出他名字。想来也不奇怪，岳龙在老家的小镇里还有一定声望，所以他记得岳龙。岳龙搬过一把方凳让他坐下，我知道我不可能再睡了，只好懒洋洋地起来，随手抓过一本杂志，斜靠在床上翻着。只有5点40分，窗外的阳光有些散淡。父亲几乎没什么话，坐在床沿上沉默着。老乡的声音依然很高：不要怕，生癌的人多着呢，上海医生医术高明，我们死不了。我头皮一阵发麻，看见自己胳膊上都起了鸡皮疙瘩。我心里暗暗叫苦，父亲可能还不知道自己患的是肺癌，我们一直以来也都以肺炎来加以搪塞，他这么一说，分明是点破了这一层薄膜，也等于向父亲宣布了死刑。我很恼怒，我在心里责怪岳龙怎么会这么多事。好在父亲很沉静，听见这话也没有明显的反应，脸色似乎比昨日黝黯些，也许是昨夜晚睡的缘故。岳龙也觉察到他的话不合时宜，所以就赶紧问他吃过早饭了没有，其实这话很明显，我们希望他回去，我们还没有洗漱、吃早饭。但他还是没有反应，话锋一转，又说起他自己的病情，听口气好像在上海已有一段时间，他用的是介入疗法，已做过几次了，所以很熟悉，过几个月来一次，都是独来独往，每次花上一两万元钱。听他的声音，看他的气色，谁也不会怀疑他患有绝症，大概是无知吧！无知者无畏，所以在他身上几乎看不出他患病的任何迹象。

坐了半个小时左右，父亲先去外面洗漱。他见父亲出去，大概觉得没有了主要听众，兴致索然，没等父亲回来就离开了我们房间。他一走，我就告诫岳龙以后尽量不要让他来，我说他来了没好处。岳龙有些为难，他说他们也是在门口偶然遇见的，那人原来是他的一位病人，请他看过病，所以还认得，岳龙说自己无意中告诉他自己陪父亲来治病，就住在申林旅馆，他好像也住在这附近，所以一大早就找上门来。

早饭后，父亲有些消沉，我问他有什么感觉，他说早上起来胸部有些闷，还有点痛，去盥洗间漱洗时咳出来的痰液中仍然粘有鲜红的血丝。他还说这些天来身体似乎衰弱了许多，还不如在台州医院时舒服些。我知道这十几天他的病情加重了许多，但我还是无法马上让他住院，我站在走廊窗前，默默地看着窗外忙碌的车流和人流，备受煎熬。我只能在心中祈祷，让上帝爱怜他的生民。

昨夜于老师说过今日回家。于老师是和小圆一起回去的，我和岳龙昨夜去看小圆时，小圆正在整理行李，几次化疗后头发都掉光了，只剩下一个肥大的圆头，这对于一个三十多岁的女性来说，不能不说悲哀。但小圆极其开朗，大大咧咧的，口无遮拦，趿拉着一双鞋在病友间串来走去，有时还跟几个病友聚在一起打扑克，高兴时，笑得天花板也震动起来。但有时也为一件小事莫名其妙地生气。昨晚我和岳龙去看她时，她正在为一只编织袋和随她来上海照顾她的阿婆生气。看她这生气的样子，我自然想起水浒中的那些女侠。我想这样的大喜大怒于她的病情来说没有好处，但我们都是萍水相逢，并不是很熟悉，所以也不好提醒。于老师和小圆走时已经10点多，我和岳龙到门口送她们，是小圆先打的过来的，到了申林旅馆门口，于老师夫妇已站在那里等候，我看她们有许多行李，把的士后备厢都塞满了，于老师丈夫最后一个上车，我和岳龙站在路的右侧向她们挥挥手，于老师把车窗玻璃摇下来，跟我说什么，我也没有听见，因为路上车多人杂，人声鼎沸，车又开动了，这声音便很快随风而去。我望着远去的的士，心里极不是滋味，虽然，我们在这里已有十几天了，对医院、旅馆、菜场等都渐渐熟悉起来，但我觉得我们还不能独立，有些事情还需要她们帮忙，尤其是父亲还未住院，这真是无可奈何的事情，叶易刚是小圆亲戚的亲戚，有小圆在，肯定会更有利些。于阳春已经是常客了，又稔熟人情世故，遇到难题我往往会向她请教，现在她们都回台州老家了，这里只有孤零零的我，显得十分无助。但她们的医疗都告一段落，病情渐渐好转，我心里有些窃喜：原来，癌症也能治好的。

送走于阳春和小圆后，刚回到申林旅馆门口，王安林打来电话，安林在电话中说他认识的有几个人都患肺癌，开了刀，没过几个月就走了。听完安林话，我头皮发麻，我站在申林旅馆门口，不知道什么时候结束了我们之间的通话。走在去菜场的路上，我几次按按我口袋里的手机，总觉得我的手机里面还有人在说话。走了一段路，我又觉得我的手机一直未关上，并且一直握在手里。这样想着时，我又看看自己的手，手里什么也没有，手机分明是放在裤兜里，并且有些沉甸甸的，走路时还有一种分量的感觉。

菜场里很乱，人声很嘈杂，各种臭气夹杂在人声鼎沸中，我脑子里老是出现：手术，化疗；化疗，手术。我有各种理由不选择化疗，于是我脑子里出现的就只有两个字：手术。但当我确信自己的选择，还没回过头来时，我又有同样多的理由不选择手术，于是，我又义无反顾地选择了化疗。我终于松了一口气，因为，我痛苦的抉择终于有了答案。但当我抬起头来时，我又毫不犹豫否定了我刚才的抉择。大概是这种拉锯式的肯定与否定，把我折腾糊涂了，我有些麻木。我浑浑噩噩地走进菜场，我记起某本杂志上说过萝卜可以防癌，我对自己说：买萝卜。我顺着蔬菜瓜果摊走过去，红的番茄，绿的丝瓜，还有扁豆、南瓜、青菜、土豆……就是不见萝卜。转到一个拐弯处，我才看见有一摊卖萝卜的，面前也只有三四个，看上去已不鲜嫩，上端青皮都出来了，根须也很长，并且多，因为只有这一摊，所以也只好买了。买好萝卜再去买仔排，我想给父亲烧个仔排炖萝卜,多些汤,让父亲补补营养。菜场里仔排也不多,大概是我来迟了,我看见对面一条肉案上还有一些,就赶快走过去。付了钱,离开那个肉铺时,我又想起刚才买的仔排好像颜色不对,于是打开塑料袋,果然那仔排已有浓重的馊味,我想,刚才怎么不闻一下呢?好在不远处一条肉案上还有一小堆仔排,我赶紧走过去,这回我先用鼻子闻过,气味正常。那个卖肉的胖男子没好气地说,难道我的仔排馊了。他的话硬邦邦的,我也懒得回答他。付过钱后我就把左手里拎的另一袋仔排扔进旁边的垃圾桶里,那个卖肉的男子满腹狐疑地看着我,我没有理他。穿过卖海鲜的地方时,我突然看见地上有五六个萝卜,有一个摊主蹲在地上,是个老头,我看见自己手里的萝卜不及他地上的鲜嫩,又买了三四个,把先前买的那一袋扔在地上,那个老头觉得我有些奇怪,只是看着我,一边慢条斯理地吸着烟,待我走过后,他猛地一伸手,把我丢在地上的那袋萝卜抢过去,很快打开袋口从里面取出萝卜,放在自己的萝卜中。我只是瞟了他一眼,走了。快要出菜场时,我突然看见一个丝瓜摊上躺着七八个光洁鲜嫩的白萝卜,白萝卜上还沾着晶莹透亮的水珠,样子十分可爱,我停下来,看了一眼手里的萝卜,又觉得手里的萝卜太老太丑,我想,还是换一下吧!这么鲜嫩的东西,父亲吃起来应该会更可口些,这样想着,我又买了三四个,待付钱时,我才发现,我进来时就是从这个摊前走过的,并且在她的摊前扫过几眼,但我当时却没有看见白萝卜,只是看见一根根排得很整齐的丝瓜。出了菜场,我又把手里的另一袋萝卜扔进垃圾桶。

中饭稍稍迟了一些,父亲吃起来好像口味还不错。午睡后总显得无所事事，我想与父亲出去走走，这天气还是凉爽的。出门前，岳龙说要量一下父亲的体温，父亲就坐在床沿边看电视，口里含着温度表，样子十分认真，像个听话的孩子。量过体温，岳龙说还是微热。我说，多少？岳龙告诉我37.7℃，我又震了一下，比早晨高出0.4℃，岳龙说正常的，中午人的体温本来就应该高一些。我不知道他说的是真话还是在安慰我。

从申林旅馆出来，我们一直往西走，当然，我们是慢悠悠地散步，一边走，一边看看街景，父亲似乎不大感兴趣，所以不大往左右看。我知道父亲的性格，他向来比较封闭，其实我也继承了他的秉性，正直、诚实、善良、认真，我们都不喜欢凑热闹，不喜欢站在台前，不过，我比父亲要稍稍好一些。从申林旅馆到东安路很近，大概只有几百米远，东安路与零陵路的交叉口西北角是消防队的房子，消防队的南面就是肿瘤医院。消防队前面有一块空地，是草坪，虽然不大，但对于寸土寸金的大上海来说真有点奢侈。不过，这绿地却也真的很重要，它能让人安静，让人宽慰，让人紧张的神经得到舒缓，能在这喧嚣不安的大城市里找到这么一个好去处也不容易。我和父亲坐在草坪边，看看青草，一边聊着过去的事情。风有些凉爽，父亲穿着青灰色的中山装，里面是一件白衬衣，我穿着短袖。父亲大概真的老了，讲起早年的事情兴致很高，记忆尤其清晰。父亲像个讲故事的能手，在整个讲述中，声音轻重缓急，收放有度。父亲还讲述了一些我闻所未闻的事情，如果不是出于父亲之口，我完全不可能相信它的真实性，因为当事人人性中恶的一面的呈现，与我目前所看到的当事人的老态与慈祥完全无法对应。父亲讲了很多家族的、亲戚的、村里的事，我既怕他累着，但又很想听，这一些都将是我小说中的元素，我当然如获至宝，但是在这种特殊时刻我不得不考虑父亲身体中的能量，所以，我几次引开话题想使父亲停下来，父亲说着说着又往这道上讲，我只好放弃我的想法。

父亲情绪很好，不知道是草地的绿，还是川流不息的人和车，抑或是父亲对过去日子的回忆。等到父亲讲完一长段记忆稍作停顿时，我说我们回去吧！父亲点点头，站起来，拍拍裤子上的灰尘，其实石凳上没有多少灰尘。

回到申林旅馆，父亲和岳龙他们又是看电视。父亲很喜欢越剧，岳龙自然把它调到戏剧频道。我出去买菜，出门时，我问过父亲晚上吃什么，父亲说塘虾。我买了五两塘虾一路走一路想，是爆炒呢？还是水煮？转过街角时，单位打来电话，问我什么时候能回去，那边的事情等着我，我很生气，但我还是把这气压下来，一股悲哀袭上心头。我想，父亲都已病入膏肓了，离我而去的日子就在眼前，我还要受制于人，我是否该要这份痛苦的职业，如果辞职那又怎样，没有了父亲，我要这个世界又有何用，要这个该死的职业又有何用？但理智还是压制了我的冲动，我想起了妻女，想起了白发苍苍的母亲，这个时候，我又想起在这个秋天里，我将有可能换一份愉悦的工作。所以，我只好压住心中的怒火，站在零陵路的街角，用颤抖的手握住手机，告诉电话的另一头：下星期一我回来上班。

晚上的油爆塘虾父亲很喜欢。父亲几次停下筷子说：香。父亲大概很久没有吃到油爆塘虾了，所以，父亲会明确让我去买塘虾，按平时的习惯，父亲从来不问吃什么，只要熟了能吃就好。也许是想吧！我在心里对自己这么说。吃完晚饭后，父亲兴致依然很高，我们打的去了徐家汇，徐家汇很繁华，商业气息很浓，我们顺着绿化带走，那灯光，那绿树，还有街头的小公园，甚至是纳凉的人都成了一道道风景。商场里尽是女人的东西，从皮包到手表，从衣服到各种化妆品。下电梯时，看见一个黑人老外，站在我们前面三四米远的地方，瘦瘦的样子，父亲悄悄地跟我们说：像只乌骨鸡。我差点笑出来，我佩服父亲的比喻精准而妥帖。

从徐家汇回来，我怕父亲累着，让他早点漱洗上床。岳龙量了父亲的体温，37.5℃，依然是一个让我们提心吊胆的温度。

《呼愁》

二〇〇一 六月二十一日

我很少失眠，一年中几乎没有。

但昨夜我却失眠了。我躺在床上翻来覆去睡不着，黑暗中睁大眼睛，父亲的面容老是在我眼前飘忽不定。周遭一片寂静，唯有父亲他们的打鼾声散发着宁静而温馨的气息。窗外的月光很明亮，透过窗洒落到床上，父亲的身子有一半被薄毯盖着，小腿和脚都露在外面。父亲面向着墙壁，侧着身子，一只手枕着头，另一只手放在大腿上。月光没有照到顶端，所以父亲的头部就显得昏暗些，那小腿和脚踝却都白得有些不大自然。我看了一会父亲瘦削的小腿，我想我是否该去给他盖上薄毯。但我始终没有下床，因为我怕父亲会被我的行动惊醒，好在天气温和，父亲也不大可能会被凉着。

父亲翻过一次身后打鼾声也消失了，屋里更加寂静。我闭着眼，强迫自己入睡，但恰恰相反，我越强迫自己入睡，脑子却反而更加清醒。我又想起父亲的病情，是手术，还是化疗？反复了数十次后我才有些发困，开始迷糊起来，我不敢挪动自己的身子，我希望自己慢慢入睡。

早晨起来时我感到胸口有些闷，好像被什么东西给堵塞了，还有一些微痛。父亲他们已吃过早餐，仍然无事，坐在床沿上看电视。电视的声音开得很低，大概是怕吵醒我。我起来漱洗时感到胸口有些难受，但没有说，我只是站在门外的过道上对着窗口做了几下深呼吸。做过几下深呼吸后我觉得胸口舒服了许多，但仍然有一些隐约的不适感。我知道这种不适来自父亲的病情，是父亲的病情让我压力与日俱增，以致使我这样几乎不失眠的人失眠，这样的压力已明显影响了我的心脏，但我仗着年轻和健康对此不屑一顾。

岳翔前天回老家处理单位工作。我早饭后第一件事情便是去菜场买菜。走在去菜场的路上，我满脑子都是关于下午联合门诊的种种猜测。在无法选择的时候，我想把主动权全部交给联合门诊的医生，是手术，还是化疗，让医生们来定夺。心里有了这个主意后，胸口的微痛也渐渐消失了。

菜场里依然嘈杂，各种气味混合在一起，有些刺鼻。好在是阴天，见不着太阳，不然这气味会更加让人难受。买过几天菜后就晓得买菜的难处，菜场里几乎与往日一样，没有什么新鲜的东西，瞎逛了半天，看见一个木盆里养着几只龟，听人说龟也有很高的营养价值，况且不比甲鱼差。我记得父亲好像没有吃过龟，就买了一只。龟跟甲鱼差不多，就是背部更隆起一点，背部块状分割很明显，颜色有些灰黄。买好龟，又买了一些蔬菜和六两对虾。父亲喜欢的东西并不多，就是一些最常见的菜。我想，这大概是因为父亲少年时代物质的匮乏造成他今天寡欲的结果。另一方面，也是父亲的性格使然。父亲素来喜欢简单、清晰、干脆，他的简单在母亲眼中是单调，但这是他的秉性，无法更改。而母亲却喜欢繁杂，这也许是女人的天性，但更多的是出于物质匮乏年代的无奈。所以，母亲的锅里常常夹杂着一些常见的粗粮或者蔬菜。父亲总会皱着眉头，皱着眉头的父亲并不说话，只是埋头扒着碗中的杂饭，他当然知道母亲的无奈，母亲开始也不说话，她知道父亲心里不好受，但慢慢地等到父亲吃到一半，或者弟妹们说好吃时，母亲也附和说好吃；或者弟妹们说不好吃，母亲哄他们说好吃并努力装出好吃的样子时，父亲就会突然冒出一句：好吃个鬼，糊得跟猪食一样。这时候，母亲会涨红着脸说：我有什么办法。父亲大概也知道自己话重了，于是就会埋头扒着剩下的饭菜，弟妹们也不再说话，快速地扒着饭菜，屋里很静，就剩下筷子碰着碗沿的声音和大家口中的咀嚼声。过了一餐，父亲和母亲都很快把这些忘了，可等到下次吃这些杂饭时，往往又会出现一些不快，有一两次，父亲话重了，母亲不争辩，把头扭过去，实在忍不住了，那眼泪便会溢出眼眶。这时候，我心里就十分沉重，我觉得说什么都是多余的，一个十几岁的小孩无法改变现状。但我心里明白，父亲没有错，那是他的个性；母亲更没有错，在这种艰难的生活状态下她不得不隔三岔五用这种手段来打发日子。

回到申林旅馆时，我看见岳龙站在门口，一个人默默地抽着烟，岳龙的表情有些阴郁。他看见我从远处走过来，很快就灭了手里的香烟，随手将烟蒂丢在墙角边。我在门口过道的小报摊上买了两份报纸，一份是《参考消息》，另一份是《新民晚报》。很多时候坐着无聊，只能用读报来消磨时光，有时连报纸的中缝都看，有新意或突发性的新闻还要反复看上好几遍，尤其是国际动态，这大概也是我一年外事工作所带来的嗜好，有时不光看文字，还反复咀嚼文中的措辞，总想猜度出一些隐藏在文字背后的信息，尤其是关于伊拉克与美国人的对抗，以及联合国在其中的种种斡旋。

岳龙看见我手中拿着报纸，很快走过来。我说你怎么又抽烟了，我不是说过吗？连爸也不抽烟了。岳龙勉强浅笑了一下，故作轻松地说，这个我自己明白。我说，爸呢？他在干什么？岳龙说父亲在看电视，早晨体温 37.3℃，又是微热。岳龙说话时一脸忧郁。我说这微热怎么就退不了？岳龙说，这就是肺癌的症状，长时间的微热，人体能量消耗速度加快，人就会快速消瘦下去。岳龙这一说，我才突然想起本来就偏瘦的父亲这些天来的确又瘦了许多，只不过我们每天待在一起，太近了反而感觉不到。这时候，我的手机突然有人发信息过来，我打开来看，是永茗发来的："大师，你何时回来，我们都很想你。"我合上手机，站在门口静了好久。

父亲见我买来一只龟，笑了一下，他说怎么这里还会有龟卖。我还没有回答他，他又问这龟多少钱一斤。我说这里的龟不贵，跟甲鱼差不多，但营养好。父亲问过后又去看他的电视，我去杀龟洗菜，岳龙坐在床沿上陪着父亲看电视。出门时，我回头看了一眼，看见岳龙脸上轻松了许多。

我把饭菜端到房间里时，已过了 12 点，中饭稍稍迟了一些。父亲看见方凳上有一碟对虾，让岳龙把对虾分一半盛在另一只小碟里，送给旅馆服务员。我有些顾虑，这是病人的东西，她们不嫌脏吗？但过了一会我就知道我的顾虑是多余的，因为岳龙拿着一只空碟回来。吃饭时，我们又聊起门口服务员。父亲说，她们的生活也不太好。父亲说这话时，我才记起这个旅馆原来是一家小型工厂，后来倒闭了，因为紧靠着大马路，所以就把它改造成旅馆，服务员都是些没有其他门路的下岗女工，大都是中年妇女，虽然这旅馆离肿瘤医院很近，生意不错，但因为设施简陋，房价低，所以服务员的收入也很有限。因为都人到中年了，也没有多少文化，她们只能在此打理，但生活的拮据时时刻刻还是会流露出来。看来父亲也会观察人，而且比我们更加细心，也许是阅历的原因，父亲深谙人世间的艰难，我们虽然懂一些，但不及父亲理解得透彻。

也许这龟的口味很好，父亲竟然一餐吃完。看着父亲喝完最后一口汤，用餐巾纸去擦拭嘴上油光时，我又稍稍宽慰些。这样的日子并不多，父亲对我们烧的饭菜虽然不愁眉苦脸，但有时候那种努力下咽的情景却使我辛酸，当然除了辛酸还有内疚和自责。

父亲中午睡了一觉，醒来时精神不错。下午肿瘤医院的联合门诊岳龙已联系好，所以，父亲洗过脸后我们就去肿瘤医院。我们出门时，趴在柜台上睡觉的那中年妇女抬起头来，她看见我们走过来，就冲着我们笑了一下说，你们出去啊！父亲说我们去医院看看。出了门，岳龙说中午自己送虾给她们时，两人都很感激。

没有太阳，天气有些阴沉。申林旅馆离肿瘤医院只有几百米，但我们考虑父亲的身体还是打了的士。肿瘤医院里有很多人，岳龙找到联系的医生，很快作了妥善安排。我考虑人去多了，医生会反感，所以只让岳龙一人去，我和父亲、爱虎三人坐在候诊室大厅里等候。等了好久，岳龙仍然没有出来，我让爱虎陪同父亲，自己过去看看。我刚走到走廊中间，看见岳龙一个人很木讷地坐在椅子上，手里拎着父亲的 CT 片，脸色很难看。我问岳龙医生们怎么建议。岳龙说联合门诊的医生很令人失望，只有 CT 室医生看了 CT 片后说手术效果不好，其他医生都没有明确表态。岳龙说话时把手里一叠化验单递给我，我接过来一看，又是小便化验、痰液化验和支气管镜检查，做支气管镜检查要等到下星期二。没办法，我只好拿着化验单去付款，医生说支气管镜检查下星期二上午 10 时来，来时再付款。

本以为联合门诊会对父亲的病情有一个明确的治疗方案，想不到结果仍然是让我们摸不着边际，我一下子又坠入了黑暗的深渊。付完款，我不知道我应该去干什么。头有些胀痛，耳边的嘈杂声让我心烦意乱，我在楼梯的水泥台阶上坐下来，旁边上下楼的人很多，脚步声不停地敲打着我的太阳穴，我把头深陷在膝盖中，又用两只胳膊围起来紧紧箍住膝盖，疼痛有些减退，我想静下来好好想想，不想听到任何声音。我看到的是自己牛仔裤的两只裤管，口子已经发毛了，颜色灰暗，裤管下是一双皱巴巴的黑色皮鞋，好久没有擦了，鞋面上落满灰尘。大概是我坐在台阶上妨碍了上下楼者的行动，我听见有人不满的声音，我想我还是起来，这样坐着也思考不出什么结果，再说，在这种环境下也无法静心。我抬头站起来时，吓了一跳，看见对面墙壁上有一面大镜子，镜子里面的我，消瘦、木讷，头发乱草一样疯长着，胡子也有些拉碴了，尤其是那副近视眼镜后面的眼睛显得迷茫而无助，那件黑色短袖上衣也皱巴巴的。我对自己说，你怎么会如此落魄？

从医院出来，我让爱虎先带父亲回申林旅馆，我和岳龙去徐家汇一家民建中医院看看。这当然是岳龙的主意，听说徐家汇民建中医院很有名，岳龙对我说过，他在我面前提起徐家汇民建中医院时，我并没有留心，我把父亲的生死全寄托于肿瘤医院的联合门诊，但我根本无法想到的是肿瘤医院联合门诊的医生们几乎集体失语，这是我不愿看到的局面，至少也得讨论一下，各人发表自己的见解，就是最后形不成统一意见也罢，他们的这种草率，这种不负责任的态度让我愤慨，让我悲哀，那位 CT 医生的意见其实叶易刚早就说过，我心里已有底，我想听到的是来自 CT 医生之外的声音，哪怕是负面的，这至少也给我一个明确的方向，以减轻我对于艰难抉择的压力。

徐家汇民建中医院很近，申林旅馆在东，它在西，这条路与东安路北端形成倒 T 形状，肿瘤医院就在两路交叉口的边上。到了路口，我们往右走，父亲他们往左走，我看见父亲转身时的背影很有一股惆怅的滋味。

徐家汇民建中医院并不大，门口宣传橱窗上贴着一排专家照片。我们就站在橱窗前隔着玻璃研究，找谁最合适呢？对我们来说，初来乍到，人生地疏，只能凭着照片下面的专家简介来判断了。看了好几个轮回后，岳龙指着照片上的女专家说，这个人比较合适。我凑过去看，是一个老太太，名叫陈伟，简介上说对肿瘤治疗有独到一手，但她今天不上班，明天上班，看来只有明天再来。准备回来时，岳龙看见前面五六米远的地方还有一个宣传橱窗，他跑过去看，我站在原地等他。过了一会，他走过来告诉我，那个橱窗上只有三个专家照片和简介，其中一个叫钱伯文，是陈伟的导师，有五十多年临床经验，但他两星期来坐诊一次，最早也得下星期五。我说不行，我们不可能再这样等下去了。

回来时，我们又去了龙华中医院。龙华中医院就在零陵路上，离肿瘤医院很近，比徐家汇民建中医院大得多。我们进去时，大厅里有很多人。我感觉这里更显肃穆，不知是因为大厅的高大，还是门口翠柏林立的森严，抑或是中医的沉静和人们的无奈与忧愁。大厅正中悬着一面大型电子广告，专家的姓名和科室在电子广告里滚动播放，我们就站在大厅中央盯着电子广告。适合的专家并不多，只有一个叫刘嘉湘的，但要等到下星期三。我们别无选择，只好决定明天带父亲先到徐家汇民建中医院挂陈伟教授的号。出门时，我突然记起永茗让我给王卫留意一下治胆结石的专家，我回过头来，站在门口的左角盯着电子屏幕，我看到有个叫朱培庭的专家，是特需门诊，时间是每星期二的下午。我怕自己忘了，掏出笔写在一张纸头上。这时候，我看见岳龙已站在台阶上等我。

父亲也许有些劳累，也许是病情加重，晚饭后，父亲精神不济，便早早睡着了，这大概是父亲来上海之后唯一的一次早睡。我怀疑下午的联合门诊已让父亲觉察出了问题的严重性，虽然我极力掩饰着各种事实，但做得还不够，很难把我这颗破碎的心完全包裹起来而不留一丝缝隙，从我的脸色中还可以读出许多忧愁与悲哀，以及种种无奈。这也许是我的性格所致，有些人就可能伪装得很好，但我不能，我虽然也竭力装扮出轻松的样子，但还是破绽百出，甚至一不留心就满脸凝重。这对父亲脆弱的生命来说，都是致命的打击。往往在这种时候，我的内心深处就会泛起不可名状的悲哀，我在心底里骂自己：白痴一个。

父亲睡着了。房间里空气很沉闷，我们三人谁也不说话，真是难以忍受的压抑。沉默了好久，我有些支撑不住了，我说我出去一下。其实，我没有出来，我只是轻轻地带上门，站在门口。里面仍然没有什么声音，父亲的呼吸声隔着门听起来很微弱。站在门口静了一会后，我又向走廊踱过去，走廊里的灯光有些幽暗，大概是二十五瓦的灯泡，泛着乏力的光芒，灯泡好久没有擦洗了，满身尽是灰尘和蜘蛛网。有人在盥洗间里洗衣服，流水哗哗地响。风也很弱，几乎感觉不到。从走廊穿过去便是大门口，柜台里的那个中年妇女看见我走过来，马上站起来，满脸笑容地说，你出去啊！我说是的，我想出去走走。她告诉我，我们中午送给她的大对虾很好吃。她说这话时，我停下脚步，抬起头来，看见柜台里那个穿白色工作服的胖女人在昏黄的灯光下一脸微笑。

说是出去走走，其实我只是站在离门口只有十几米远的院子里。院子里有些树，月光很淡，树荫很浓重，有些微风，但没有凳子，我只好站着，天上有很多黑云，月亮在黑云的缝隙中露了一下脸，稍纵即逝。我一个人站着，突然想抽烟，也不知道自己突然间怎么会有抽烟的欲望。这时候，我听见后面有声音，回过头看见岳龙走过来。我们站在院子里无言以对，院子里多了两个浓重的黑影。过了一会，我说，有……我本来想说有烟吗？但我还是没有说出来，我把后面两个字咬断，咽回了肚子里。岳龙已明白了我的意思，下意识地摸了两下口袋，又惊愕地看着我。我换了一个站立的姿势，我说怎么办，这两天叶易刚那边估计会有床位，我们必须定下来，手术？还是化疗？很明显，去胸科医院，目的是为了手术，要是不手术，那就选择化疗。要是化疗，那就不用住胸科医院，在肿瘤医院化疗更好一些。岳龙沉默了好几分钟说，化疗吧！你说呢？我没有马上回答，我把叶易刚当时看 CT 片时说的话和肿瘤医院 CT 医生的意见想了一遍，我说，暂时先这样定吧！

事情虽然暂定下来，但我还是无法入睡，躺在床上看着窗外的月光，我突然记起来，父亲在台州医院做 CT 时，CT 室的赵年家医生就说过：已到纵膈了，手术效果并不大好。想到此，黑暗中，我潸然泪下。

《呼愁》

二〇〇一 六月二十二日

其实，最难的是抉择，尽管我们酝酿已久，并已做好准备，但事到临头，还是手足无措，六神无主。

早饭后，岳龙去肿瘤医院送痰液，那是根据昨天下午联合门诊医生的意见，再给父亲做一次痰液检验，检验的目的是寻找癌细胞。出门时，岳龙说送好痰液后再去找陈伟教授，挂陈伟教授号，看看中医再说。走了几步，他又回过头说等会儿电话告诉我，再让我带父亲去。我知道他很细心，考虑到父亲身体虚弱，长时间在医院里等待会使他身体产生疲劳。岳龙转身时，习惯性地摸了一下口袋，我知道他又想抽烟，他大概以为我已回过头，但我却没有，我看见他在走廊中的背影，我欣喜他已成熟的同时又愤慨他的烟瘾。当然，要是没有父亲的病，我是不会这样干涉的，最多也是奉劝他几句，但现在不行，现在我将父亲的病因完全归咎于抽烟。父亲也明白过来，自然停止了，我记得他刚来上海的第二天就跟我说：香烟已有臭味了。我当时震动了一下。父亲接连几天没有抽烟了，这可能是久违了的缘故，也许是父亲已经知道了自己的病因，在生与死的抉择中，父亲很自然地将爱好抛弃，这当然是常人的选择，也是明智的选择。正因为有了父亲这样的病情，所以我对两个弟弟的抽烟有时十分生气，甚至怒不可遏。当然，他们也只是偷偷地抽，一旦被我看见，他们就会快速把手中的烟蒂扔在地上，再踩上一脚。

快到9点，我的手机突然响了。父亲坐在床沿上看电视，我手机的响声惊动了他，他很快回过头来。我拿着手机出来，站在走廊上。电话是茅永富打来的，茅永富在电话中有一种说不出的喜悦，他说刚刚接到叶易刚电话，胸科医院已有病床，让我们速去找叶易刚主任。结束通话前的那一刻，他还在手机里用十分急躁的口吻对我说：越快越好。合上手机，我脑子里一片空白，我六神无主，周围的空气仿佛都成了水，而我却是漂浮在这无边的水中的一只臭虫，找不到边际，却在茫茫的水中自个儿打转。有一个声音对我说，去吧！好不容易等到一张床位，这也许是父亲生命的转折点；另一个声音也对我说，肿瘤医院联合门诊的CT医生不是说过吗？手术效果并不好，况且叶易刚主任本人也说过：已转移，手术后效果不会很好。那就不去吧！但过了这个村就没有那个店。

我有些头晕，我把头靠在走廊的墙壁上，走廊上没有人，但我马上又站正身子，我怕父亲会看见我的痛苦。我走到门口，坐在柜台后面的服务员站起来跟我打招呼，我不知道她在说什么，我只是象征性地点了一下头。站在门外的空地上，我拨通了岳龙电话，我在电话里告诉他胸科医院的叶易刚主任让我们赶快过去，那里已经空出了一张病床。岳龙也呆了，好久都没有听见他说话，只有他的呼吸声通过手机传过来，那也是一种犹豫不决的信息。过了好一会，他说已经挂了陈伟教授的号，第 13 个。他声音很轻，几乎是软弱无力。我说，这样吧，我过去再商量。

从申林旅馆到那里很近。因为单向车道，这条路是逆向的，所以也无法打的，好在路近，就走了过去。出门前我特意回到房间里与父亲打过招呼，说我去岳龙那边看看，父亲就让爱虎陪着。我看见他俩都沉默着，只是很认真地看着电视。

岳龙已站在门口等候，我远远地便看见，那副神形显得很落魄。门厅里虽然人不是很多，但不是说话的地方，我们便走到院子里，站在橱窗旁，好久我们都没有说话。过了一会，岳龙说差不多了，快要轮到爸了。我说既然这样，那就先看看中医。我掏出手机给爱虎打电话，让他带父亲来。隔了十分钟左右，父亲来了，父亲走路的样子比以前软了许多，青灰色的中山装穿在身上显得有些干瘪，但还是很整洁的，中山装左上口袋还插着一支钢笔，这表明父亲对于出门还是郑重其事的，总想避开没有文化的乡巴佬的嫌疑。我让父亲坐在候诊室等候，自己和岳龙又重新回到院子里，刚停下来，我发现透过候诊室的玻璃完全可以看见院子里的情景，我怕父亲会看见我们，引起他的疑虑，所以又走出院门，站在零陵路的绿化带上。岳龙站在边上仍不吭声，我突然想起来，应该给母亲打个电话。虽然我心里已有底，但还是应该先问问母亲，或许她有其他想法。母亲在电话另一头听我陈述完这两种意见后，表明了态度：不能手术。大概母亲在家已打听过，或者平时听多了这种事情，也许是她本能的一种反应，抑或，是我陈述时的语气所致。总之，我说不上来，但关键是她的意见与我心中的想法是吻合的。我问岳龙，岳龙也倾向于保守疗法。我不懂医，岳龙的意见当然十分重要。大家的想法都一致，我就下定了决心，既然父亲不手术，那我们的目的并不是住胸科医院，而是住肿瘤医院。此时，我知道我不便打电话，我让岳龙给茅永富打电话，说母亲坚决不同意手术，无奈之下，我们也只好如此。岳龙拨通茅永富电话后把我的意思转述了一遍，茅永富在电话中也没有表示异议，岳龙反复强调了母亲的主见，并表示十分感谢。岳龙合上手机那一刻，我看了一下表，9 点一刻。我不知道这是生的一刻，还是死的一刻，但这一刻不管怎样，它都永远铭记在我心中。因为，在这种生死抉择上，我第一次作出明确的选择。

离开绿化带时，我才发现路上有很多人，自己就站在一株电线杆边，头上是横七竖八的电线，天空似乎明朗了许多，还有鸟飞过。我如释重负。

回到候诊室坐了一会，便轮到父亲了，陈伟教授是个很清瘦的老太太。看了父亲的病历，又看了父亲的 CT 片，她指着 CT 片上的阴影对我们说，问题比较严重了。看了一会后，她让我们把父亲叫进来。爱虎陪着父亲走进来，陈伟教授很和蔼，也很耐心。父亲坐在她对面显得有些拘谨。陈伟教授问了父亲的大致情况，又对父亲说，你平时抽烟吗？这时候，我发现父亲才放松了一些。父亲淡淡地笑了一下说：我都抽了几十年了。陈伟教授皱皱眉头，撇了一下嘴说，哎呀！怎么能抽烟呢？父亲说，没办法，很早就上瘾了。陈伟教授说，现在呢？总不抽了吧！父亲点点头说，不抽了，闻到这烟味还有些臭。父亲说完话，又淡淡笑了一下，大概觉得自己刚才这话有些幽默。陈伟教授示意我们先让父亲出去，我和爱虎陪着父亲回到候诊室，父亲的情绪比刚来时好多了，他说这个老太太还蛮温和的。

陈伟教授给父亲开了一星期的中药，中药由医院里代煎，每天来取两袋，上下午各服一袋。同时，还开了三味中成药：黄芩生脉饮、六味地黄丸、西黄丸一起服用。

午睡后，父亲的精神又好了许多，但体温仍然微热，37.7℃，比早上高了0.5℃。岳龙说过午后的体温比早晨体温要略高些这也正常，更主要的是我们无能为力，只好默认了这个揪心的事实，在心底里我们都知道，这种微热对于父亲的身体极具杀伤力。但我们束手无策，专家也一样。窗外突然下起雨来，屋里开着电视，父亲斜靠在床头。雨不大，但能听见声音，嘀嘀嗒嗒地响，我出门去打开水，看见走廊上又新来了三四个人，又是一家子的感觉，大家都很落寞，那个高瘦的男子应该是父亲，脸色灰暗，走在边上的是妻儿，女孩跟在后面，看来也无非是二十刚出头，生得很清秀，但一脸的忧郁。大概是刚来，所以生疏，脸上难免有些惶惑。他们一行人已转过弯，我的目光还落在那女孩瘦削的肩上。这时候，我口袋里的手机响了，电话是单位里打来的，分管局党务工作的老杜在电话中就我父亲的病情与我寒暄了几句，寒暄几句之后，老杜说市委"三个代表"领导小组要我们局党委下星期一就要上报对照检查材料。老杜说完后停了一下。我知道我应该回去了，这样的材料不可能让别人来代劳，肯定要我来操刀执笔。我说好吧！我坐夜车回来，星期六、日两天加班，不成问题。老杜在电话中表示了歉意，我说工作是重要的，更何况是上头的任务。放下电话，我心里总是被一股气压着，浑身不舒服。

我想，如果没有工作就不会有这样的烦恼，父亲的病情正处在一个紧要关头，这里很需要我，岳龙虽然学医，但毕竟是第一次遇到这种天大的事情，岳翔年轻，还太嫩，况且两人连上海都还是第一次来。我想，如果我辞职了，那又怎样？没有父亲的日子肯定是没有太阳的天地，这种阴冷的时光对我来说还会有多少快乐呢？我想得很多，人就有些糊涂，提着热水瓶走回到门口时，才发现自己没有打开水，竟然拎着空瓶子回来。原来，我只是把热水瓶放在接开水的位置上，并没有扭开龙头开关，也没有拿开热水瓶的瓶塞，只是站在开水炉前面乱想了一通，然后就把空瓶子拎回来。

到开水房重新打了开水，我回到房间告诉父亲，单位来电话了，有一份材料等着我去写。父亲说，你出来很多天了，也该回去看看，不然，时间太长了也不好。父亲说得很平淡，我站在窗边，看着窗外淅淅沥沥的小雨，心里总有说不出的难受，我觉得做人很无奈，也很无意义，在这种时刻，最重要的是人本的关怀，亲情的安慰，而自己却要为这种形式至上的事情所忙碌。父亲说，那你下午去买车票吗？我说是的，下午应该去买好车票，不然，晚上万一没有车回去，事情就会耽搁。父亲看看表说，差不多了，你先去买票，让岳龙陪你。我说好的，我想，我只能如此而已。

离开父亲那一刻我情绪十分低落，我无法估计我不在的日子里父亲的病情会往哪个方向发展。出门时，我没有回头，父亲也很平静，他依然在看电视，爱虎坐在他边上。天上仍然下着小雨，不紧不慢地，很是烦人，我和岳龙在马路边上站了一会，招呼了一辆的士来到徐家汇地铁口。地铁还没有到站，我们站在月台上，有很多人都往月台边涌过来，虽然人多，但场面还是不怎么杂乱。过了一会，地铁到站了，一个崭新的火车头，轰轰隆隆地开过来，很快就停在我们面前，人们鱼贯而入，我们也跨进地铁找了座位坐下来。车厢里整洁、明亮，没有一点污秽。地铁行驶起来也很平稳，坐在我旁边的女学生拿出一本书挡住了半个脸。岳龙把地图摊在膝盖上，他用笔标着上海客运总站的位置，从地图上看地铁途径的是衡山路、淮海中路，再穿过大世界、上海博物馆、人民公园，一直北上到上海站，看上去有很长一段路程，但地铁的速度很快，几十分钟便到终点。我们从上海站地铁口出来，往西北方向走过去，不远处便是上海客运总站。车站很大，旅客很多，我们很茫然，不知道应该从哪个方向走过去离售票厅最近。很多人打着伞又拖着行李，虽然是毛毛雨，但不打伞，人很快就会被淋湿。我正踌躇时，一个中年男子朝我们走过来，黑不溜秋的，看样子还有些面善。他走到我面前停下来，扫了我们一眼说：去哪里的？他这一说，我突然欣喜起来，我从他的普通话里听出台州话音。我说我们想去台州，浙江的台州。我特意在台州前面加上浙江，因为在上海好多人把台州听成了泰州。他立即喜形于色，说自己就是台州的车，终点站是温岭。这一次，他再没有用普通话，而是用地道的温岭话，他大概也听出了乡音，所以干脆用温岭话跟我说。从他的口中我们知道要进站买车票很麻烦，等车也不容易，去台州这样的小地方车班次也很少，台州人都是坐他们车的。我说那你们的车几点出发，他说 8 点，晚上 8 点出发，后半夜两点能到。我说我到临海，他说我就知道你到临海，你说的全是临海话。这时，我才发现自己说的全是临海话。岳龙还在犹豫，问我要不要进站去看看。那人说，我不骗你的，老乡，我车是奔驰大巴，又稳又快，上了车你就相信。我动摇了。我说，你车呢？他没有回答我，却招呼了一辆的士，说，上车吧！去恒丰路。说着，他打开车门，让我们坐车后排，自己坐进副驾驶室。

恒丰路在上海站西面，南北走向，离上海站很近，所以几个转弯就到。出租车停在一个很不显眼的小宾馆前，我们三人下了车，我看见极为普通的小宾馆却有四个鲜艳的大字：龙门宾馆。我想：他带我到这里干什么？我正在纳闷时，那老乡说：跟我来。他转过身，又带我们从立交桥下面穿过去，对面是一块空地，空地左边有一排小屋，小屋门前都放着一块牌子，上面标着客车的去向，空地上看不见一辆客车，但站着很多人，地上还有很多水渍，雨停了，但水汽还在人们头上荡漾。这里杂乱无章，比老家乡下的面包车站好不了多少，无非就是拎包的人多一些，抽烟的，吃水果的，闲聊着的，站立姿态也如同乡下的百姓。我有一种被人耍了的感觉，但事已至此，我只好跟着他再走下去。那老乡把我们带到一间小房子前，我看见一块三合板上用红漆歪歪斜斜地写着两个大字：台州。老乡对着窗口朝里喊：来客了。里面出来一个胖猪一样的女人，颈项上挂着一个黄澄澄的金项链，很粗壮的一圈。她说，几个？我说一个，去临海的。那老乡乜了我们一眼说，你们不是两个吗？我指指岳龙说，他不去的。那女人抬头看了我一眼，在抽屉里拿出一沓票子，又在上面写了一些数字，递给我。我一看是张乘车证，车号：22588，票价：100元，座号：17，发车时间：晚8时。我付了钱，转过身来，已不见那位老乡的身影。我说，人呢？岳龙说，他拿了那女人的钱早走了。

因为时间尚早，我只好又回到申林旅馆。大概是累着了，回到旅馆我就有些犯困，靠在床头开着灯，还没看完一页《大江健三郎随笔》就睡着了，等到父亲叫我吃饭，我才朦朦胧胧地睁开眼睛，窗外阴沉沉的，时间已是5点一刻。

赶到恒丰路那个候车点已是7点半左右，场地上有很多大客车，秩序仍然很乱，声音很嘈杂。因为去台州的车还没到，我们只好站着等。进出的客车太多，刺耳的喇叭声让人心惊肉跳，排气管里排出的尾气向四周弥散，虽然看不清楚，但有些呛人。8点钟，去台州的车终于到了，我正在考虑17号应该排在哪个位置，一群人早已蜂拥过去，争先恐后地挤进车门。我最后一个走进去，17号座位还空着。

汽车在高架路上行驶，辉煌的灯火看不见尽头，凝视着窗外的灯火，我无法判断哪里是零陵路，哪里是申林旅馆，哪一盏灯光属于我风雨飘摇中的父亲，此刻，我不知道父亲在干什么，看电视？或许与岳龙和爱虎闲聊，散步已不大可能，因为已经8点多了，况且下午还下过雨，外面湿气太重，岳龙是不可能带他出去的。汽车在高架路上盘旋了很久，终于摆脱了辉煌灯火的巨大引力，驶进茫茫夜色中。我坐在后面，车里什么也看不见，只是感觉汽车好像是一只小船，劈风斩浪，驶向大海深处。窗外光影点点，稍纵即逝。安林与谦杰的电话相隔只有十几分钟，他们询问父亲病情。我告诉他们，自己正在回家的路上，父亲的病看来凶多吉少。他们只能扼腕叹息，当然也无可奈何。

后来我睡着了，做了一个梦。我梦见自己和父亲走在大路上，一起去干什么事情，父亲似乎有病在身。我与他说起爷爷，我说爷爷虽然已走，但堂哥先裕曾带我去一个石洞里看过爷爷留在石洞里的壁画，虽不清晰，但也算是睹物思人了。父亲并不与我搭言，我问父亲身体安否，父亲没有回答，只是一副心事重重的样子，好像在他心里他自己已明白了一切。过了一会，我们遇上了由南至北走的送葬队伍，我与父亲让在一侧，但送葬队伍在我们前面几十米远的地方向西而折。后来父亲又独自一人走了，我恍恍惚惚地漫步在河边的田塍上，我看见有人用木车在车水，水溢四野，汩汩有声……

这时候，我突然听见一个声音高叫着：临海到了，旅客请下车。

《呼愁》二〇〇一 六月二十六日

早晨醒来时，我没有立即起床，而是躺在床上回忆昨夜的梦境。昨晚大概惦念着父亲今天要做支气管镜的缘故，所以脑子一直清醒着，到了后半夜才迷糊起来，后来也就不知不觉睡着了。早晨睁开眼，突然间记起昨夜做了一个梦。

梦里的我似乎在上海，父亲留在旅馆里，我和岳龙去找医生，也不知是什么医院，我们没有经过门口就已进入了院子，这里比较宁静，树木葱茏，一条鹅卵石铺就的小路呈S形状，两边是修剪得齐崭崭的冬青树，冬青树往里是绿色的矮植物，四处蔓延着，开着黄色的小花。再往里走是一道围墙，白色的，墙头也爬满了绿色植物，跟路两边地里一样，也开着黄色小花。我想，这东西好像在哪里见过，叫迎春花，但我又不敢肯定。我想问岳龙，又觉得父亲都病到这个地步了，还有心思问这些吗？于是我把刚张开的嘴赶紧闭上。岳龙走在我前面，从他背影看上去他心情十分沉重。我们走到围墙边，往右转弯时，围墙的铁门突然间打开，里面走出一个穿白大褂的医生，他手里拿着一本病历。岳龙问他化验室往哪里走，他停下来用手往前方指了一下。我正要与他擦肩而过时，我向他点点头，表示我的谢意。他突然转过头来，恶狠狠地把病历摔过来，嘴里说什么我也没有听清楚，但他阴沉的脸色与瞪得很圆的眼睛却分明表示了他极端的愤怒。我突然间用双手去接住，看清了，那是我父亲的病历。这一刻，我惊醒了。

我大汗淋漓，坐在床头直喘粗气。我发现电风扇早已停止转动，床上的薄棉被被我甩在一边。我看了一下表，凌晨 4 点一刻。起身小解后，我把电风扇风力调到最高挡，但没有感觉到一丝风，原来，那台电风扇出了故障。我只好躺在闷热的床上胡思乱想。

10 点半，岳翔打来电话，说父亲上午做了纤维支气管镜加活检，检查报告要到下星期二才能出来。又是一周时间，我握着话筒无可奈何。对常人来说，一周时间又算什么，但对于父亲来说，应该是分秒必争。但远在上海，我一切都毫无办法，人生地疏，我们不可能让医院早日出报告。再说，有些细菌培养就需要这么长时间才能出结果。看来接下来的一周，我们又要在极度焦虑中度过，这真是一种无法言说的煎熬。

因为惦记着父亲的病情，中午又失眠了。隔壁很吵，好像为了什么夫妻俩又在拌嘴，听声音有些压抑、低沉。躺在床上看着天花板中央的灯，渐渐恍惚起来。恍惚中，我好像去杜桥赶集了，那是大年将近的日子，路上人很多，大家都走着，连自行车也很少看见。路上有一座水泥桥，弓形的，是当年农业学大寨时的产物。很多人都走在上面，我在后面还没有上桥，看着前面桥上的人群，我在心里问自己：桥是否会突然塌下来？等到我上桥时，前面只有四五个人，我放下心来，但当我走到桥中心时，我突然看见我前面的桥面上出现了一个大窟窿，露出几根细小的生了铁锈的钢筋，有两三根钢筋上还吊着拳头大小的水泥块，窟窿下面是翻滚的河水，河水混浊不堪。我只好试探着，小心翼翼地踩在水泥边缘上走过去。

这时候，床头电话响了。电话是岳龙打来的，我看了一下表，下午2点半，离上班还有半个小时。岳龙说自己睡不着，坐在申林旅馆门口纳凉。我说，你又在抽烟？他说没有，我问他父亲呢？他说父亲睡着了，岳翔醒着，躺在床上翻杂志。岳龙告诉我，父亲做了支气管镜后身体极度虚弱，情绪也十分低落。我问起上午做支气管镜的详细情况。岳龙说，做纤维支气管镜前，一个医生在父亲喉结下注射了一针麻醉剂，让父亲合上嘴巴。过了一会，父亲便说喉头难受，而且要“呛咳”，后来就进了手术室。父亲从手术室出来时，面色很难看，人也明显乏力，我扶住他，又在走廊里坐了一会，再打的回旅馆。

放下电话后，我睡意全无，父亲的形象老是在我眼前摇晃。清癯消瘦的脸庞略有些阴暗，一双不大但很有精神的眼睛看起来有些深邃。短头发，青灰色的中山装，左上口袋还插着两支钢笔，中山装的纽扣全扣着，风纪扣没有扣上，稍稍敞开一些，里面的白衬衣领就显露了出来。最让我记着的，便是父亲那紧锁的眉头了。自我有记忆以来，父亲的眉头十有八九是紧锁的，那就是说父亲的日子过得一直不如意，所以无论在村里人看来，还是在家里人的心目中，父亲都是一个严肃的人，一个沉默寡言的人。但是父亲很聪明，也很能干。听说青年时代的父亲便爱好抽烟，那时候抽卷烟是非常了不起的，只有城里人和在单位里工作的人才有这份能力，至于在乡村，也难得能看见一两个人嘴角上叼着一支白色的卷烟，乡村里的男人当然只能抽旱烟。村子里与父亲同龄的玩得来的还有两人，他们三人每人都做了一把精致的烟枪，一齐吞云吐雾，在村子里穿街走巷，一副十分满足的模样。听说祖母看见了，也没有责备，只是嘿嘿地笑，有时候也接过父亲递过来的精致的烟枪吸上两口，醒醒脑子。那时候的父亲大约十八九岁的样子，从这点看来，父亲的日子大不如从前，这当然是我们这一大串孩子给他拖累的。

虽然我们这一群孩子给父亲带来了艰难与忧愁，但父亲任劳任怨。为了支撑起这个沉重的家庭，父亲在村里谋了一份差使，当了村碾米厂的碾米工人。忙季时碾米厂五天开工三四天，淡季时五天开工一两天，只要碾米厂休息的日子，父亲都会去生产队干农活，以挣足工分，获得口粮。要是遇到生产队也休息，父亲就整天忙碌在自家的自留田里，到天擦黑也不回家。这时候，祖母大多叫我去看看，父亲的农活是否干完了。有时候我答应得很爽快，脚下也勤，就跑去看看，看见父亲还在田地里，灰蒙蒙的夜幕下父亲仍然埋头劳作，我便远远地站在田头对着父亲的背影高叫，让他回家。这种时候，父亲往往回过头来说，快了，快了，你先回去吧！我说家里饭菜快凉了，大家都等着你。说完话，我便蹲下来，在田边的泥地上拔小草玩，或者捡起小土块，漫无目的地向前方扔过去。这时候，父亲便会扛着锄头从田里走上来说，今天老师教了什么？我跟在父亲后面把今天学校里的事情全说上一遍。父亲有时候夸奖我一两句，有时也不说话。父亲不说话时，我也不说话，我们就这样走着。走过水塘时，父亲会停下来，把锄头放在岸边，在用石板接成的临水的石级上洗洗脚。这时候，我便站在岸上看着。父亲洗过后，然后伸伸腰，再扛上锄头回家。当然，有时候我没有完成作业，有时候我玩一样东西正入迷，便不理睬祖母的叫唤，祖母就会自己去。祖母往往不走到田头，远远地站在那里对着父亲的背影高叫，父亲听见后，便会停下手中的农活。这时候，祖母仍然不放心，她要待父亲走上田埂才转身回家，有时看见父亲站在水塘里洗脚，她也要远远地看着，唯恐父亲一不小心滑进水塘里。

其实，父亲干农活时倒没什么危险，但碾米厂那台十六匹机器有时却会伤害父亲的身体。有一年秋天，晚稻收割时，我和母亲去生产队分稻谷，分稻谷地点在村西的庙里，离家大约六七百米，因为家里人口多，所以分到的稻谷也多。我还小，母亲要分好几次才能把稻谷全部挑到家里，我对着那条小路望眼欲穿，希望父亲能早点出现。父亲很忙，他要待来碾米的人都回家了，才关门。天色完全灰暗下来时，我终于看见父亲了，他穿着白衬衣，青灰色西装短裤，胸前似乎有些脏。等走近一看，我吓了一跳，母亲也吃了一惊，我们看见父亲胸前的白衬衣被殷红的血染了一大片。母亲显然很紧张，急忙走到父亲跟前问这问那。父亲说，没事的，被木棍打了一下。父亲边说边解开纽扣，我看见父亲左胸部巴掌大的地方擦破了好多皮，有几粒白豆一样大小的洼坑，肉也没有了。父亲说，涂多了红药水，把衣服都湿透了。原来父亲下班前都要把碾米机的皮带卸下来，父亲下皮带的动作我是经常看见的，有些危险，因为此时机车还在快速转动，近二十厘米宽，五六米长的皮带套在转动轴上，父亲往往拿一柄直径十几厘米、长二三米的硬木棍瞬间插进去，用力一掰，皮带便脱落在地上，皮带落地时还会像蛇一样蜷起来。要是动作慢了，木棍会被卷进去，木棍的上端就会随着机车转动的冲力打在人身上。那天父亲是因为有人突然在喊他，那人刚挑来稻谷，让父亲别下皮带，父亲稍一迟疑，木棒上端猛地击在父亲胸部上，把父亲打了一个踉跄。父亲说，还好，人没有扑向机器。我和母亲听了，都吓出一身冷汗，母亲眼眶红红的，差点流下眼泪。父亲却好像没事一样，说，皮肉上的苦痛，好在没有伤着骨头，还坚持要挑那一担最重的稻谷回家。跟在父亲身后，我一直想着，快点长大，哪怕能为父亲出一点点力也好。

父亲虽然生活得很沉重，但有时也有轻松一刻。最有味的是冬日里与父亲一起逮田蟹。西北风紧起来的时候，父亲便会对我说，这两天西北风紧，晚上我们去逮田蟹。到了晚上，我和父亲穿着棉大衣，戴着帽子出门。父亲手里提着一盏桅灯，一只畚斗，一手拿着一把割麦用的镰刀。我手里拎着一只竹篓，篓里放一些碎瓷片。父亲拿镰刀的目的是防止遇见野狼，这是他告诉我的。他说前村的梅贵有一夜就遇见野狼，手中无家伙，就用鞋底磨着石板地来吓唬野狼。我们得有所准备，不然，要是真的碰上了，就会有危险。我说那碎瓷片呢？父亲说，这个东西用处大，到时候你就知道了。这时候，我就不再言语，紧紧地跟在父亲后面。我们来到离村子大约百来步的地方，父亲把桅灯放在地上，我看见这是两口水塘之间的一条通渠，通渠中间隔着一道低矮的泥坝。看泥还是新鲜的，大概中午时父亲来准备过。泥坝是用来拦水的，有了泥坝的拦截，两边水位有些落差。父亲让我在田野里弄些稻秆，铺在旁边的泥上，他用双手在泥坝上开了一个口，水便从东向西涌过去。父亲让我把竹篓给他，他在里面取出碎瓷片，轻轻地，像铺地砖一样把碎瓷片铺在泥坝缺口处的水底里，并向下游延伸。我站在岸上看下去，碎瓷片铺就的水沟里一片耀眼。父亲说，看见了吗？待会儿田蟹从上游爬过来时，这里的流水就会混浊起来，过这碎瓷片，可以看得更清楚。我这才恍然大悟，因为田蟹在爬行时，锋利的螯会死命地抓着稀泥，稀泥被流水冲着，水会混浊不堪，这样我们便会知道它爬过来了。我们准备停当，两人猫着身子蹲在水边的稻秆上，父亲又把桅灯放在畚斗里罩着。他说田蟹怕光，又怕声音，所以父亲又让我不要发出声音，眼睛盯着碎瓷片上的流水就行。过了好一会，碎瓷片上的流水突然混浊起来，我按捺不住内心的激动，兴奋地叫道：来了。父亲用手指在我后脑勺轻轻一啄。我急忙闭上嘴巴，我想，坏了，这田蟹肯定溜走了。果然，浑水过后一直是清水。过了好久，我有些迷糊起来，父亲突然挤了我一下身子，我睁开眼睛，碎瓷片上的流水浑浊不堪，这回我屏住呼吸。父亲又把畚斗稍稍转动了一下，灯光顿时暗淡了许多。我看见父亲已做好了捉田蟹的手势，我紧盯着父亲的手，父亲的手背上爬满了蚯蚓一样的静脉。这时候，我突然看见一只硕大的黑乎乎毛茸茸的田蟹爬上泥坝。田蟹似乎发现了灯光，正要往后退缩，父亲迅速把整个手掌盖上去，一把抓住它扔进竹篓里。这一晚，我们一共捉了四只，其中一只特别大，抓在手里沉甸甸的。我们回到家里，家里人都睡着了，唯独母亲还在灯下编织着草帽。父亲把田蟹放进水桶里，母亲对我说，后天集市，拿到街上卖了，给你们兄弟几个付学费。我一听，懵了，心里有一种要哭的感觉。晚上睡觉时，我躲在被窝里偷偷流泪，后来也不知不觉睡着了。第二天早上起来，父亲发现水桶里那只最大的田蟹不见了，就喊我们一起寻找，全家人翻箱倒柜地找了好久，最后还是被父亲找到了，原来那只田蟹躲在门后的旧鞋堆里。父亲把田蟹抓在手里朝我晃了晃，嘴角上还露出一丝诡异的微笑。我不知道父亲的意思，只是盯着他手里那只毛茸茸的田蟹。父亲把田蟹放在脸盆里洗了，仰躺在砧板上，母亲看见了，还没来得及说什么，父亲手起刀落，把砧板上的田蟹砍成两截，那一声沉闷的声音十分厚实，差点让我笑出声来，而母亲张开的口却在半空中停了好久。这天我一直没有心思上课，我不时把插在口袋里的手拿出来放在鼻子底下闻闻香味。晚上去邻村看露天电影，站在北风呼啸的操场上，我还偷偷把手掌放在鼻子上闻。堂弟站在我边上说，你鼻子冷啊！我说，嗯。这一晚，我仍然舍不得洗手，脚是放在木盆里互相搓几下便拿上来，水淋淋的，便伸进布鞋里。

《呼愁》

六月三十日

二〇〇一

电话是岳龙打来的。

岳龙来电话时大概是下午 3 点左右，我在去龙兴寺的路上。龙兴寺重建，所铸大钟要刻碑记，单位领导让我书丹，由工匠阿秋复印于花岗石上，为尽可能忠于原稿，要在阿秋镌刻前让我再作审定。领导作风既雷厉风行，又精益求精，我亦不敢怠慢，凡事必按其吩咐而行，并且慎之又慎。

口袋中的手机响过好几次，我一直没有听见，因为骑着摩托车，发动机声音很大，街道上人车较多，声音自然嘈杂。等到转过一个墙角，车和行人突然稀少下来，才听见口袋中手机的响声，于是把车停在一旁，掏出手机。岳龙在电话里告诉我，父亲支气管镜的病理切片结果出来了，显示结果是坏死组织，找不到癌细胞。岳龙把话说完就停住了，话筒里传来的是咝咝的声音，这是风的声音。我估计他也在路上，在肿瘤医院到申林旅馆的路上，也许那边风很大，他站在一个墙角边用身子挡着。我们就这样默然，我有一种想哭的感觉，当然我没有哭出来。这是一种喜极而泣的情绪。我控制住哭的情绪，我又想笑，想肆无忌惮地笑，但我还是没有笑出来，我的理智不让我独自一人在大街上发笑。短暂的沉默后，我突然对着手机大声说：你说是坏死组织好，还是是有癌细胞好？也许我这种愚蠢的问话逗乐了岳龙，他竟在电话中笑嘻嘻地说，那当然是坏死组织好，你想想，一个人肺部有坏死组织，可以手术，切除就是；如果有癌细胞，那就不是这么简单了。我在心里骂自己是个十足的白痴。其实，话一出口我就后悔，我想，我的智力怎么会降到零的状态呢？也许，这是欣喜使然，我是被喜悦冲昏了头脑。

回到办公室，我已恢复了平静。办公室里没有人，我独自望着桌上的紫砂壶发呆，我想，这怎么可能呢？台州医院 CT 报告早已明确断定是肺癌，并且已侵蚀纵膈。我记得当时 CT 室赵年家医生把我和岳龙叫到他办公室，指着日光灯箱前 CT 上的一块阴影对我们说：不行了。金老师，你看，已到纵膈，错过了手术期，即使手术，也不会有多少效果。我记得我当时还问了他一句：还有多少时间？他看看片说，快了。我想：假如台州医院 CT 有问题，或者说 CT 室的赵年家医生看走了眼，那么高成新、罗清泉、韩企夏、叶易刚、陈伟这些专家呢？难道大医院的专家也会集体误诊？当然，我希望他们误诊。但一个专家有误诊的可能，要这么多专家都误诊就不大可能了。

我在办公室里胡思乱想了好久，等我清醒过来时，发现自己在一张白纸上写满了坏死组织、癌细胞等字样。不知什么时候，领导已站在我身后，他说，究竟是什么东西，查出来了没有？听他这么一说，我吓了一跳。我扭过头，站了起来。他说，你去过龙兴寺了吗？我说去过了，也看过了，阿秋复印字样还算认真，个别字样我已作了一些修正。领导见我这么说就转身走开了，我听见他脚步声渐渐远去，感觉周围的空气又开始流动起来。

在办公室里待了好久，隔壁办公室也没有什么声音，人都出去了，好像要为新办公大楼的奠基准备点什么。我掩上门，用办公室电话拨岳龙手机，电话接通了，岳龙一时没有说话，只是在电话里咳嗽了一声，然后就没有声音了。我知道他不便在父亲面前说话，他要走到洗手间或者走廊上才能与我通话。果然，我手中电话筒里嗞嗞地响了一会后，里面传来岳龙低沉的声音，他说父亲在睡觉，好像有些累，早上起来时有些咳嗽，但没有痰血。我又问起父亲肺部的阴影是否真正是坏死组织。岳龙说，这仅仅是检验结果，你要知道检验结果也不一定百分之百正确，出些差错是正常的。我在电话中听起来一头雾水。我想，这样的大医院，并且是全国著名的十分专业的医院，如果连它的检测仪器都没有绝对可靠，那对于病人病情的诊断和整个治疗方案的确定，就会产生严重影响，当然，那无疑会给病人带来严重后果。

挂了岳龙电话后，我捧着紫砂壶喝了几口水。绿茶的香气使我清醒了一些，我突然想起余文杰来。余文杰虽然不是肿瘤科专家，但他是肿瘤科医生，我想他至少比我们要专业一些，我是否可以听听他的见解。这样想着，我又拿起话筒给余文杰打电话。余文杰说他在医院里，办公室里没有病人。我怕在电话里说不清楚，我说我去你医院吧！他说好的。几分钟后我就到了余文杰办公室，余文杰穿着白大褂坐在角落里埋头翻着一本厚厚的《肿瘤学》。他见我进来，便站起身，拉过一把凳子。我说有个问题想请教你。余文杰说，是否你父亲的事？我说我们已将父亲转到上海了，因为走得匆忙，所以也没有跟你打招呼。余文杰轻轻点了一下头，也没有表示什么异议，只是看着我不说话，他目光里有一种说不出味道的东西流露出来，感染了我，我的心突然间冷却了，并且降到了冰点。他淡淡地笑了一下说，怎么样了？我把父亲支气管镜病理切片的结果陈述了一遍。他略略沉思了一回，然后抬起头来说，病理切片不一定准确。我说，为什么？他把桌上一个墨水瓶拿过来放在我面前，指着墨水瓶说，这么一块东西，有时左边能找到，右边却不一定找到，因为左边的东西坏了还没有发展到右边，所以看左边是坏了，看右边还是好的，而摘出来的东西恰恰是右边的，那检验结果就可想而知了。余文杰的目光在我脸上扫过时，我骂自己真是个笨蛋，连这么简单的道理都没有想到，看来父亲的病真的使我越来越愚钝了。

出门时，余文杰送我到大门口，他站在台阶上，我回头向他告别。他说，要十分准确，那就必须手术。余文杰说这话时的声音有点大，坐在路边石凳上的好多病人和家属都听见了，就连一部分走路的人，他们都回过头来看这个穿着一身白大褂站在台阶上的高大的医生。

从医院回来，还没有到下班时间，我只好先回办公室。坐在办公室里，我仍然无法宁静，一边喝茶，一边细细品味与余文杰的谈话。余文杰的分析很有道理，他站在台阶上说的那句话一直在我耳边回响。可我们已经定下了，保守治疗，不进行手术。这就是说，在一段时间内要彻底搞清父亲的病情是不大可能了。因为不进行手术就无法拿出病灶，不拿出病灶就无法彻底断定父亲的病情，本来我们认定是肺癌无疑，但在确定肺癌的同时，我们还想分辨出是鳞癌还是腺癌，听说分辨出鳞癌与腺癌是制定治疗方案的基础，也就是说采用放疗还是化疗是根据鳞癌还是腺癌来确定的。如果连是否肺癌都无法明确诊断，那么治疗的方案也将无法得到确定。但叶易刚已有初步诊断，他说父亲患的应该是腺癌。

我坐在椅子上，整个人似乎快要陷下去了。我努力地把两肘搁在椅子的扶手上，用力支撑起沉重的身体，我想向上一耸，摆脱我沉重的悲哀。我努力了好几次，心中的悲哀不但没有减退，反而愈加沉重了。我突然想起抽烟来，听说香烟中的尼古丁能够让人精神振奋。但我找不到香烟，在抽屉里，在办公桌上，在插毛笔的笔筒里全都找了一遍，没有看到一支香烟，哪怕是一截发黄了的香烟，我十分失望，很快又沉重地陷进我的座椅里。

后背方向空调里吹出来的风凉嗖嗖的，我想扭过脖子看看空调上设定的温度，这才发现我的脖子硬邦邦的，被自己扭得生疼。我用拳头轻轻敲打后颈时，突然想起何继红来，听说这半年她在浙一医院进修，也许可以通过她问问她的导师。这样想着，我就拨通何继红电话，何继红在电话中的回答跟余文杰的说法几乎一个样，我什么希望也没有了。我本来希望何继红的说法与余文杰有些不同，这样我还可以从中找出一丝希望，她这么一说，使我更加绝望。当然，我知道这是事实，事实的东西就跟铁一样沉重，不管我怎么胡思乱想，事实总是事实，它来不得半点虚假。我想，接下来我该怎么抉择呢？看来，我又一次站在十字路口。

晚饭后，我避开妻子和孩子，站在走廊上给岳龙打电话，岳龙说晚上吃的是麦面，还合父亲口味，父亲吃了一中碗，量还可以，只是刚才说右胸上部稍有疼痛，下午痰中有些血丝，其中一口还比较明显。听完岳龙在电话中的叙述，我又有些惴惴不安，父亲右胸的疼痛仍在，那疼痛时刻萦绕在我心头，刺激我的神经，让我不得安宁。

因为担忧，所以一直无法入睡。躺在床上，听着妻子和孩子平静的呼吸声，我努力模糊自己的意识，可我的意识却反而愈来愈清醒。窗外的月光虽然有窗帘挡着，但还是努力地从紧挨着但没有重叠的两块窗帘的缝隙中挤进来，那光影落在地板上是那么的明亮。我把双手叠起来，枕着头。我又想起我的祖父。

祖父的死信是祖父出事的第二天下午送到的，来报信的是船主的下人，当来人报告了噩耗时，祖母当场就晕了过去。听说当时祖母正在屋后的晒谷场上敲打八月的白豆，我三岁的父亲坐在竹席上看着我祖母用木槌敲打着长满豆荚的豆树，他手里正拿着一粒滚圆的白豆往嘴里塞。我祖母见状，便朝我父亲瞪着眼大喝了一声，祖母生怕我父亲把滚圆的白豆塞进嘴里，这便有被哽死的可能。我三岁的父亲被这恶狠狠的目光和裂帛似的声音吓哭了。祖母的内心霎时充满了悔意与歉意，她放下手中的豆树去抱我父亲。就在这时，一个中年男子突然从我祖母的背后绕过来，跪倒在我祖母的面前。他颤抖着说：他嫂啊！方正叔昨夜没了。我祖母一下呆住了。等到他扁着嘴说第二遍时，我二十九岁的祖母已瘫倒在地上，我父亲的哭声突然间越发响亮，并且这哭声里充满着恐惧。

祖父是在与土匪的遭遇战中被打死的，地点在温州的瑞安，时间是 1942 年秋天，具体的日子祖母后来也记不清了。我曾多次问过她，她只说是你父亲三岁那年，事情发生在秋天，她一直记得。她还说好像是中秋。

祖父死后，他的故事在我们当地流传了很久，直到我懂事后，有关我祖父的故事仍在当地流传，在他们眼里，我祖父是个英雄式的人物。听说当年祖父给来和秋兄弟俩当船护后，谁也不敢再动他两兄弟一根毫毛，兄弟俩的生意越做越大，家里也越发富裕，而我祖父却整日困于船上，百无聊赖，巴不得有动手的机会来解解手痒。这年秋天，来和秋兄弟俩的船载着江西景德镇的细瓷南下，船过瑞安时，祖父头枕着驳壳枪躺在船头甲板上，仰望当空皓月。突然间，枪声大作，子弹从船尾方向呼啸而来，打在细瓷上，裂帛似的炸响。祖父知道已遇上了绿壳，他贴着船舷开了几枪。在船尾阻击的人有几个已不幸中弹，直挺挺的手臂悬挂在船舷，脑袋也耷拉在船舷上。这时候，来和秋兄弟俩惊慌失措，躲在“毕壳”里大叫：“方正兄，方正兄，快来船尾帮我补几枪。”祖父年壮气盛，没有从“毕壳”里穿过去，而是右手提着驳壳枪，左手按着“毕壳”的顶部，纵身一跃，企图跳过“毕壳”，就在这一刹那，对方枪响了，凌空跃起的祖父浑身一震，随手开了一枪，子弹从绿壳头子的耳边擦过，祖父瞬间站立在“毕壳”上。兄弟俩见我祖父已中弹，命令手下不要开枪，保全性命。不一会，绿壳的篷船便靠过来，绿壳头子借着月光看见立在“毕壳”上的是自己原来的顶头上司，当年的水警大队大队长金方正，立刻哭倒在我祖父脚下，死命拍打着“毕壳”，我祖父双目怒视，炯炯有神，神色肃然。

绿壳头子点了三支清香，跪在我祖父面前拜了三拜，并对天发誓，一定供养祖父的家少，祖父高大的身躯突然间直挺挺地倒下来，砸在“毕壳”上，发出了一声沉重的闷响。来和秋兄弟俩抖抖地爬上“毕壳”来看我祖父，发现子弹从我祖父的右肋打进去，又从我祖父的左肋穿了出来。

《呼愁》

二〇〇一 七月一日

母亲从乡下来，她说要去上海。

母亲要去上海，这是我们已商定好的事情，我担心父亲所剩的日子不多了，所以母亲提出去上海时我心里也正好这么想。我想，父母也快一个月没有见面了，这可能是他们相处五十年来分手时间最长的一次吧！

因为惦记着父亲的病情，所以中午又没有睡好，不知从什么时候开始，我已经落下了一个毛病，要是中午没有休息好，整个下午脑子就会处于混沌状态，到了晚饭时就会头痛，后颈就会绷得像弓一样难受。这样难受的日子并不多，因为只要是正常的日子，只要有十分钟的时间，中午我都会睡一会，哪怕是坐在椅子上闭目养神一会儿也好。

从街上回来已是5点左右。母亲坐在客厅一角的木沙发上，孩子在边上翻着书本，妻子在厨房里劳作，隔着玻璃推门，里面的水雾有些浓重，我看不清她的具体动作。母亲有些木讷，也有些拘谨，虽然是在看电视的样子，但心神不宁。大概是我开门的声音惊动了她，她见我进来，马上站起身子。我让她坐下，自己在她边上坐下来，一时无语。

我们出门时，家里的气氛十分寂寞，妻子和孩子都站在门口，我们谁也没有说话，这种可怕的寂静使大家心里都备受压力，但我们谁也没有勇气开口去打破沉默，这大概是性格使然。孩子虽然幼小，但她已懂事，她早已从我们的眼神中读出了沉重与悲哀，所以她也寂寞，她也担忧。

去上海的客车晚上8时从临海出发，因为家离车站很近，尚且又有大量时间，所以就走着去。我在前，母亲在后，我们沿着绿化带左侧的人行道走，我们仍然没有说话，我只听见身后母亲窸窣的脚步声。这一路虽然有很多车辆呼啸而过，但我思想走神，一直在预想着母亲的将来。我不知道什么时候母亲已满头银发，记忆中母亲的头发在我工作不久就开始花白，但要说出母亲从什么时候开始银发满头，我始终想不起来，大概见多了，就失去了注意，没有在意，当然就记不住确切的日子，直到父亲病了，病入膏肓的时候，那天在台州医院的电梯里，当电梯升到十四楼时，突然看见站在我前面的母亲早已银发满头。其实，母亲虚龄还不到六十。

晚上去上海的车临海并不是始发站，站在台阶上等了好久，才看见灯光下一辆北方大客缓缓驶过来，上车的虽然只有十几人，但车内早已人满为患。母亲在前，我自然挡后。刚踏进车厢，就看见车上一位中年男子手中挥舞着一叠红色塑料袋，大声呵斥道：脱鞋，脱鞋。中年男子的神形在昏黄的灯光下有些穷凶极恶。上车的人都一一脱了鞋，我和母亲把鞋放进红色塑料袋里拎在手上，光着袜底走了进去。

车是两层卧铺，我和母亲是下铺。因为是过境车，所以车厢里基本上已经满员。我们大概是最后两个位置。那个分发红色塑料袋的中年人从角落里摸出七八把小木凳，跟在我们后面的都只能坐在车厢里的过道上。车上灯光十分昏暗，母亲坐在我对面，我几乎看不清她的脸，我看见的只是一团浓重而忧郁的阴影。车厢里空气十分混浊，弥漫着浓重的气味，我把头靠在床头的铁管上，铁管的凉意慢慢地传过来。汽车开动了，灯光已经熄灭，车里黑乎乎的，有几点暗红色火光在黑暗中闪烁着，那分明是有几个人在黑暗中抽烟。窗外的月光有些灰暗，几乎洒不进车里来。烟味、汗味和脱了鞋的脚散发出来的气味交织在一起，车厢里到处弥漫着浓重的恶臭。

我的太阳穴开始不安起来，有一种隐隐的痛。我有些紧张，这种隐隐的疼痛是一种前奏，我担心接下来疼痛就会排山倒海席卷而来。我想换一口新鲜的空气，但无奈车厢里空气混浊不堪，几乎令人窒息。

车厢里有些闷热，我开始流汗，浑身黏糊糊的，头部的胀痛越来越明显。车厢里的烟味也越来越浓重，呛得人十分难受。有人在后面大声喧哗，离我不远处的上方悬挂着一个电视机，正在播一部枪战片，子弹打在金属上的声音特别脆响，我太阳穴上的神经突然间好像被什么锐器狠狠地挑起来，拉了几下后又匆匆放下，那种钻心的疼痛先是有了一点，接下去便弥漫开来，迅速传过整个头部，一直蔓延到后颈项。我用手摸了一下后颈，后颈硬邦邦的，铁板一块。电视里的打杀声还在继续，每一下都敲击在我的太阳穴上，我撑开右手的虎口，用两只手指狠狠卡住左右太阳穴。

母亲刚才打了一个盹，所以没有发现我的痛苦，等她睁开眼睛在蒙眬中看见我这副样子时，很吃惊地问我是否头痛。

我说是的，很疼。母亲在身上摸出一瓶白花油，把白花油倒在指肚上，再擦在我的太阳穴上。一丝凉意迅速传过来，刚才灼热的太阳穴清凉了许多，原先膨胀起来的血管似乎收缩了一些，疼痛便缓解了许多。

车上的旅客渐渐睡着了，窗外的月光也明亮起来，不远处电视里的打杀声也消失了。母亲把上身倾过来，轻声问我父亲的病情。我说情况严重。话刚出口，我又后悔自己的坦率，因为这种坦率会导致母亲的担忧。母亲听后果然呆在那里沉默了好久，我也找不出比较适合的安慰语言，只好陪母亲黯然了一阵。母亲把头扭向窗边长长地叹了一口气。看来母亲已有了思想准备，这样也好，事情已到了这一步，我们应该有这种心理准备，否则，我们到时无法接受这一残酷的现实。当然，此时母亲的心里已千疮百孔。

其实，母亲很早就来到父亲家里，按祖母的说法大概是七八岁的样子。至于什么原因，我一直不敢问，因为我怕问起她的伤心事，还有，更重要的原因是在我们乡下，儿子似乎不好打听母亲身世的，要是刻意去打听这样的事情，就会被人笑话，就会被人骂作不正常。母亲家的门庭要是显赫，那会被理解成一种荣耀，要是一般人家，那也无妨，如果是因为贫寒或者因故或早或迟出阁，做儿子的去打听，那似乎是一种侮辱。祖母在世时，偶尔会露一下母亲是从小便到父亲家的信息，当然，祖母并无恶意，在祖母的言谈中充满着的完全是一种对逝去光阴的快乐回忆，有时候还流露出一种在祖父很早亡故的艰难日子里她把我父母及姑姑一起扯养大的骄傲。为了显示我的正常，我一直不敢向祖母打听。另有一种获得信息的源头，便是父母辈朋友们之间偶尔开些玩笑，其中透示出来的信息，也使我于朦胧中略知一二。整个少年时代我一直在想，母亲的早来肯定与外公外婆有关，当然，也肯定与我祖父的早死有关，如果一切都正常，这样的可能性就会很少。

车厢里的空调似乎失去了作用。车窗是封闭式的，热气在车厢里四处流淌，始终无法排出去。头又开始疼痛起来，我用手反复敲打着自己的颈项，希望能把这块硬邦邦的地方捶得柔和些。我捶打了几下后，母亲过来帮我揉着，母亲用白花油涂在手掌上，按住我的颈项轻轻按摩，又用另一只手试试我额头的温度，她怀疑我感冒了。我没有感冒，这我清楚，这种疼痛我早已习惯了，但我忘了带一种叫散利痛的药，虽然医生叮嘱我少服为妙，说是有副作用，但我对此却深信不疑，并且屡试不爽，所以我一直带在身上。晚上出门时竟然忘了带上，一上车我就忐忑不安，我一直担心这一路上我肯定会头疼，现在果然是这样。

母亲帮我按摩了一阵，我感觉疼痛减轻了许多。我让母亲回到自己的位置先睡一会，母亲问我到了哪里？我望着车窗外黑乎乎一片，答不上来。我看看手机上的时间，11 点一刻，我说大概还要两个半小时左右。我把身子斜靠在床头，努力使自己入睡，但那种疼痛抽丝一样的清晰，始终无法让我安宁。我又想起父亲的病情，昨天的检查结果一度让我窃喜，因为病理切片的显示结果是坏死组织，找不到癌细胞。但这种窃喜与轻松也仅仅只是几秒钟时间，我无法推翻这么多的检查结论而单单相信有利于自己的一种检测，所以，当我放下电话时，我的轻松早已变成沉重，我的欣喜仍然成为悲哀。

母亲大概也想得很多，所以睡不着，老是不停地问我还疼不疼。我说好多了。我说话时，突然间觉得父亲的生命已无法逆转，我好像整个身体有被掏空的感觉，那种空洞被风灌着，出奇地难受，我很想抱住一个东西，哪怕是父亲的骨灰盒。对了，我对自己说，只要抱住它，父亲好像仍在我身边，我还有一种依靠和充实。我突然对母亲说，我想留一样东西。母亲大概刚闭上眼睛，听我这么一说，就突然坐起来，问我留什么东西。我说骨灰，父亲的骨灰。黑暗中我看见母亲似乎颤抖了一下，颤抖了一下的母亲没有说话，只是惊讶地看着我。我马上清醒过来，我想我不该这么说，我怎么会说出这种话来。好在母亲只是呆了片刻，就把头扭过去。黑暗中，我仍在想，如果家里没有异议，我真想把父亲的骨灰放在我书橱里，当我想念父亲时，我可以拿出来看看，还可以跟他说说话，父亲好像还是在家里，有了他的依靠，我心里会踏实些。

这样想着，我开始迷糊起来。迷糊中，我隐约听见一片嘈杂的声音，我睁开眼，车已经到站了，母亲在收集行李，车厢里很混乱，熙熙攘攘的，坐在过道上的人已经下了车。我接过母亲手中的行李时母亲问我头是否还疼，我说不疼了，你应该早点叫醒我。母亲说，我想让你多睡一会。我听了，一时无语。

下车时，我看了一下表，深夜1点50分。白天的热气已经退尽，空气中有一些凉意，客车停在恒丰路立交桥下，这里是台州客车停靠点，里面有个停车广场，大概是深夜人车稀少，所以驾驶员便在立交桥下停车下客。我提着一袋米，手里拎着一只布箱，母亲手中是她和父亲的衣服。尽管城市里的灯光依然明亮，但毕竟是深夜，寂寞的气氛弥漫而来，我有一种被遗弃的感觉。也许是一种怯场，是对一个陌生环境的怯场。车上的人都差不多散尽了，我和母亲还站在路边焦急地等待着出租车。但这毕竟不是大街，是立交桥下，所以过往的出租车并不多。过了好一会，来了一辆出租车，驾驶员有些懒洋洋的，脸上充满了倦意，我和母亲坐上车，他又把车开得飞快，坐在后面的我，一路提心吊胆。母亲显得很木讷，我让她抓住车门的手把，以防转弯和急刹。我盯着窗外的路牌与标致性建筑，以防他给我绕道。其实，我心里明白，尽管我查了地图，但在偌大的上海，对一个初来乍到的乡下人来说，即使他在绕道，我也无法发现，更何况是深夜。

出租车终于停在零陵路申林旅馆门口，从时间上来推算，没有绕道。我知道自己早已是惊弓之鸟，在这种状态下，到处风声鹤唳，草木皆兵。申林旅馆大门紧闭着，四周一片宁静，月光下的建筑失去了白天的峥嵘。我轻轻敲了两下门，出来一个值班的女服务员，她睡眼惺忪，满脸倦意，懒洋洋地问我，这么晚了，要住宿吗？我说我住在这里的，我去了老家一趟，今天回来了。她突然间认出我来，连忙说，你们搬了，你们搬了，搬到218房间了，有空调的。

找到218房间，开门的是岳龙。房间似乎比楼下小了一些，但比楼下要整洁许多，最重要的是有了空调。岳龙说刚搬的，这几天天气骤然热起来，对父亲睡眠有影响。这时候父亲也醒了，大概是我的敲门声惊动了他。父亲的床在门口边，床头靠窗，床脚靠门，窗边床头柜上摆着一些瓶瓶罐罐，床边放着一个痰盂。我把东西放在一边，走过去，若无其事地看了一眼，痰盂里是一些清水。母亲看见父亲已经坐起来斜靠在床头，比来时瘦小了许多，便背过脸去。我递上毛巾，让母亲先去洗把脸，擦一下汗渍。母亲去了卫生间，我知道母亲的毛巾里已把泪与水和在了一起。见母亲来，父亲很高兴，问了我一些家里的事情。我把那件被汗水浸透了半身的暗红色短袖脱下来扔在凳上，我说车里很拥挤，空气十分混浊，我一路头痛，用手指压着太阳穴，痛得大汗淋漓，抹了三次风油精才好一些。岳龙怕父亲累着，劝父亲早睡。母亲已从卫生间里出来，我接着去漱洗，被水一冲，舒适了许多，也精神了许多，我看看镜中的自己，好像很年轻。我自然又想到父亲，由父亲想到母亲，想到家里的每一个人，悲哀又弥漫开来，荡漾着整个卫生间，我努力镇静，我不想父母看出我的悲哀，我必须振作起来。此时，我无疑是这个大家庭的主心骨，我的情绪与言行将影响家里每一个人。

我在卫生间里静静待了一会才出来，父母都已躺下，隔壁床上睡着的是岳翔，我和母亲进门时，他没有醒来，一直睡着，侧着身，把头歪在一边。岳龙也把毛毯蒙在头上。我关了日光灯，好久睡不着，黑暗中，我听见了父亲的鼾声，这鼾声我十分熟悉，现在听来与过去父亲的鼾声没有什么两样。我想了好久，仍然睡不着，我拧开台灯，想找本杂志，我看见抽屉里有几页纸，是岳龙的笔迹，我翻开来看，原来是父亲的病情记录：

> 七月一日，精神软，有白苔，且明显，纳差；晚上咳出一块 0.3×0.8(cm)组织物，稍有痰血。

我脑袋嗡了一下，我想起痰盂里的清水。我坐起来迅速往痰盂里瞟了一眼，我看见的仍然是一泓清水。

《呼愁》

二〇〇一 七月四日

早上7点，岳龙又去肿瘤医院挂号，挂付时杰主任的号。那是钱洁教授的意见，她前天说让我们今天去找付时杰主任，所以，岳龙一早就去了医院。

母亲老早就起来煮粥，叮叮当当的，弄得我睡不着觉。父亲的咳嗽明显增多，也比往日重了一些，我不敢睁开眼睛，躺在床上，我在心里估计，痰盂中的痰血要比昨日多一些。父亲起床了，他趿拉着鞋去卫生间小便。我估计父亲已转过身了，才睁开眼睛，看见父亲突然间又瘦了许多。从背后看，父亲的精神很不济，走路也有些晃荡，我想，我是否该赶快起来去扶住他，但我又怕这样做会打击他的自尊心，况且母亲也在边上，这会让母亲更加伤心，一个月前父亲还能挑动百来斤东西，仅仅是一个月时间，父亲连走路也快要让人搀扶。

父亲从卫生间里出来时，人已精神了许多，他把两手放在膝盖上，坐在床沿上看电视。母亲把一把方凳搬到床边，又捧了一碗粥过来。母亲弯腰放下碗时，父亲说自己这两夜睡得都不舒服，特别是下半夜，都感到胸闷，胸部好像压着什么东西，很重，有些喘不过气来。父亲说话时语气低沉，母亲听了一脸忧郁。

父亲喝了一碗粥，感觉轻松一些。我也匆匆吃了几口。8点半，岳龙打电话来，说已挂好号，等着我们去。母亲让父亲换了衣服。父亲穿的是白衬衣，长袖，父亲嫌热，把衣袖挽了上来。申林旅馆离肿瘤医院虽然很近，但我们还是打的，车在医院门口对面的马路边停下来，我付了钱，看见父亲的精神很疲软，就急忙跑过去，母亲已经搀扶着他，父亲说自己能走。母亲走在父亲的左边，没有松手，我走在右边，看着穿梭一样的各种车辆，生怕它们碰着父亲。

医院门口进出的人很多。我们从东门进去，东门很不显眼，朝着一条不大宽阔的马路，铁栅门也有些破旧，应该是20世纪七八十年代的产物。大铁栅门关着，只留着左边一道小门，也许是为了挡住外来的汽车进入院内。小门左边有一间小屋，类似传达室的样子，探望住院病人的，必须从传达室老头那里领一张探望牌。我们进门往右走便是门诊，内科设在三楼。父亲上楼时明显气喘，呼吸有些困难，那样子令人心酸。岳龙已在楼梯口等候，屋里坐满了人，候诊室百来个座位只有几个是空位，大多数人不是满脸愁容，便是一身病态，只有穿梭在人群中的几个穿白大褂的人，手里拿着一叠与癌症相关的杂志向病人与家属们兜售。我们找了两个空位置让父母坐下，岳龙在走廊里来回了好几次，看看是否已经排到父亲了。屋里有些热，母亲额头上的汗珠一粒粒闪亮着。父亲似乎不觉得热，但脸色比以前阴暗了一些，人也消瘦了，尤其是两眼，分明向内侧陷了许多。

终于轮到父亲了。岳龙匆匆走过来，我瞄了墙上挂钟一眼，刚好9点。岳龙挂的是5号，我们才等了不到二十分钟时间。我们陪父亲进去，让母亲留在外面等候。到门口时，工作人员对我说只能一个人陪，我被挡在门外，我自然让岳龙陪父亲进去，我走回来坐在母亲边上，陪着寂寞的母亲。

我们坐在走廊靠墙壁的塑料椅上，谁也没有说话，走廊里不时有人从我们面前进进出出。我坐了一会就有些坐不住，我想进去看看。我对母亲说我去看看，我转到门口时，看门的工作人员把我挡住。她乜了我一眼，问我干什么，没事就别老在这里晃。我回过头，恶狠狠地盯了她一眼。我想，此时我眼里喷出来的肯定是一团火球。我一直认为被人骂是一种耻辱，更何况无缘无故被一个俗不可耐的女人骂，我立即感觉到自己浑身肌肉都紧张起来，而脚下却轻得难受。我正要发火时，看见父亲从里面走出来，父亲的面部表情还不错，我估计那是付时杰主任安慰的功劳。我快步迎上去走在他身边，问他岳龙怎么没出来。父亲说付医生还在跟岳龙说什么，让他先出来。

过了十来分钟，岳龙从里面出来。我走过去，他说付时杰主任给父亲开了四天化疗药。岳龙说话声音很低沉，我估计情况不大好，所以也没有多问。四天化疗药大约要一万元，因为我们身上没有那么多现金，只好让父母在候诊室等着，我和岳龙去医院附近的工商银行取钱。取了一万元钱，回到医院，收费处那位女医生接过岳龙手中的病历和药单瞧了一眼说，进口药只剩下三支了，够不上一个疗程。女医生说话时用一种询问的目光看着岳龙，我不知道这是什么意思，岳龙显然也没有思想准备，像这样的专科医院竟然还会缺进口药？我站在边上说，是否先用一次再说，那个满头卷发、面部姣美的女医生瞪大了眼睛，朝着我没好气地说，侬懂吗？如果这次用了，下次没有这种药情况会更惨。那女医生的声音十分清脆，惊得后面排队的人都一愣一愣的。真是无奈，我只得忍气吞声，退到一边默默无语。岳龙也没有说话，只是看着他对面的那位女医生。那女医生看我们两个大男人都呆住了，脸上的表情又温和起来。岳龙说，那改成国产药怎么样？那女医生抬起头说，好的。我让岳龙去找付时杰主任改药方，自己留下来排队，免得延误时间。在我前面的人一个个都顺利地付了钱又去另一个窗口取药，我只好站在那里干等。岳龙终于来了，看来他是跑步过来的，有些气喘吁吁。我们付了款取回药，已是 11 点，到了三楼候诊室，父亲已经极度疲劳，趴在凳上几乎睡着，母亲坐在他旁边，一个人呆呆的，满头银发使她显得很老态，远远看去，仿佛有一种木偶的感觉。

看来上午不可能去化疗了，因为时间已经不多，况且父亲十分劳累。岳龙说中饭后让父亲先睡一觉，养足精神，这是第一次化疗，尽可能反应少一些。他说得在理，考虑问题比较周到，这对于我来说是不幸之中的大幸，有了他，我似乎有了一种依靠，至少在我进退两难、无法抉择时，我还可以听听他的意见，况且他读过卫校，自己在小镇上开了诊所，在这片天地里我的知识几乎是零，他虽然不是专家，但比我这张白纸要强得多。

中饭后，父亲睡了一觉。父亲真的很劳累，他刚躺下便鼾声如雷。父亲是侧着身子睡的，脸向墙壁，头枕着右手手臂，身子像龙虾一样蜷曲着。房间里开了空调有些凉意，母亲用一条薄毯给他轻轻盖上。我只是小睡了片刻，被母亲的走动惊醒后便睡意全无，也许是惦记着下午父亲的化疗。母亲坐在床沿上，一个人呆呆地看着电视，电视被母亲按了静音键，只有画面没有声音。我让母亲先睡一会，母亲说她先看看电视，等我们去医院了她再睡。岳龙也没有睡好，还不到1点就在床头摸了一本杂志，躺在床上无聊地翻着，我把中午买来的《参考消息》与《新民晚报》上上下下看了一遍。《参考消息》里很大篇幅都是关于美国人与伊拉克的事情，这种事情早已听得耳朵都生出老茧了，小布什的一举一动都牵动着全世界人的神经，但萨达姆似乎十分强悍，把小布什的警告与威胁当作耳边风。

1点半，岳龙说先去医院排队，等会儿给我打电话，再让我把父亲带过去。因为中午天气炎热，父亲在医院等候久了会很劳累，况且他还沉睡着。岳龙去了医院，我仍然斜靠着床头不停地翻阅报纸，偶尔看一眼右边床上的父亲，父亲已经变换了好几次姿势，睡得正香。母亲的眼皮耷拉下来，我劝她还是先睡一会。

母亲刚躺下，岳龙就开门进来，满脸是汗。我看了一下表，刚好2点半。父亲也正好醒来，也有可能是岳龙的开门声惊动了他。午睡过的父亲，精神比上午好了许多，呼吸自然，胸也不闷了。岳龙洗过脸，从洗手间里出来说，化疗一次需要八小时，医生说必须要上午开始，下午4点半下班，医生又不加夜班。想想也是事实，看来又只好等到明天了。

下午的日子很无聊，父亲照样看电视。父亲最爱看的是戏剧，年轻时家里没有电视，父亲偶尔还会跟着广播哼几句，后来我们长大了就很少见他哼。母亲因为上午和我们一起去了医院，所以下午要出去买菜，虽然菜场离旅馆不远，但母亲初来乍到，人生地疏，况且忧心忡忡的母亲比在家时木讷了许多。我闲着无事，就陪母亲出去买菜。母亲见我说陪她去买菜，心情好了许多，充满忧愁的脸上一下子轻松起来。我们出门时，母亲问父亲想吃点什么，父亲一边看着电视，一边说，你随便买点吧！我口中也感觉不出有多少味道。父亲这一说，母亲脸上又阴了许多。

从菜场回来，走在走廊上，我们听见屋里父亲咳嗽的声音，咳嗽声很大，很沉闷，像一把木槌砸在树墩上。我们心里都揪得很紧，很难受，母亲的脸色灰暗了许多。我在心里默默祈祷，希望父亲每一声咳嗽都是最后一下，但父亲的咳嗽却接二连三，我那根愁肠似乎快要被父亲的咳嗽声给抽出来，一伸一缩的十分难受。到了门口，父亲的咳嗽声终于停了下来。我走在前面，母亲紧跟着我。进门时，我看见父亲坐在床沿上，佝偻着背，向着床前痰盂里吐痰，岳龙坐在父亲边上，用一只手在父亲的后背上轻轻拍打，那样子似乎在拍着一个小孩。母亲的鼻子有点发红，但她还是忍住了，没有让眼泪流出来。我瞟了一眼痰盂，清水中只有几朵白棉花一样的痰液，我心底里得到了一些安慰。

母亲到后面那幢小房子洗菜蒸饭去了，那是旅馆专门给病人准备的，因为住在这里的全是病人与病人的家属，他们一住就是半年甚至一年，需要一个做饭烧菜的地方。那小房子只有一楼，其实是一个过道，只不过是在墙边的地方砌了一排灶台，上面铺了瓷砖，有五六个煤气灶放在上面。转弯处有两个水槽，供大家洗菜用的，所以，烧起菜来倒也方便。母亲初到这里，料理起来有些迟钝，我帮忙打理了一下，看着时间差不多了，就回到房间里。

父亲斜靠在床头，仍然看他的电视。我想起下午要去付时杰主任家，就在柜里找出两瓶茅台酒，用黑色塑料袋包裹着。岳龙问我放多少钱，我说你打听过了吗？岳龙说少的一千左右，一般一千五、一千八，多的三千也有。我说那就两千元吧！你说呢？岳龙拿出两千，我数了一遍，把钱放在信封里。父亲问我们找谁去，我说找付时杰主任，让他早点安排你入院，父亲说，不走不行吗？我说不是不走不行，而是走了更行，我们这是在例行公事。我尽量把话说得轻松一些，以免引起父亲的忧虑。其实，此时我真的有一种轻松的感觉，因为我好像已经把一副重担转给了付时杰主任，我突然间有一种阴谋得逞的感觉。

从申林旅馆出来，我们没有打的，岳龙手里提着两瓶茅台，我空手跟在后面。正是下班时刻，马路上车和人特别多，我们往右拐，经过东安路，路过肿瘤医院东门，东门进出的人很多，有医生也有病人家属，但走在这个地方谁也不认识谁。我们没有看见付时杰主任，岳龙看了一下表说，他大概走在我们前面了。我说，你能确定吗？岳龙说按正常下班时间，不会错到哪里去。我相信他，他说得这么有把握，肯定有他充分的依据。过了肿瘤医院大门，往前再走百来米，往左拐过去是一条小巷，虽然是一条小巷，但还有的士进出。边上偶尔有一二株树，树叶也灰蒙蒙的。我突然想起来，好久没有下雨了。走了三五十米，又是一个拐弯，岳龙在前面停住了，我估计他迷路了，我走过去，原来这里有三个岔口，样子几乎相同，都是七八十年代的房子，灰扑扑的统一基调。我说是否要问一下。话一出口，我马上意识到自己很笨，在这样的地方，问谁住在哪里，这不是大海捞针吗？岳龙没有回答我，靠到边上让过一辆自行车后从口袋里摸出一张纸片来。我凑上去看，原来是一张路线图，他说昨天下午跟在付时杰主任后面已经走了一趟，怕记不住，就画了这张路线图，想不到真的用上了。这时候，我不得不佩服他做事的认真与仔细了，我在心里对自己说：他已经成熟了。

看过路线图，我们马上明确了方向，很快就找到了付时杰主任住的房子。这是一幢很普通的公寓，只有五层，也有些灰扑扑的味道，没有院子，后墙上的电线左右斜拉，也没有树，好多家的前后窗口做了防盗窗，窗口都被罩着，活脱脱像个鸟笼。岳龙指着一单元的二楼说，就是那家，昨天下午我看见他掏出钥匙，进的就是那家的门。我突然间觉得他有点像克格勃。上了二楼，岳龙轻轻敲了两下门，我心里有些紧张。出来开门的正是付时杰主任，付时杰开门时吃了一惊，他肯定惊诧于我们怎么会突然找上门来。我看见付时杰没有心理准备，有些失态，马上挤到岳龙前面，我说付主任，真不好意思，我们打扰您了，我们也没什么，只是想跟您聊一下天，想听听您对我父亲病情的看法。我说话时很温和，尽量把语气调控得很平静。付时杰马上恢复了状态，拉过两把方凳，让我们坐下，岳龙把装在黑袋里的茅台放在他家餐桌上。付时杰说，这是什么？你们带回去。我说没什么东西，无非是两瓶酒，按我们乡下习惯，第一次进老师或朋友家门必须要有点礼貌，所以，请您不要推辞。付时杰见我说得这么恳切，这么在理，也就不再推辞。岳龙乘机与他聊起来，问了父亲一些病情。付时杰告诉我们，父亲的肺癌已中期偏晚，先化疗一疗程试试，看看效果再定。我问起治愈率，他说这个很不好说，到了这一时期，肯定凶多吉少了，但不能放弃，我们也会尽最大努力去挽留你父亲的生命，可惜发现得太迟，要是早期，那就有一定希望。付时杰这一说，我心情又沉重起来，木讷在一边。岳龙说，付主任，能否请您关照一下，早一点给我父亲安排住院？付时杰说，这个可以，只要病房有空，我就会优先考虑。我看时间差不多了，就起身告辞，并掏出口袋里的信封轻轻放在餐桌的左下角。我说，付主任，谢谢您的关心，我们拜托您了。付时杰指着餐桌上的信封说，这个不行，你一定带回去，付时杰说话时去拿餐桌上的信封，我一下按住他的手背，我说，这是我的希望，请您无论如何不要破灭我的希望。我突然听见自己的声音里充满着一种哭腔，我估计我的眼角也肯定溢出了泪水。付时杰看了我一眼，怔在那里。我对岳龙说，走吧！我们走吧！父亲还在等我们吃晚饭呢！

回到申林旅馆，我轻松了许多，我觉得我们圆满完成了一项重大任务，我已经把责任和压力转嫁给了付时杰，接下去住院、治疗方案等都将由付时杰主任代我操劳了，我可以坐在那里纯粹地痛苦，这种纯粹的痛苦，在此时的我看来已经是一种幸福。

《呼愁》二〇〇一 七月五日

昨晚父亲虽然饭量还可以，但咳嗽声仍然有增无减，最要命的是父亲又咳出一小块坏死组织来，这已是黑云压城的景象了，况且父亲在咳出坏死组织后紧接着又咳出几口色泽鲜艳的痰血，虽然是在夜间，但日光灯下我们都无法逃避这铁的事实。

早晨我在父亲的咳嗽声中醒来，我看了一下表，6 点半。6 点半不是我醒来的时间，在这个时间醒来，这一天我就会过得跟神游一样。游走的思绪很难控制，注意力不集中，神思恍惚，易怒。我想再睡一会，但今天是父亲第一次化疗，我又不能睡得太迟。岳龙已经去肿瘤医院排队，父亲起来吃早饭，母亲给父亲盛了粥，拿过一个鸡蛋，父亲坐在床沿上一边喝粥，一边看着电视里的早间新闻。我又闭了一会儿眼，虽然没睡着，但感觉精神了许多。匆匆漱洗了一下，回到房间里，我接过母亲递过来的饭碗，又找了一碟榨菜丝，我喜欢这榨菜的重味，咸而且有些辛辣。父亲吃好饭换了一件白衬衣，人也显得精神一些。父亲问起化疗的事情，我说已去过付时杰主任家了，他肯定会关照的，或许等到放疗时还会免费送我们几光，其实，算回来也不亏。父亲听了很高兴，他接过我的话说起“夹塘泥理论”。他说早年在乡下雇人夹塘泥，私下给他们一包烟，他们就会多夹一会，甚至会多夹一船，这也是值得的事情。父亲的话明白晓畅，看来父亲完全理解了我的意思。其实只有我自己心里明白，我这样做的目的并不是要付时杰主任给予多少关照，而是请他重视一些，尽可能做一个理想的治疗方案，请他讲真话，使我们心中有个底。不然，我们就像一只没有维系在石桩上的船，心中游移不定，没有安全感，也没有着落感。当然，最重要的是住院，去付时杰主任家的意思我们昨天说得也很明白，就是在可能的情况下让他早日安排父亲住院，我认为父亲早日住院是当务之急，住院了，我好像把身上的千斤压力转嫁给了付时杰主任，我高度紧张的神经会暂时得以放松，当然，最重要的是父亲会得到科学而有效的治疗。早日安排父亲住院的话是我提的，昨天我说话时，付时杰主任站起身正准备送我们出来。我之所以在这时候提出来，是因为付时杰主任他已经接受了我们的东西，并且心情还不错，他站起来时嘴角上还留有笑意。这时候，我才提出来，我想在他心情还不错的时候提出这样的要求，他不至于很反感吧！所以，我就趁他站起来送我们走的时候表达了我们的愿望。付时杰主任果然很干脆，他说他会想办法的。听到这句话时，我极力控制着，表示感谢后我马上回过头去，我不想让他看见我眼眶里充满着泪水。

出发时我看了一下表，7 点 35 分。医院里化疗的人很多，幸亏岳龙 6 点半前就来排队。我们到时，岳龙已排在前面，但在岳龙之前还有十几个人，后面是一长串的队伍。医生的动作很缓慢，让人看了有些焦急。我把父母送到化疗室里。化疗室不大，只有二十几个位置的样子，但也有好几间，分隔开来。此时化疗室里人不多，还有很多椅子空着，母亲选了一个靠窗的位置，这里空气好一些，光线也明亮。我让父亲不要离开自己的位置，免得被人家占了。安顿好父亲，我又出来看看是否轮到我们了。岳龙见我来了，让我接替他排队，他说站了差不多两个小时，有些累了。我接替了岳龙的位置，前面是一个中年妇女，一脸菜色，歪着头，一副无精打采的样子。岳龙在周边溜达了一会又回来了，我估计他躲到哪个角落里抽烟了，或者是熟悉一下四周的环境，看看一些医疗信息。岳龙走近我时，一个送广告的人斜刺里走过来送给他一张广告，他没有看，把手中的广告递给我，让我出来，自己站回原来的位置。我也没有走，站在他旁边翻阅广告，广告上的内容全是关于治癌的，其中一则是有关“太岁”的，看看有些神奇，我无法判断“太岁”治癌的真实功效，但广告上说得神乎其神。我指着广告问岳龙，岳龙说，你的智商怎么一下子降到了零。岳龙的言辞虽然有点幽默，但我还是没有笑出来。我走到垃圾桶旁，随手扔掉广告时，又看了一遍广告中的一句话：“很多在场的人都争着喝一口‘太岁’汤。”

8点50分，终于轮到父亲了，我和母亲都很紧张，父亲却很平静，没有半点慌乱。其实化疗也没什么，外在的形式便是静脉注射，我们是听人家说多了，被人家说怕了，所以才如临大敌。父亲斜躺在椅上，我和母亲分别坐在左右。打点滴的小软管垂直挂下来，不紧不慢地滴着无色液体，我和父亲聊着一些老话题，我想分散父亲的注意力，以缓解他的压力。我知道父亲的平静仅仅是一种表面现象，其实他内心十分复杂，他为了减轻我们的压力，所以才显示他的从容和平静。屋里的人渐渐多起来，人声有些嘈杂，天气闷热，但父亲额头上没有汗，白衬衫领口敞开着，胸口很瘦，很平扁，黑黝黝的。从侧面看过去，父亲的脸消瘦了许多，下巴尖尖的，尤为突出。父亲习惯留着几根小胡子，这回被他刮得很干净，没有了。父亲的耳朵很大，张扬着，竖在那里似乎不大协调。最标准的是父亲的西式头，弧度恰到好处，线条也很流畅，那是早几天刚理的。这时候一个护士走进来，点了父亲的名字，问过父亲的感觉，让父亲把另一只手伸出来。父亲的手臂古铜色的，很瘦，静脉很明显。护士给父亲推了一针注射，针筒里的药水淡黄色的，我怕她生气，就不敢问她是什么药。护士给父亲推完一针后转身就走开了，转身的动作很像一部二战时期著名电影里的一个镜头，干脆利落而又不失优雅。护士的背影在门口消失时，我把目光收回来，落在父亲的手臂上，刚才被注射过的地方放着一个棉花球，上面压着母亲左手的大拇指，周围有一圈淡黄色的水痕。岳龙出去了，他大概又去寻找信息，或许又去找付时杰主任了，看看父亲近日有无住院的可能。化疗室里有很多人都在看电视，电视里正在播放一部肥皂剧，我对这种“泡沫”向来深恶痛绝，便对父亲说，我先出去转一下，母亲让我早点回来，我说我知道。母亲是担心我们俩都出去了，父亲万一有什么反应，她一个人便会束手无策。其实母亲的担心是多余的，我说的出去转一下，本来就不可能走远，我只能在门口的屋檐下站一站，呼吸一下新鲜空气，更确切地说是暂时躲避一下这肥皂剧的折磨。

我刚走到门口，岳龙已经回来了，他说没有找到付时杰。我说我在门口转一会，你先去陪一下。外面人很多，声音也很嘈杂，这里的人大多脸色凝重，或者步履匆匆。走廊外面的阳光很猛，空气也很闷热，我沿着走廊走了一半，便折回来。

因为父亲的化疗不能中断，出去买快餐又很麻烦，更主要的是父亲不想吃饭，我也觉得在注射室用餐很不卫生，所以中午我们就用饼干和开水充饥。其实，也并不见得饿，因为整个上午都坐在椅子上几乎没有什么运动。吃过饼干喝过开水后，我让父亲闭会儿眼，休息一下，因为上午化疗的进程还不到一半，按这样的进度计算，可能要到下午 5 点后才能完成。父亲大概也坐累了，刚合上眼睛便呼噜起来。我让边上的那个中年男子把电视声音调低一些，免得把父亲吵醒。那中年男子穿一条牛仔裤，上身是一件白衬衣，理着板寸头，四十来岁的样子，很精神。他上午是紧接着父亲进来的，就孤零零的一个人，谁也没有陪。他一进来就说自己癌细胞已经转移，昨晚在旅馆里痛得直打滚。他说的话让化疗室里的人都感到很惊奇，他看上去很健康，一点也不像个病人，并且是病入膏肓的人。另一个让我们都匪夷所思的是这样的病情还独自一个人来化疗，家里难道没有人了？大家互相都不熟识，说话也很注意分寸，不愿意直接去打听他的家人。他倒是十分爽直，说自己病情确诊后让老父亲知道了，老父亲承受不了沉重的打击，一个星期后便撒手人寰，他说自己没什么太多的想法，只是害死了老父亲，十分遗憾。那个中年男子真是了不起，说起这种事情毫无半点沮丧和伤感，在我们听来，他好像在说别人的故事。

周围很多人都睡着了，母亲也睡着了。母亲坐在靠背椅上仰着头睡，开着大口，我想拉醒她，又怕她累着，不拉醒她，她大口呼吸让我极为担心，这样的地方到处都是病菌，搞不好会给我们带来极大的麻烦。这时候，岳龙正从外面走进来，手里拿着两瓶矿泉水，走到母亲边上拉拉母亲的衣袖，母亲醒了。岳龙让她先回旅馆休息一下，母亲说不用，刚才睡了一会脑子轻松了许多。我们让她先回去，休息一下再准备晚饭，再说三个人都陪在这里也没有多大作用。母亲见我们说得在理，一个人回旅馆去了。

岳龙坐在母亲的位置上不停地喝水，我手里拿着《大江健三郎随笔集》，大江的沉静和慈悲让我着迷，但此时我不能着迷也无法着迷，带着它的目的是为了解闷。坐在椅子上八个小时，我又不可能老是与父亲闲聊，父亲更多的是需要休息，闲聊的目的也是为了替父亲解闷。父亲睡着了，我睡不着，我只好翻开大江的随笔集。此时的我已是惊弓之鸟，我需要沉静的力量。

5 点 15 分，父亲头上大小六瓶药液全部流进父亲的静脉里，我看看边上的父亲，父亲很累，脸色更加青黑。我扶起他在原地上站了一会，大概坐久了，父亲的脚已不听使唤。父亲说脚都麻木了。岳龙让父亲坐下，自己蹲下身子在父亲小腿上按摩了一会。父亲重新站起来说，好多了。父亲虽然说好多了，但我扶住父亲走路时父亲仍然是步履蹒跚。岳龙去门口找的士，我一手搀着父亲，一手打伞，下午 5 点的阳光依然强烈，空气里热浪滚滚，汗水迅速从衣服里渗透出来，后背和前胸都湿了一大片。父亲没有汗，出大厅时，父亲说，脚有些乏力，走不稳了。父亲说话时一脸忧郁。我把伞向西微微倾斜，以免阳光照到父亲身上，用另一只手挽住父亲的肩膀。父亲一只手搭在我肩膀上，好在我比父亲矮，父亲的手才不至于那么吃力。岳龙总算拦了一辆的士，上车时，父亲又说脚下有些软。我说你足足坐了八个小时，脚下自然会不听使唤的，即使是正常人，八个小时坐下来脚下也会疲软，更别说你这么虚弱。父亲见我说得在理，淡淡地笑了一下。

回到申林旅馆，父亲躺下便睡。母亲说是否先擦擦脸，我和岳龙都说不必了，先让他睡一觉，恢复一下体力，今天坐了八个多小时实在太累。父亲睡着了，我也斜躺在床上，房间里有空调，岳龙怕父亲凉着，顺手给他盖上一条薄毯。母亲去后面的小屋里烧菜，我实在太困了，便闭上眼睛。岳龙坐在床边开了电视，但没有声音。

父亲大约睡了四十分钟左右便醒来。母亲已准备好饭菜。父亲去卫生间洗了一把脸，人也精神许多。父亲吃了一小碗饭，剥了几只对虾，喝了半碗青菜汤。母亲问他是否再添一些饭，他说差不多了，你们把虾吃完，否则明天就不好吃了，这里又没有冰箱。父亲吃完饭就坐在床沿上看电视，6点钟的电视，大多是新闻与广告，父亲手里的遥控器一直不停地按，我知道父亲想找戏看，父母这一辈对戏剧的喜爱我无法理解，也许农村的草台班是他们青少年时代唯一的精神食粮，同时也给他们一生的爱好定了格。找了一遍后父亲就把遥控器放在一旁，电视里的画面仍是有关伊拉克风云的报道。岳龙放下饭碗时，父亲说自己两脚有些麻木，岳龙说让他看看。父亲挽起裤管，我站在父亲的对面顺着光线看过去，发现父亲的小腿有些异样，我看见岳龙也迟疑了一下。岳龙蹲在地上，一只手握住父亲的小腿，轻轻用大拇指压了压，父亲小腿上拇指大小的地方有些凹陷下去。岳龙把大拇指移开，我说，好像浮肿了。岳龙站起来直直身子，坐在床沿上说，可能是坐的时间太长了，两肢下垂时间过久造成的。我们都认为岳龙分析得有道理，连母亲也这么认为，但母亲在赞同岳龙观点的同时，脸上蒙上一层忧愁，虽然这薄薄的一层忧愁马上被母亲的转身所掩盖，但我站在正面还是看得清楚，母亲的疑虑与担心写在脸上，父亲没有看见，虽然母亲站在父亲的边上，但父亲坐着。岳龙也看不见，因为他坐在父亲的边上。我看见了，心里马上打了一个结，心情便开始滑坡。我知道岳龙是凭医学推理的，母亲只相信她的人生经验。

晚上的日子很无聊，父亲不能出去散步，我们都陪着他看电视，电压不高，屋里的光线很弱，做完家务的母亲也坐在父亲边上，但只一刻，母亲便接二连三地打着呵欠。电视里红色经典的电影很多，父亲没什么兴趣，我倒喜欢。父亲起身去卫生间洗澡，我看了一下表，还不到 9 点。过了一会，父亲从卫生间里出来，穿了一件圆领白色短袖汗衫，领口软软地下垂着。父亲在颈项上摸索了一会，一只手按住颈项对岳龙说，我这里好像有个淋巴。我突然一惊，扔掉手里的遥控器，急忙站起来，岳龙没有慌张，把手放在父亲的颈项上一摸，岳龙说，就这里吗？父亲说是，就这里，别的地方没有。岳龙笑了笑，让父亲把人转过来，对着日光灯。我凑上去，看见父亲清瘦的颈项上靠耳朵一侧皮下有一粒东西，似乎不大。岳龙用手指轻轻动了动那粒东西。岳龙说，能转动的淋巴常人都有的，不碍事，是体质虚弱的反应。父亲听了有些放松，站在边上的母亲也吁了一口气，我不知道岳龙在骗他，还是讲真话，在我看来，这个信号很危险。但岳龙话也很有道理，我记得少年时，体质虚弱，颈项上经常会摸到一两个会动的淋巴。但父亲颈项上这时候出现的淋巴与我少年时候比，意义却不同寻常，假如是真的，这速度简直惊人。

接下去的电视，我什么也没有看进去，我只看见屏幕里的人影与动作。也许在父母看来，我看得很认真。

窗外月色很好。临睡前，岳龙给父亲测了体温，37.2℃，岳龙说还是有一点点微热，房间里的空调设置在26℃，有些凉爽，父亲盖着薄毯，后半夜，父亲竟然大汗淋漓。

《呼愁》

二〇〇一 七月六日

昨晚很久才睡着，后半夜还惊醒过一次。

早上起来时，头有些晕乎乎的，看过时间才知道已 7 点一刻。岳龙又早早去排队了，父亲在卫生间漱洗。母亲说父亲也刚起来。母亲说话时，父亲从卫生间出来。父亲精神不错，刚洗过脸，也有些光亮。父亲坐在床边用早餐，我说看看你的小腿怎么样了，父亲说好像没事了。父亲边说边卷起裤管让我看他的小腿。床边的光线有些暗，我看不出什么变化，只是觉得父亲的小腿黑黝黝的，很瘦。我用手捏捏父亲的小腿，水肿已经退尽。

因为化疗，所以父亲这几天停止吃中药。父亲向来对吃中药很头痛，他常说中药的气味让他受不了。他嘴里虽这么说，但到了无可奈何时，也只好把眉头拧成一撮，憋着一口气喝下去。小时候，我经常看见他闪了腰，不是用膏药，就是吃中药。他有时会看着一大碗冒着热气的中药汤发呆，待放了一会儿后，再猛地一头扎下去，咕咕地一口气把它喝个精光，然后再擦擦嘴说，难喝，难喝，这药咋这样难喝呢？这时候，家里人都会笑他：怎么跟小孩一个样呢？当然这话都是祖母说的，父亲喝中药时，祖母都会站在一旁看着他，生怕他把碗中的药汤偷偷倒掉似的。更有甚者是有一年春天，父亲闪了腰，喝了一星期中药还是好不了，不知是谁说的偏方，用蚯蚓熬汤喝，那一次父亲喝得真惨，我看见他嘴唇未碰到碗沿上就恶心呕吐，但最后他还是捏着鼻子给喝下去。一喝完，母亲便把一勺红糖塞进他嘴里，缓过气后，父亲连连说，还不如喝童子尿，还不如喝童子尿。

有了昨天的化疗，我们心中就有了底，岳龙排在第四，所以很快就轮到父亲。药仍然跟昨天一样，大小六瓶，坐的位置也没有改变。只是母亲没有来，母亲想来，我说化疗也就是一般的挂针，昨天你去过了，我和岳龙两人照顾就行了，你做饭，中午送过来。母亲见我说得在理，就在旅馆里为我们准备午饭。

夏天的太阳很猛，就连早上八九点钟也一样。父亲坐的位置阳光会斜照过来，恰好落在父亲的肩上，我走过去把淡黄色的窗帘拉了一下，想让这淡黄色的窗帘遮住那条狭小的缝隙，以免阳光斜照过来。大概我用力过猛，淡黄色的窗帘拉过了头，另一端却露出了半扇玻璃，我正想往回拉，坐在边上的妇女便怒气冲冲，指责我自私、没教养。我一边往回拉，一边回头看她，她脸也猪肝色的，放在椅子上的手微微颤抖着，手背上方挂针的透明软管在轻轻摇晃。我转过头，把要说的话咽了下去，重新拉好窗帘。那妇女仍然喋喋不休，满脸不悦。我听不懂她的方言，但心里却堵得慌。我闷闷地坐下来，父亲的脸色很难看，显然是生气了。这时候，我口袋里的手机响了，我赶紧站起来，想到外面去接听。那妇女看见我从口袋里掏出手机，突然神色很紧张，嘴上说得更快、更凶狠。父亲耐不住了，很生气地回敬了她一句。我没有听清楚内容，因为这时候我已经走到门口，但我知道父亲那句话是说给她听的。接过电话后，我回到父亲身边，看见父亲怒气未消，那妇女倒服帖了许多，我想，我接电话有什么不对呢？她是因为手机电磁波的辐射吗？但我已经转身走开了。

昨天那个人也来了，他来迟了，坐在对面角落里，仍然穿着白衬衣和牛仔裤，仍然是一个人来。他一坐下来，便嚷嚷说自己昨夜又痛了，那种痛无法形容，简直叫痛之入骨。坐在他边上的是一个年轻女孩，她守着她妈，她妈患的是子宫癌。那女孩脸色青黄，偏瘦，她好奇地打量了那男子许久，才怯生生地问他得的是什么病。那男子淡笑了一下说，骨癌。女孩突然间红了眼眶，把目光投到地上，盯着她妈的两只鞋。那男子说我就是不信专家那个话，他们都是骗我的，专家专个屁，还是刚出校门的大学生能讲真话，那个戴眼镜的学生仔跟我说不要太费钱了，回家去养养吧！反正也只有半年时间了，想吃什么就吃什么，想玩什么就玩什么，做人要爽最后一回，别把太多的钱扔在医院里，就是扔了也是白扔，没效果的，医院挣钱的，这种病他们说白了就等于断了自己的财路，你们听听，还不是学生仔能讲真话吗？还有半年时间已经足够了，可惜的是我老父亲听说我得了骨癌当场脑溢血毙命，真是祸不单行啊！算了，反正做人也就这样，一切都命中注定了，剩下的日子能吃就吃，能玩就玩，过去不敢去找小姐，现在好了，命都快没了，回去找一两次也无妨，不然，枉来人世间走一遭。那男子越说越兴奋，把周围的人都说笑了。父亲没有笑，只是闭目养神。我想从他脸上读出他内心的一点信息，可什么也看不出来。

岳龙从外面走进来，跟我说遇到付时杰主任了。我听出岳龙有话，就站起来走到门口，岳龙也跟过来，出门口往右走了几步。岳龙说自己在门诊遇到付时杰，把父亲颈项上出现淋巴的情况告诉了他，付时杰说待会过来看看。我们往回走时，岳龙说，按理淋巴应先从锁骨开始，怎么会突然跑到颈项中央呢？真是无法理解。我说要是人体虚弱的原因呢？有无可能？岳龙呆了一会说，这当然也有可能。我看岳龙说得很勉强，就说付时杰什么时候来看父亲，岳龙说，他说过一会就过来，总不会太迟吧！我想这个人还不错，可以交往。我正想着时，岳龙看见付时杰从走廊的东面走过来，我站在那儿等他，让岳龙迎上去接他一下。岳龙迎上前，付时杰也看见了，他一脸轻松，有说有笑的样子。

我们进门时，父亲和病友正在看电视。父亲看见付时杰主任走过来就马上站起来。付时杰让他坐下，问他有无什么不舒服，父亲说自己这些天还好，只是有些微热，乏力，还有些咳嗽，昨天化疗坐了八个小时，小腿也有些肿胀，不过，早上起来肿胀又不见了，但颈项上有了一个淋巴结，昨晚发现的，早上还没有退去。父亲说完就注视着付时杰，我估计他想在付时杰脸上看出点什么。付时杰点点头，没有说话，把一只手搭在父亲的颈项上，摸了一会后说，没问题，是身体虚弱了的原因。付时杰主任出去时我和岳龙送他到门口，出了门口，付时杰说现在还不好判断，下星期一做个穿刺吧！做这东西也快，一个小时就能出结果。付时杰让岳龙跟他去他办公室一趟，先开张化验单，因为明天是星期六了，他这两天不上班。

回到注射室，父亲他们都在看电视。电视里正在播放一部武打片，打斗的声音铿锵有力，遥控器在那个患骨癌的中年男子手里，他看得津津有味。我坐在椅子上看《大江健三郎随笔集》，看来看去始终停留在这一页，我不知道自己怎么了，好几次努力看到中间又都走神了，是因为电视里的打斗声音呢，还是父亲颈项上出现的淋巴？付时杰说做个穿刺的声音老是在我耳边回响。我合上书，但这种糟糕的电视剧无法吸引我，我请那个中年男子把电视声音调低一些，那个中年男子却把手中的遥控器递过来，我一下呆住了，一时不知所措。我说我用不着，只是想请你把声音调得低一些。那中年男子见我不接遥控器，又把手缩回去，将手中的遥控器放在一边。我不再说话，仍然翻着大江的随笔，我想，他为什么那么固执？是性格本身的原因呢，还是人到了生命尽头的一种心理反应？当然，我不能为这些小事与其理论，就是面对一个健康的人我也不会，更何况是一个没有多少生命日子的人，我当然理解，就是无法理解，我也会退让。

电视里打斗的动作已经过去了，声音比刚才轻了许多，我偶尔一抬头，发现电视画面上的人都在空中飞来飞去。我翻到大江随笔集里《小说家的生与死》，大江的语态平稳、厚实、绵长，那种娓娓道来的语言充满了真情，洋溢着苍凉与深沉，我似乎看见大江那颗柔软而善良的心。

大约12时左右，母亲来了。母亲提着一个篮子，里面盛着热腾腾的饭菜，满头大汗。我估计母亲是一路走过来的，从申林旅馆到肿瘤医院只有几百米路程，母亲肯定不会花这个钱。岳龙不知从哪里搬来了一把方凳，摆在父亲座椅的前面，我们把饭菜放在方凳上，母亲为我们盛饭。父亲胃口不大好，只吃了半碗。菜是炒猪肝与盐水虾，父亲也吃得不多，鸡蛋番茄汤大概口味不错，父亲喝了一小碗。我让母亲吃饭，母亲说自己不饿，等会回旅馆再吃，我们吃饭时她一直看着电视。

刚放下碗筷，我很快就陷入了困顿状态，睡意袭来，我哈欠连连，闭上眼，仰头靠在座椅上。电视里的声音不知何时减弱了许多，但我仍然睡不着，只是迷糊了片刻便清醒起来，我没有睁开眼。很多人都睡着了，包括父亲。父亲的呼吸很均匀，自然而且舒坦，鼻腔里的气流丝丝有声。我努力想使自己睡过去，但大脑反而愈来愈清晰，我在心里揣摩着小房间里的每一位患者，我想，他们是否都清楚时间对于他们来说意味着什么？在这个小房间里又有几个人能跨过这道坎，与死神擦肩而过呢？在他们的生活以倒计时方式进行的日子里，有人洒脱，有人沉默，有人沮丧，有人悲哀，有人恐惧，真是世态万千。我想，对于一个已经没有多少时间的人来说，七情六欲是否可以放开呢？道德是对活着的人来说的，人性是否应该让这些人得到最后的满足？

由于中午没有睡好，下午精神不济，头部好像被什么东西紧箍着，书更是看不进去。房间里空气十分混浊，电视里的声音又恢复到原来状态。每隔一会，我都要到门口站上几分钟。其实，外面的空气也很闷热，太阳明晃晃地悬在半空中，走廊里的热气四处涌动。还有很多人，他们都在走廊里穿梭不定，我想，他们也像我一样不幸，为了亲人的生命，他们不得不忍受酷暑和精神的双重煎熬，但是，他们的种种努力是否有着理想的结果呢？当然，无论结果怎样，努力是必须的，与其消极地放弃总不如积极地治疗，尽了最大努力，结果也不会遗憾终生。

在外面站了一会，我又回到注射室，岳龙正在翻我的《大江健三郎随笔集》，见我进来，他笑笑说，这本书这么难看，你怎么还有兴趣？我说我看的是他的精神境界而不是一般的故事。岳龙说，这样的环境你怎么能看得进去呢？我说我努力看，看不进去也无妨，权当锻炼自己的注意力和阅读耐心。我们说话时，有几个人都往我们这边看，原来是父亲在轻轻拍打着自己的小腿。岳龙弯下腰去看父亲的小腿，用拇指按了一下，抬起头来说，好像稍有水肿，但比昨天要好多了。父亲笑笑说，我也觉得比昨天轻松些。我估计这是我们特意抬高了父亲小腿的原因。上午化疗一开始，岳龙便找来砖头垫在父亲脚下，他说这样可以减少父亲两脚的下垂力，可以减轻父亲小腿的肿胀程度。现在看来这个办法不错，效果良好。

下午挂完药液的时间比昨天要早一些。从医院出来时，岳龙要搀扶父亲，父亲说自己能走，不碍事。但毕竟是坐了近八个小时，父亲走起路来步履蹒跚，我还是让岳龙扶着他走，以防不测。出了医院大门，我拦了一辆的士，父亲说走走吧！考虑到父亲体质虚弱，又坐了近一天，我还是让他坐的士。父亲说坐了一整天浑身不舒服。岳龙说先坐吧！待会晚饭后可以出来散散步，舒舒筋骨。父亲听了，就坐进的士。的士司机见我们这样婆婆妈妈，很不耐烦，待我们一上车就把油门踩得很大，我回头让岳龙注意一下父亲，以免急刹。

晚饭后，岳龙陪父亲出去散了一会步，大概也没走多远，一会儿就回来了。父亲回来后感觉有些热，坐了片刻，就去卫生间擦洗身体。父亲擦过身体后从卫生间里出来，岳龙量了他腋下体温，36.5℃。岳龙说体温正常了。岳龙又让父亲坐在床沿上，摸摸他颈项上的淋巴结。我问岳龙怎么样？岳龙说好像变小了。

大概是体温的正常和淋巴结的变小，父亲晚上精神很好，谈兴很浓，一会说自己回家后去南门坑景区住一段时间，好好疗养，一会又说回家后不再下田了，学点麻将“手艺”，去独木堂老年协会坐坐。我说回家后我教你练书法吧！练书法能调节心情，延年益寿。父亲听了，说自己很有兴趣，况且自己的字本来就写得不错。父亲边看电视边与我们聊天，我似乎觉得父亲已经病愈了。只有母亲仍然默默无语，洗完我们换下来的衣裤后，坐在床前看着电视发呆。11 点了，我一再催促父亲休息，父亲仍然是话多。躺下后，我一直睡不着，看着窗外的月光，我回想起晚上父亲的言语有些浮夸、轻飘，对某些问题的看法有些执拗、偏激，甚至于在我们面前说起粗话来，这是几十年来我不曾听到的，这样多的言语与他病前的少言寡语对比鲜明，看来可能是化疗药物的副作用引起他神经系统的一些紊乱。这样想了许久，我回过头来看一眼父亲的背影，月色朦胧中，我又泪流满面。

《呼愁》

二〇〇一 七月七日

父亲的咳嗽是从凌晨开始的。

不知道是昨夜父亲迟睡的缘故，还是化疗后的反应。父亲一大早就咳个不停。父亲昨夜似乎很高兴，甚至是亢奋，尽是一股劲地说话。说话是从父亲看《说唐》中关于罗成的电视剧开始的，这似乎打开了父亲的话匣子，我们几次劝他早睡，他都没有尽兴的意思。等父亲躺下，我看了表，已是 11 点，躺下时，我在黑暗中为父亲担忧着。现在看来，果然不出所料。当然，更大可能是化疗的原因，第一次化疗结束的那天晚上，我在旅馆走廊里问过岳龙，我说咋不见反应呢？岳龙说自己打听过一些病人家属，开始一两天并无多大感觉，一般第三四天才会出现各种不同情况的反应，比如干呕、乏力、思睡、烦躁等。今天是第三天，果然问题出来了。

凌晨 5 时左右，我在睡梦中惊醒，我听见父亲浓重的咳嗽声，这咳嗽声有时还伴随着恶心和干呕。我不敢再睡，但我又不敢睁开眼睛，我怕看见父亲痛苦的样子，更怕看见他床前痰盂里粘有血丝的痰块。有时我偷偷往盛了一半清水的痰盂里看一眼，我为它只有清水而高兴，也为清水上漂着白色的痰液而窃喜，但我经常为白色痰液中粘有鲜红的血丝而心惊肉跳。母亲好像是在边上，她只能站在那里束手无策。岳龙大概在抚摸父亲的后背，并轻轻拍打着。父亲咳过一阵后，吐出一个痰块，落在痰盂的清水中有一种软软的响声，母亲撕过卷纸擦过父亲的嘴唇后大概想蹲下去看看痰中粘了多少血丝。父亲发怒了，声音很重，父亲生气的原因是母亲蹲下去的身子会直对痰盂，而且距离又近。父亲在责备母亲的同时，似乎又拦了她一把。岳龙对母亲说，不要看了，这一口血丝不是很多。母亲木木地站在一边，不发出任何声音。父亲大概过于生气，接下去又是一连串的咳嗽。父亲因为是坐在床上，所以连床也有些抖动，一时间我有一种地动山摇的感觉，我不得不睁开眼睛。

我睁开眼睛时，父亲正直喘粗气。母亲准备早餐去了，岳龙仍然在轻轻拍打着父亲的后背，每拍过三四下，又抚摸一遍他的后背。父亲看见我醒来，目光有些沮丧。我匆匆漱洗了一下，让岳龙吃点东西先去医院排队，自己坐在父亲的边上照顾父亲。父亲坐在床沿上有些气喘，咳嗽比刚才缓和了一些，脸色不大好，有些发青。父亲把双手放在床单上，手指的关节显得粗大，这大概是人消瘦了的缘故。我轻轻抚摸他后背，我说是否因为昨夜睡迟了。父亲没有马上回答我，寻思了片刻。父亲说不会的，11 点睡是常有的事，肯定又是这里发作了。父亲说话时用手指指自己的胸部，目光中充满着忧虑。我说也许是药物的作用，有反应，这说明化疗有效果。父亲没有马上接我话茬，只是略略迟缓了一下，说，想想也是。我为自己的自圆其说有些轻松时，父亲又咳嗽起来，我轻轻拍打着父亲的后背，父亲说你重一些，我稍稍加了点力，父亲又咳出了一个痰块，掉在痰盂里，但没有血丝。

母亲把早餐摆在方凳上，是白粥加小笼包子。父亲精神软弱，气喘力乏，连拿筷子与捧碗都有些懒散，但父亲还是喝了一碗半白粥。喝过粥，父亲的精神好一些，他坐在边上捋起裤管看看自己的小腿，又在小腿上轻轻按了一下，我说怎么样，退了没有。父亲说好像没有了。我弯下身用拇指按了一下父亲的小腿，已经没有肿胀的感觉。

7 点 50 分，我和父亲去医院，父亲感觉很吃力，我想扶他，父亲说自己能走，不让扶。我走在父亲身边，出大门时，父亲脚下无力，有些摇晃，我抓住他左手的胳膊，他说今天好像有些不对劲。我说，你还好，这两天反应并不强烈，有些人不是当场就呕吐了吗？父亲浅笑了一下说，想想也是，昨天那个妇女吐得真惨，连黄胆汁都吐出来了，披头散发的，样子也怪可怜。父亲说话时，我看见马路上有辆的士驶过来，我招招手，让的士靠边停下来。

上午输液是 8 点 40 分开始的。昨天父亲的位置已有人坐着，是昨天吐得最惨的那个中年妇女。父亲的位置正对着电视。她这两天除了呕吐一直在看电视，看来她觊觎父亲的位置已经有两天了。前两天，因为我们早来，所以她只好坐在另一角，今天我们迟了一步，她就抢了我们昨天的位置。中年妇女的女儿看了我们一眼，把目光落在岳龙身上。我很快让父亲坐在右上角靠墙边的位置，这里虽然靠墙，但相对安静些，看电视虽然不是正面，但侧一点又有何妨，况且有些垃圾电视我们也懒得看。安顿好父亲后，岳龙说自己先出去一下，我坐在父亲边上一时无话。父亲精神极软，坐一会儿眼皮便耷拉下来。我说你睡会吧！睡会后就不累了。父亲说自己昨夜没睡好，后半夜身体好像有些发热、胸口沉闷。我说你有无感冒了，父亲说没有，昨夜空调刚好，我都还盖着毯呢。

父亲睡着了。他睡着时无论是靠在床头上还是坐在椅上，都会张着口。父亲把头搁在椅背上，微微仰着，张着嘴，鼻子里还不时发出咝咝的声音。我扭过头，从一个侧面看过去，父亲脸皮皱得厉害，油光不多，本来就凹陷进去的眼睛，更往里去了，颧骨更加突出，嘴唇看起来有点薄，但微微发红。父亲的身体比以前似乎小了一圈，这几天睡觉时蜷曲在床上的样子，常使我记起鲁迅先生临终时的形象，虽然照片比较模糊，但还是能看清他瘦小的身体与瘦削的两腮。现在看来，父亲也好不了多少，我估计，此时父亲的身子也大概只有百余斤了。

父亲醒来时，岳龙正好从外面走进来，手里提着一个小塑料桶，塑料桶里套着一个塑料袋。我明白岳龙的用意，岳龙笑笑说，先准备着，不准备等会束手无策。睡了一觉的父亲精神似乎好一些。但咳嗽仍然没有停止，隔一会儿总是咳几下，大多是干咳，有时有痰，痰中仍见血丝，虽然不多，但我看了备受煎熬。岳龙叫我让出座位，他坐在我位置上，轻轻拍打父亲的后背，我坐在对面，撕下一截卷筒纸，折叠起来，然后递给父亲，让父亲接痰。每接一次痰，岳龙都要看一下，是黏稠了还是稀薄了，有没有粘有血丝是我最关心的，要是没有血丝，我都会暂时轻松一阵。正当我轻松时，父亲的咳嗽声又加重了，接下去我就不敢再看，把头扭到一边，待父亲把纸团扔进垃圾桶里时，我才回过头来，问岳龙，这次又有了？岳龙点点头说，没事，一点点东西。我知道这种东西哪怕一点点也是致命的，岳龙是在安慰父亲呢，还是在安慰我？抑或在安慰他自己。

父亲咳过一阵后又平静下来。电视里又在播放武打片，父亲喜欢看的是《说唐》，我让岳龙先照料父亲，我说我去书店看看。出大门往右走，东安路上就有一家小书店，果然有《说唐》卖，但是个普及本，大概是配合电视剧看的，我想，这也好，看起来不累人。买了《说唐》后我又买了三本儿童益智的书，这是给孩子买的，这样的年龄正是开发智力的时候，多看益智的书籍，可以发挥她的想象力，拓展她的想象空间。

回到医院，父亲又睡着了。父亲仰着头，张开口。岳龙在问边上一个人，说呕吐什么的。坐在电视机正面的那个中年妇女又来了儿子，瘦高的，头戴一顶半旧草帽，脚上还穿着拖鞋，他还没坐下，那中年妇女递给他一个煮熟了的鸭蛋让他吃。他接过来，握在手里，目光在房间里溜了一遍。那中年妇女对身边的女孩说，哎，做人也真是命苦，得了这种病，不死也要把家里拖垮，这上半年光医药费就四五万了，用这四五万去买吃的穿的，什么都有了，用在治病上不光钱花了，人还痛苦，命也不一定保得住。女孩劝她说，别想了，钱还会挣回来的，人吃五谷杂粮哪有不生病的，过了这道坎就好。中年妇女的儿子坐下来，敲了鸭蛋剥着吃。我看看父亲边上的塑料小桶，里面没有东西，我和岳龙都估计父亲今天可能会呕吐，但上午还是没有，看来父亲的反应比常人要慢一些，或许父亲的意志力比较坚强，所以短时间内还控制得住。

父亲醒来时已近中午，我把《说唐》递给父亲，父亲说先放着，我看父亲的精神依然很疲软。岳龙说要看看父亲颈项上的淋巴结，父亲侧过头去，岳龙用手摸了一下说，比昨天要小多了。我也上前去摸了一下，我说是小了。我嘴上这么说，其实心里并不明白，究竟是否小了呢？我也说不清楚，岳龙说的是实话，还是在安慰父亲，我也不知道。

中午母亲送饭来，父亲说自己不想吃饭，但想吃饺子。岳龙出去买，大约二十分钟左右就回来了，带了一碗水饺。父亲只吃了几个就停住筷子，说吃不下去，没有多大味道。我因为要回临海，就胡乱扒了几口饭，再说在这样的环境里我也毫无食欲，不吃吧！下午要赶路，晚上也不知什么时候能到临海，况且在父母面前不吃几口，他们又会操心。岳翔说好下午2时从杜桥上车来上海，岳翔是来接替我照顾父亲的，我晚上赶回临海，明天还要上一天书法课，后天是星期一，还要上班。请假一个星期了，单位里肯定会有一些工作等着我去做。

拨通温岭车老板的手机，他说有一辆大客是1点半走，我说我马上过来，请帮我留一张车票，对方说好的。放下电话，我突然间有些难受，但我极力掩饰着。父亲看出来了。父亲说，你去吧！这里还有岳龙和你娘照顾着，没事的，再说岳翔晚上又会到。母亲没有说话，只是默默地看着父亲消瘦的脸。岳龙在吃饭，看了一下表说，时间有些紧，你还是赶快打的去，乘地铁要等，万一赶不上时间就很麻烦。

上午天一直阴着，我从医院里出来时，头上就有几点小雨，车到徐家汇，小雨有些密起来，从车窗里看出去，街上有些乱，马路上地面已经潮湿。我掏出手机给岳翔打电话，手机里岳翔的声音有些含糊不清，问了好几遍，才听清楚他的回话，他说杜桥今天无车，明天下午2点有一班车是到上海的。我听了很生气，我生气他办事不牢靠，这样的事情应该早点查清楚，提前一天告诉我，我会另做打算。因为我很担心父亲的病情，母亲只能是买菜烧饭洗衣服的，她平生第一次来上海，在这样的大城市里她连方向都无法辨别，要是父亲出点事情，岳龙一个人肯定无法照顾，因为医院里病人很多，办事手续很繁杂，要是岳龙去找医生了，父亲就只能是一个人待着了，就是让母亲陪着，我也觉得不放心，因为在这样举目无亲的医院里，父亲一旦有事，母亲肯定束手无策。我越想越生气，越想越担心，在电话里狠狠训斥了岳翔一顿。训完岳翔后我又给岳龙拨电话，岳龙说明天就明天吧！不用紧张，没事的，晚上让他早点睡，估计问题不是很大。合上手机时，我稍稍宽慰些，我又为自己刚才的冲动感到内疚，我想我不该这么凶。

到了台州车停靠点，找到温岭车老板时，老板说车1点半走不了，要迟一些时间走。我问他要迟多少时间，他说不会很久的，车有些毛病，正在修。我看看其他去台州的车，基本上都要等到四五点钟走。我只好等着，估计修车时间应该不会太久。

雨虽然不大，但仍下着，很多人都挤在售票室里，我来迟了，只能站在售票窗口前的屋檐下。场地上停满了车，一辆一辆紧挨着，但谁也没动，我想：这些车都是开往台州的吗？台州每天怎么会有这么多人来上海呢？这些车为什么不停在车站而停在这立交桥下面的空地上呢？看来对上海来说，台州的确算不上什么，更何况这些车都是台州个体户的。

开车已是下午3点10分了。因为中午没有午睡，所以我一上车就睡着了，等我醒来时，天色早已黑了下来，我有些饿，幸好上车前买了两个面包，一瓶矿泉水。黑暗中我一边咬着面包，喝着矿泉水，一边想着父亲，我不知道父亲下午呕吐了没有，精神是否有所好转。喝完最后一口矿泉水时，我掏出手机给岳龙打电话，岳龙告诉我刚吃过晚饭，父亲吃了半小碗。我说今天父亲的情况有些特别。岳龙说自己晚饭前看过父亲的舌苔，父亲的舌苔白、厚、腻，这可能是造成父亲今天饭量大减的重要原因。我问父亲下午呕吐了没有，岳龙说吐了。岳龙说我大概刚出医院大门，父亲就吐了，并且吐得厉害，我问母亲呢？岳龙说母亲当时也在。我握着手机在黑暗中沉默了片刻，车厢前面的电视里正在唱卡拉 OK，我坐在最后一排靠窗边的位置，声音干扰倒不是很大。岳龙的声音又在手机里响起来，他说，你听得见吗？已经到了哪里？我说下午 3 点多开出的车，速度很慢，也不知到哪里了，窗外一片漆黑，也看不清楚，估计过了杭州吧！岳龙说父亲下午的情况比上午还要差，他测过父亲的心率，每分钟一百一十次，呼吸急促；2 点左右，一个姓许的护士说要下班，让父亲搬到急诊室去输液，从输液室到急诊室有二百米左右距离，父亲不能走动，外面又下雨，真有点束手无策，后来姓许的护士去急诊室找了一辆推车，她帮父亲打着伞，自己一手拎着药瓶，一手推车，把父亲搬到急诊室，到了 4 点半，输液才结束，打的回申林旅馆，下车后扶他走了五十米左右，刚上了一层楼梯，父亲就走不动了，坐在服务台旁边的椅子上喘着粗气，休息了几分钟后，再扶他到房间里，进了房间，父亲小便后就躺在床上睡着了，一直睡到 7 点 15 分才醒来，现在说话、吐痰都还可以，但腋下体温仍有

36.9℃。岳龙说到这里停住了，我说知道了，你多注意点，有什么事情及时给我打电话。关上手机时，我突然觉得有一块东西噎在喉咙里，我迅速跑到车厢中央的厕所里，关上门，便朝着洗手盆大声呕吐，但结果什么也没有吐出来，只是一些稀薄的痰液而已。我在厕所里洗了脸和眼睛，再出来，车厢里很昏暗，谁也看不清谁的脸，我坐在自己的位置上，扭头看着窗外点点灯光和偶尔闪去的车窗，泪水满面。

《呼愁》二〇〇一 七月八日

早上醒来已经7点多，还没漱洗，我就拨通岳龙手机，询问父亲病情。岳龙大概在房间里，稍稍迟疑了一下。过了一会，岳龙的声音清晰起来。岳龙在电话里说，昨晚父亲颈部淋巴结已经缩小，但父亲下半夜小便次数明显增多，好像还有点发热。我说，咳嗽呢？岳龙说咳嗽次数也减少了一些，但偶尔还咳出红痰；早上大约在6点半左右有些咳嗽，还伴随着干呕，黏痰呈白色；量过体温，腋下是38.2℃，用手摸过他额头、手心，又感觉体温不高，也不知道是什么原因。我说，父亲早上吃饭了没有？岳龙说，刚刚喝了一碗白粥，先休息一会，等会再去医院输液。我问父亲精神状态怎样，岳龙说精神有些软，估计与体温偏高有关。

中午去接孩子，孩子在张寅敬老师家里学画画。刚下过一场雨，街上的树有些新鲜，空气也清新。带着孩子走过桂花新村时，孩子站住了，看着天空。我说，看见什么了？快回家吧！你妈还在家里等着我们吃中饭呢！孩子扭过头说，爸，你看，天空中有一道彩虹。我回过头，顺着孩子指点的方向看过去，西边碧蓝的天空挂着一道五彩缤纷的彩虹，彩虹顶上的白云很轻、很薄，慢慢地移动着。这样美好的景象很久没有看见了，我站在那里忘情地望着远处，又想起了父亲，不知道父亲吃过中饭了没有，上午输液时是否又呕吐了，体温呢？最要命的是体温与咳嗽，体温的微热是父亲日益消瘦的罪魁祸首，它像一大群蚂蚁在不停地啃着一块骨头。咳嗽更令我难受，它虽然不是匕首，但却是实实在在的铁锤，每一下都不折不扣地砸着我的心脏，让我坐立不安。孩子走在前面一直没有说话，我不知道她在寻思什么，这样的时候我心里也疲惫到了极点，没有情绪问孩子在想什么，也没有心境与孩子逗趣，我只是紧跟在她身后，时刻注意着她的安全。

回到家，妻子已把饭菜摆到桌上，饭菜不错，但我却没有多少食欲。饭桌上很沉闷，我无法摆脱心里的阴影，也不想摆脱心里的阴影，这是我的习惯。我习惯于沉重，从内心深处觉得沉重的生活才有质地，才不至于那么虚无缥缈。我不知道自己这种喜欢受虐的心态起始于何时，也许是从小积累起来的习惯，也许是形成于家中艰难的生活，米兰·昆德拉说生命中不能承受之轻，我觉得我很理解，轻比重更让人难受，重是向下压的，有实在的感觉，轻是向上浮的，动荡不安，不着边际，没有依靠，更会使人胆怯与恐惧。大概由于我的寡言，所以孩子与妻子也没有多少话语。其实，妻子的心境也与我一样，这种时候，她也无法高兴起来。孩子虽小，但已有些懂事。所以，这样的气氛下，中饭也只是草草收场。午睡一觉后去上课，外面阳光猛烈，马路上热浪滚滚，转眼间便浑身是汗，好在骑摩托车，速度快，两公里左右路程说到就到。好多学书法的孩子已在那里等候，天下的家长都一样，望子成龙，望女成凤。

但这样的大热天，也真有点难为了这些孩子。

教完几组学生，我又想起父亲来。我让学生对着字帖临摹，关上门，走到二楼楼梯，站在楼梯上，拨通岳龙手机。岳龙说父亲刚睡醒，吃了一浅碗粥。我看了一下表，才3点一刻，我想，今天怎么这么早就输完了呢？我问岳龙，岳龙说今天比早几天药量要少一些，不过待会还要去医院推一针“美安”。我知道“美安”是一种具有保护作用的药物，化疗药物的作用是有效杀死癌细胞，但在杀死癌细胞的同时，同样也会杀死正常细胞，这对人体来说是个极大的破坏。所以，每次化疗后，都必须推一针“美安”，以保护父亲的身体。前两天输液结束时也一样，护士都来给父亲推一针“美安”。岳龙见我没有说话，大概怕我担心，又说父亲今天状态比昨天要好一些。我说，你们上午去医院打的吗？岳龙说，没有，是一路走过来的。我问岳龙为什么，岳龙说父亲说要走，说自己不太累，走走也无妨，无非是三百米左右的路程，打的要兜一圈，因为零陵路是单行线，算起来时间不会快多少。岳龙在电话中停了一下说，不过，父亲走过来稍有气促、心悸的现象，好在并不厉害，开始输液后，父亲就坐在椅上靠着墙壁闭目养神。大概还不到10点，父亲说自己有点冷，我摸过他额头与手心，却感到有点热，我估计可能与房间里开着空调有关。我说，你带薄毯了没有？岳龙说没有，这大热天的想不到他会冷。我说，你记住，下次一定要带一条薄毯。岳龙说他知道了。岳龙又说父亲中午时精神不错，还看了几行《说唐》。我说，他还看《说唐》？岳龙说，父亲早上出来时就将书夹在腋下，上午累，他一直将书放在一旁，有时候我翻着看几页，中午他精神了许多，就顺手捡来看了，我劝他不要看，看书太累人，还是多休息，父亲听了我的劝告，但又舍不得放下书，这时，昨天那个护士来给他换瓶，也劝他别看，他才放下书。我问岳龙，输液是什么时候结束的？大概1点吧！岳龙说。放下电话时，我说，回来还是走路吗？岳龙说没有，当然是打的。我舒了一口气，合上手机，站在楼梯上默默静了一会，然后下楼。

回家已是5点半了，空气仍然闷热，孩子见我回来很高兴，忙着给我倒水，我一口气喝了一大杯白开水，躺在竹椅上闭着眼睛。孩子说，爸爸，你怎么啦！我说，没什么，只是感觉有些累。孩子说，那你先休息一下吧！我说，你有事吗？说话时，我睁开眼睛，看见孩子扎着两根小羊角辫，手里拿着一个本子，眼睛里充满着期待，我说，你说吧！我不累了。孩子笑眯眯地递给我一本作文本，我翻开本子，原来，孩子写了一篇作文。我说，你读吧！爸爸听。我又闭上眼睛躺在竹椅上。孩子清了清喉咙，开始高声朗读，读得有声有色，我倾听着孩子写的每一句话。孩子写的是上午从张寅敬先生家学画回来在路上看见了彩虹。我发现孩子的语言能力真不错，观察比较仔细，描写也细腻，整篇文章自然流畅，还有些起伏。

孩子读完后站在那里听我的意见，我略略沉思了一下，先肯定了她的优点，比如对彩虹和它周边云彩的描写等，孩子听了，脸上露出了满意的微笑；我又说有些地方还可以观察得更仔细一些，比如：看见彩虹的两端了吗？孩子点点头，略有所悟。我说好吧，你先改改吧！孩子笑笑说，爸爸，你也写一篇吧！我突然噎住了，说不出话来。我想，此时我心中已经没有了彩虹，如果说有，那肯定不是五彩缤纷的，而是黑色的，但黑色的不叫彩虹。孩子见我神色凝重，便默默离开，躲进了自己的小房间。我一时又很懊悔，我已将自己沉重的心情传染给了她，一个七八岁的女孩，她的心里承受得起吗？这样想着时，我站起来，走到孩子卧室门口，门关着，我举起手，但却始终没有敲响。

晚上 9 点左右岳龙打电话来，我在书房里，孩子与妻子都在卧室里看电视，卧室里有空调，清凉一些。我嫌电视烦人，就独自一人坐在书房里，看书没有心情，写字也一样，无精打采，坐在那里待久了，便点上一支烟，看看窗外的夜色。岳龙在电话中说父亲晚上体温正常了，下午 4 点半去医院推了一针"美安"后在医院挂号室坐了一会，5 点左右从医院走回来，但回到申林旅馆上楼梯时稍有些气喘。我说，怎么不打的呢？岳龙说父亲坚持要走，说自己下午感觉好，不累。我一时无话，只好让岳龙要注意父亲的身体，千万不能让他累着。岳龙说父亲下午回来时精神很好，还戴着老花眼镜看《说唐》，但晚饭吃得仍然不多，只有半碗，饭后与凤素通过电话，心情还不错。我说，明天呢，是否继续化疗？岳龙告诉我父亲明天停止化疗，继续吃中药。我交代岳龙让父亲早点休息，千万不要让父亲看电视剧。

放下电话，我又想起父亲，父亲虽然读书不多，解放初的高小毕业，但在村里已经算得上是识字人了。小时候，经常有人来家里请父亲替他们写信，寄给远方的亲戚或在外当兵的儿子。父亲给人写信的时间往往在晚饭后，因为晚饭后大家都闲着，所以要写信的人往往都会在这个时间到我家里来，有时他们来了，我们家还在吃饭，人家就坐在小凳上等一会儿，等母亲洗过碗，擦去桌上的油污后父亲才接过他们递过来的信与信纸。在昏黄的油灯下父亲总要先看一遍来信是怎么说的，根据来信的内容，又问回信者要说什么话。等问清楚了，再下笔。父亲写好后，读一遍给人家听，问人家话是否讲到了，还有什么补充否？要是没有什么补充，父亲便会接过他们递过的信封，看来信者信封上的字写得漂亮否。有时候，还看着信封大为称赞，一脸羡慕的样子，有几次还特地递给我让我欣赏一番，我知道父亲是在培养我的兴趣。但那时候父亲只知道字，不知道书法，他常说，字是人的长衫，见客的，一定要漂亮。父亲不但注意字，还喜欢收集、抄录民间谚语，虽然在我懂事后没有发现他收集过，但我有一次在衣柜的抽屉里偶尔看见父亲的笔迹，那是抄在粗糙的已经发黄了的纸片上的民间谚语，有印度的，有尼泊尔的，还有一些周边小国的。我吃了一惊，想不到父亲竟然这么有心，作为一个不折不扣的农民，这样的爱好在这方圆几十里恐怕也并不多见。可惜的是我年纪尚少，大概读初中吧！看过也就看过，没有替父亲保存下来，父亲也早已经面对现实了，膝下一大群孩子嗷嗷待哺，他还有这种雅兴吗？当然，父亲虽然放弃了他的爱好，但他对我们来说，特别是对我来说已经起到了耳濡目染的作用，我心中的那颗种子早已经生根、发芽。

《呼愁》

二〇〇一 七月十日

父亲终于住进了上海肿瘤医院。

父亲是下午 2 点 20 分住进上海肿瘤医院的，屈指算来，这已是父亲去上海求医的第三十三天了。在临海时，我们没有想到去上海求医会这么艰难，这三十三天的日子里，我们都在乞求、无奈、焦灼、彷徨和不可名状的痛苦与黯然神伤中度过。当然，更难受的是煎熬，一种与死神一起赛跑的煎熬，眼看着死神张牙舞爪地步步逼近，而我们却无能为力，眼睁睁地看着父亲在一片沼泽地里慢慢沉没下去。慢慢沉没的父亲，眼里充满着可怜的期待，但我们却伸不出一只有力的手去拉他一把，我们只有掩面而泣的本领，而医生似乎都麻木不仁。

中午 11 点 40 分，岳龙突然打来电话，我还在回家的路上。我骑着摩托车，仿佛听见口袋里有隐约的声音，我把摩托车停在路边的树荫下，掏出手机。我一听是岳龙的声音就惊恐不安，但岳龙没有让我不安，岳龙给我带来的是一种喜悦，一种望眼欲穿的喜悦。岳龙在电话中说，父亲下午可以住院了。尽管岳龙在电话中竭力控制着喜悦的心情，但我还是听得出这其中流露出来的一丝信息。好久我都说不出话来，我被这突如其来的喜悦冲昏了头脑，只好站在马路边让自己冷静片刻。我还没有说话，手机中又传来岳龙的声音，岳龙说，大概下午1点半左右。

我不知道自己是怎样把摩托车开回家里的，这一段记忆已成为空白。我上楼打开门，妻子和孩子已把饭菜摆到餐桌上。我对妻子说，父亲下午可以住院了。说这话时，我极力控制自己的感情，告诫自己：千万别流泪。按理我该痛痛快快哭一场，把积压在心头的委屈和痛苦宣泄出来，这一个多月的奔波和低三下四的乞求终于有了结果，现在我可以把身上的部分压力转嫁给付时杰主任，因为接下去拿主意的并不是我，而是付时杰主任，我只有一个目的，只要能挽留住父亲的生命，我将不惜任何代价，哪怕是砸锅卖铁。

下午3时，岳龙又打来电话。岳龙说父亲下午2点20分住院的，住在十四楼36号病床。我问岳龙父亲上午情况怎么样，岳龙说，父亲昨夜下半夜稍感发热，小便增多，走了四五次，凌晨时还是咳嗽，痰血比较明显，有两三口色泽鲜明，早晨7点左右给他量了一次体温，腋下37℃，精神有些软，早餐吃了一碗粥，8点去医院输液，打的去的，上午输液时睡了一会，又感觉精神一些，10点钟量过一次体温，口温是36.3℃，体温第一次出现偏低，但人乏力，感觉累，输液一直持续到12点多才结束，因为1点半要办理住院手续，所以就没有回家。我说，那中饭呢？岳龙说是母亲送来的，父亲吃了一碗粥。吃过中饭，我们去办理住院手续，大概是天气闷热，父亲走了百来米就气喘。我让岳翔陪他在住院部底楼等候，我去办理住院手续，住院部底楼有空调，父亲感觉才稍好些。但刚住进去不久，父亲就吐了，吐了两次，是胃内食物，颜色淡红，我估计是中午吃了番茄的缘故。听完岳龙电话中的详细叙述，我又有些不安，父亲的体温怎么会偏低呢？走百来米就气喘这也让我惴惴不安。

放下电话，我又心神不宁。我一手捧着紫砂壶，一边想着父亲。我想岳龙是否真的看清楚是胃内食物，那淡红色的是否真的是番茄。我拎起桌上话筒，按下两个数字后我又放下，我本来想再问问岳龙，但又觉得这样太烦人了，岳龙谨慎、细心，做事认真踏实，善于思考，这样的事情他不可能大意。父亲这两天也吃些番茄，听岳龙说父亲最近几天对番茄有些口感，有时加些白糖腌制起来，父亲说喝番茄汁感觉到清凉，岳龙就鼓励他喝，因为番茄里有很丰富的维生素，这对父亲的身体有好处。

好不容易熬到下班，我把摩托车开得飞快，急于回家。我想打开我的电脑，我不知道上海肿瘤医院住院部的照片有无传到网上。我进书房时，妻子正好拉开玻璃门从厨房里出来，厨房里在烧什么东西，有一股香气飘出来。她看我一脸匆忙的样子，问我有什么要紧事情，我说我要上网查一个资料。我很快打开电脑，妻子站在我背后，我说，孩子呢？妻子说孩子在房间里画画，她又在画彩虹。我突然想起前天的事情，我说，看来这孩子也真的有点特别。妻子说，像你的，还能不特别吗？我苦笑了一下，没有说话。

网速很慢，隔了好久还没有登录，妻子回厨房去了，我随便从书橱里抽出一本书翻着，是美国作家索尔·贝娄的小说——《洪堡的礼物》。贝娄的语言很不错，我读他的作品往往会想起美国的乡村音乐。刚读了一段，电脑登录了，我把书插回书橱，在电脑里打了一行“上海肿瘤医院”的字样，电脑正在搜索，这时候我听见妻子在叫我，我看了一眼闪动的屏幕，估计搜索还需要一段时间，就拉开门出去。妻子在厨房里说菜烧好了，让孩子洗洗手吃饭。我走到房间里，孩子还在涂颜料，一道红，一道绿，手上都沾了一些。我站在她背后看了一会，孩子画完最后一道弧线时，又在右下角签了名。我说画得还不错！好吧，先洗手吃饭。孩子回过头来看见我，问我什么时候回来的，我说刚回来，看你这么认真就不敢打扰你。孩子笑笑，又举起图画看了看，很满意地放在桌上，然后去卫生间洗手。

因为惦记着父亲，所以晚饭就显得有些匆忙与慌乱，最后一口饭还没咽下，就走进书房。屏幕上已经显示了“上海肿瘤医院”的首页，匆匆浏览了一下介绍，就点击住院部，本来以为又要花很长时间，但这次却很快，住院部大楼很快出现在屏幕上，这是一幢十六层的新大楼，我数到十四层，听岳龙说是西边，西边数过来第四间，我很快找到了父亲病房的位置，我有些兴奋，似乎看到了父亲生命的曙光。我走出书房，妻子正在厨房里洗碗，我招呼她过来看看，妻子马上放下手中抹布，冲了一下手走过来，我把鼠标点在父亲的病房上，对妻子说，就这里，就在这里，妻子说你是怎么确定的，我说岳龙告诉我的，岳龙在电话中告诉我十四楼 36 号病床，36 号病床是西边数过来第四间，妻子说能打开吗？我说不能，里面是看不见的。妻子沉默了一会，说自己碗还没洗完，就走开了。我对着十四楼西边第四个房间注视了许久，我想，如果能看到父亲那就是最大的满足了，可惜现在的科技也仅限于此，或许将来才有可能。我突然想起来，我应该写篇散文，题目就叫《遥望父亲》。我在临海，父亲在上海。我在家里坐在书房电脑前，父亲就在我电脑中的病房里，我虽然无法看见父亲，但我能感受到病房里关于父亲的各种信息。我感觉到父亲斜躺在床上，岳龙坐在边上注视着挂针上的点滴，母亲坐在父亲的床沿上总显得忧心忡忡，房间里应该有灯，岳翔打了一盆水，要给父亲擦身体，父亲说等会吧！等会挂完针我去卫生间洗，今天天气热，身上的汗都有些酸味，我得好好洗。父亲似乎很轻松，父亲说话时还淡淡地笑了一下。

书桌上的手机突然响起来，我猛然惊醒。电话是岳翔打来的，岳翔在电话中说晚上他陪父亲，岳龙连日操劳有些累着了，让他回旅馆好好睡一觉，明天再互换。我看了一下表，才8点，我问岳翔，岳龙是否回旅馆去了，岳翔说没有，岳龙与母亲都在，他们在病房里与父亲聊天，父亲心情不错，刚刚喝了一碗粥，粥是母亲送来的，因为医院里的饭父亲吃起来不舒服，所以才让母亲煮了粥。我说医院里的菜怎么样，岳翔说医院里菜不好，豆腐皮包肉，还有素菜。岳翔又告诉我，房间里连父亲有三个病人，父亲36号床在南边，靠着窗，门口与中间两张床住着两个老头，都七八十岁了，听说是同样的病，父亲刚住进来，心情好，下午与两人聊得比较多，靠门口的那老头很会喝牛奶，喝了睡，醒了喝，一点心事也没有。我说父亲的体温呢，测过没有？测过了，岳翔说，6点左右测的，护士说36.7℃，是口温，5点左右睡了一会，房间里有空调，但父亲颈项上有些汗，咳嗽与昨天差不多，痰里仍然有血，岳龙说比昨天更明显。

放下电话我又惴惴不安，虽然父亲住院了，但父亲的状况不容乐观，看着屏幕中的住院部大楼，我又似乎听见了父亲的咳嗽声，岳龙坐在床边，手里拉着卷筒纸一截一截地折叠起来递给父亲，让父亲去接痰，去擦嘴角上的痰液，每接一次，岳龙都要看一下，这白色的痰液里会有多少血丝。父亲也有不让看的时候，不用说，那是血丝多过白痰的时候，父亲怕坐在一旁的岳龙和母亲担心，就直接扔进痰盂里。

夜已经很深了，我仍然睡不着，妻子催了好几次，但我还是对着电脑屏幕中的住院部大楼发呆。想起小时候，有一年冬天，父亲去大队碾米厂上班，开机器给人家碾米，因为天气寒冷，来碾米的人都说要烤火，父亲不同意，父亲担心的是碾米厂里有整大缸的柴油，万一失火，后果就不堪设想。但大家都说柴油缸在二楼，在一楼地上烤点小火没问题的，万一有什么闪失，这么多人一下子就给扑灭了，绝对不会出事的。父亲还是没答应。有人就点了地上的纸屑，又有人捡了几根树枝放在上面，十几个人围着取暖，不知是谁找了一根木棍在火上拨弄了一下，火苗突然一窜，便接上了二楼的油气。父亲迅速跑上楼，幸好油缸上盖着竹簟，油缸的四周全是火，很多人也都跟着父亲冲上来，父亲迅速抱了值班房里的被子盖上去，让大家捂住。此时，房间里已是浓烟滚滚，有多人被烟熏得咳个不停，熬不住了，父亲就让他们撤走，大家都从楼梯上下来，父亲走在最后，看不清楼梯，就迅速推开木窗，一脚跨了出来，踩在做米面的石槽沿上。父亲脸色发青，嘴唇发白，好久才缓过气来。幸运的是他们已经把明火给捂灭了，不然后果真的不堪设想。后来好几天父亲都在咳嗽，父亲去看医生，医生说是让烟给熏的，肺也有些影响到了。我不知道这次事故是否为父亲的肺病埋下了后患。

《呼愁》

二〇〇一 七月十一日

早晨醒来就呆住了，妻子问我在想什么，我说我昨夜做了一个梦。

梦的内容好像是父亲请客，叫了一桌人，地点似乎在家里，我能看清的有四五个，都是中年人，但我一个也不认识，还有三四个我看不见，隐在一边，又好像是我的手臂把他们挡住了。大家都不说话，只是埋头吃饭。父亲坐在哪里我看不见，我看得最清楚的是桌上有一碗猪口舌，或许是鸡肫，白蘸的，看上去有些寒气，分明是过了水的。那东西表皮暗红色，刀切过的地方有些苍白。其他菜就看不清楚了。母亲站在自家的墙角边呕吐，眼泪哗哗的，我站在边上轻轻拍打她的后背，我看见母亲吐出来的全是类似于糠的东西，深黄色的。父亲似乎很生气，脸色冷峻。父亲虽然很瘦，但眼睛特别有神。父亲看母亲的目光近乎凶狠。父亲撅起嘴，埋怨母亲，家里有这么多客人，她却不见人影。父亲似乎还要动粗，我捏着父亲的手腕，手腕冰凉的，我把父亲推到一个角落上，父亲还瞪着眼睛，狂躁不已。我说，不是这样的，不是这样的。我想说，我看见了，母亲身体不适，在呕吐。但这话还没说出来时，我被自己惊醒了。

我刚把昨夜的梦说完，床头电话就响了，我真有点心惊肉跳，我不敢去捡话筒。妻子看我有些反常，知道我还沉浸在昨夜的梦境里，就顺手捡起话筒，嘴上嘟哝着，谁这么早打电话来。电话里传来岳翔的声音，妻子把话筒递给我，说是岳翔的。妻子一边说，一边去了卫生间。我接过妻子手中的话筒，里面传来岳翔浓重的声音，说父亲昨晚身体很不好，本来说好昨晚由他值夜，岳龙这些天来很劳累，让他好好休息一夜，但后来还是换了岳龙值夜。岳翔说开始父亲也很平静，母亲与岳龙离开时，父亲还在看电视，一边与旁边病友聊天，但到了9点半，父亲就开始呕吐，吐得很厉害，把昨晚吃下去的稀饭全部吐了出来，吐完稀饭后，还吐了一口鲜血。岳翔说自己看见父亲吐了鲜血很害怕，就给岳龙打电话，让岳龙回医院值夜。岳龙接到电话与母亲一起赶回医院，看过父亲的病情后，说是化疗的原因。岳龙在父亲的后背轻轻拍打，又慢慢按摩了一会，父亲渐渐恢复了原状。岳翔说自己与母亲又坐了一会，然后回申林旅馆了，父亲由岳龙陪着。

听完岳翔在电话中的叙述，我沉默了好久。我不知道说什么好，呕吐是每个化疗者所常见的，不足为奇，但吐了一口鲜血，这对父亲来说是第一回，以往父亲咳出来的都是在痰液中粘有血丝。我不知道自己在这凄凉的心境下对岳翔说了什么，我也忘了自己是如何放下话筒与岳翔结束通话的。妻子进来见我很落寞，问我父亲昨夜如何。我说不好，父亲昨夜又吐了，还吐出了一口鲜血，本来说好是岳翔陪夜的，但为了安全，还是让岳龙回到医院陪着父亲。妻子低下头，在寻思着什么。这时候孩子醒了，妻子马上转过身去，一副笑脸迎着孩子，问孩子早餐吃点什么。我说有鸡蛋吗？妻子说有，我说那就做个鸡蛋饼吧！孩子听说早上吃鸡蛋饼，就开心地笑了。

上午坐在办公室里心情很沉重，做什么事情都百无聊赖，桌上的电话隔一会便爆响起来，不是找人，便是通知开会什么的。隔壁房间里倒很轻松，可以经常听见他们的笑声，我本来就无法融入，更何况此时的我，在内心里早已对它有一种抵触情绪。按常理，我应该去迎接这种笑声，以消解我沉重和疲惫的心灵，但我不能，这种氛围不但不会消除我的苦痛，反而会使我的灵魂备受煎熬。我会产生一种赎罪心理，我会想到父亲正在受难，家庭正在受难，而我却置身于快乐的氛围中，我会受到良心的谴责。再说，他们的笑声也无法消融我内心的坚冰，我的情绪和脸色都会使大家扫兴，我还是默默地喝茶为好。

坐着想着，不知不觉就想起老家来。老家在乡下，不知道是乡村情结还是牵挂着家人亲属，逢年过节我总是在放假的第一个上午就回到乡下，一直到假日最后一天的下午或晚上再回城里，这样做的唯一目的是尽可能最大限度地去享受假日的美好时光。在乡下我说话几乎可以不用思考，我几乎可以随时随地喜怒哀乐，这几天难得的日子我不用设防，不用回避，我可以敞开心扉，活得自在。我还可以经常去看看那一行少年时代刻下的字迹，虽然老屋拆了，但那扇石窗还在，那扇石窗的图案是一个回字形的循环往复。石窗还嵌在石头垒起来的矮墙上，院子里早已一片废墟，矮墙边的树和藤依然郁郁葱葱，那枝头上还飞舞着蝴蝶和蜻蜓，院子里的瓦砾间也长满了青草，绿意在深灰色的瓦砾上跳跃，这让我时时感觉到生命的律动。矮墙只有一小段了，不足原来的三分之一，高低不平。这不要紧，我会站在石窗前透过石窗领略院子里的风光，这时候我往往会在石窗上寻找我少年时代的手迹。1974 年 7 月的一天下午，太阳开始西斜了，我躺在我家老屋东灿头滴水路边的草席上，午睡醒来，看着头上的一块块墙石发呆。我想，我已经十一岁了，将来我会干什么？我把目光停留在石窗上，突然间想记下点什么，就去屋里拿了铁凿子和小铁锤，叮叮当当地在石窗下沿上凿了一行字："一九七四年七月我小学毕业"。没有落款。我不知道谁发现过没有，我没有听到任何人提起过，但祖母肯定知道这件事，因为在我整个打凿过程中老祖母一直咧着没有牙齿的嘴微笑着，可她一个字也不识。我记得当时她问我凿什么，我说，你自己不能看吗？我是故意这样说的，我想刁难刁难她，老祖母扭着脚走过来，站在前面眯着眼睛看了一会，她读不出一个字，只好伸出右手轻轻地在上面抚摸了一下，脸上拂过笑容。几十年过去了，老祖母也已作古，那一行字迹经过风雨侵蚀，虽然有些模糊，但还依稀可以辨认，也许，这是对于我自己来说的。

这时候，口袋里的手机突然响起来，我很快打开，岳翔在电话里没有说话就哽咽了，继而失声痛哭。我突然间头皮发麻，浑身颤抖，但我故作镇静，劝他慢慢说，不要悲伤。过了一会，岳翔才冷静下来，说父亲上午做了穿刺，就是颈项上的那个淋巴，穿刺结果刚出来，是腺癌。我虽有思想准备，但还是呆住了，突然间感到整幢房子都在晃动，脚底下的地板向前倾斜过去，我一手按住桌面，一边对着手机说，我知道了，我知道了。话筒里传来刺耳的响声，岳翔已合上了手机。坐着待了一会，头不晕了，但有一种要呕吐的感觉。我迅速站起来，沿着墙壁走到卫生间，卫生间空无一人，我走到最里面，对着水槽弯下腰，但我只是干呕了几下，什么也没有吐出来。大概这响声惊动了隔壁办公室，大家都在议论我今天怎么啦！一个声音在走廊里高叫，问我有什么不舒服，我一边说没什么，一边擦去泪花，打开水龙头，漱了一下口，然后回到办公室，看过表，才10点半。

中午回家，我一进门便打开电脑，我想上网去看看父亲的病房。妻子站在门口看了一眼，又转身去了厨房。好不容易登录了，但要打开"上海肿瘤医院"的页面却很慢。我站在阳台上眺望了一会远处，远处灵江边的青山郁郁葱葱，二桥横卧在灵江上，像一个人伏在地上的颈项。天气非常闷热，我很快回到书房，电脑屏幕上出现的，依然是我熟悉的那幢大楼，我盯着第十四层左边第四间，又把鼠标移到那里点击了两下，但仍然是徒劳无功。孩子不知什么时候已站在我背后，我转过身来时，她说妈妈让我叫你吃饭。我说好的，赶紧关了电脑，摸摸孩子的小辫，与她一起走出书房。

中饭是青菜手打面，一大碗，我刚坐下来就没有信心，我对妻子说，拿口碗来吧！我吃不下这么多东西。妻子转身去拿碗，孩子抬头看看我，又埋头吃面条，我把一大把面条夹出来，搁在空碗里。妻子说，你就吃这么点？我说嗯，就这么点够了。我吃了碗里的青菜和面条，喝完汤就觉得很困，我说我睡觉去了。妻子和孩子还在吃面，我打开卧室里的空调，很快就睡着了。

下午一上班就头疼，我不知道是什么原因，中午睡得很好，按理说不会出现这样的事情，如果中午没有睡好或者根本没睡，那下午就会头疼，但今天有些反常，中午睡得很好，下午还是头疼，这是我前所未有的事。头疼的日子真是难熬，好在领导不在，隔壁办公室也无人，我可以清静下来喝会儿茶，也可以闭目养神一会，但愿少几个电话，让我安宁片刻。

这样坐着过了好久，疼痛渐渐隐退，但还有些隐约，我想起应该给岳龙打个电话，不知父亲怎么样了。捡起话筒拨通岳龙手机，岳龙的手机正在通话中，过了一会又重拨，电话接通了，岳龙说自己刚从付时杰主任那里回来。我说父亲怎么样，岳龙大概还在电梯里，手机信号时断时续，过了片刻，信号又正常了，岳龙说淋巴穿刺结果出来了。我说我知道了。岳龙说上午 7 点半量过体温，腋下是 37.5℃，早晨 6 点钟也量过一次，那次是口温 37.5℃，上午咳痰血的次数比昨日要减少一些。我问岳龙：父亲精神如何？岳龙说父亲精神软弱，上午做淋巴穿刺是坐推车去的，做穿刺后又做了心电图，父亲感到乏力，很累，气有些喘。11 点多开始输液，中午吃了二两多一点饭，说是饭糙，注了开水，菜是两根小黄瓜，罐装的，饭后精神稍有好转。中午 12 点半左右又量过体温，腋下仍是 37.5℃。下午人还是累，精神不好。我问岳龙，付时杰主任怎么说，岳龙说付时杰主任也没有什么好办法，只是安慰了几句，说是想办法先把病情稳住。合上电话时，岳龙告诉我，那个信封付时杰昨天又还给了他。

放下电话，我一直在想着父亲。我不知道付时杰主任能否稳住父亲的病情，从最近几天看，父亲的病情不但没有好转，反而日益严重起来。淋巴穿刺的确诊已经击破了我最后的可怜的幻想，我本来寄希望于神话的出现：在淋巴穿刺中没有发现癌细胞，CT片中肺部的阴影仅仅为肺炎的表现。现在看来这最后的幻想已经破灭，接下来是如何面对父亲的生死，按常规，活命的可能性已经很少，这一点我已不奢望，我希望的是父亲的生命是否可以延长五年，如果五年不行，哪怕两年也可以，让他在病痛中度过两年安静的晚年生活，也是对他一生的不幸、操劳和艰难的弥补。这样，也可以以时间的延长来稀释我们的痛苦浓度。

晚饭时，我仍然头痛，心烦意乱，半碗饭还是开水冲着，肉与鱼都使我恶心，只有乌江榨菜才能使我的胃稍稍舒服一些。桌上的气氛很沉闷，我想这样不好，对家庭压力太大，但我始终找不到良好的办法，心里沉重，表面上无论如何也无法故作轻松，因为我毕竟不是另一种人，我的心情完全写在脸上，最多是极力克制着。

妻子刚收拾好饭碗，岳龙便打来电话。岳龙说父亲心情很好，让桑桑跟他说话。我赶忙从书房跑出来，一边叫着孩子的名字，我说爷爷要与你说话，快。孩子正在看动画片，双腿盘坐在木椅上，她听见我这么说，就一手按了遥控器的静音，我把手机递给她，挨着她坐下来。她接过手机，很专注地听着手机里的声音，那眼神分明在告诉我，她在思考着什么。我想听听父亲在电话里说些什么，但没有听清楚，也许是手机的话筒效果不好，我偶尔听见的是里面“刺刺”的声音。孩子一股劲地点头，说知道了，我估计父亲说的大多也是让她好好读书之类的话。大概通了两分钟，电话突然断了，孩子听不见里面的声音，就对着手机喊，喂喂，喂。我看见她那副专注的表情突然间很高兴，我知道孩子懂事了，并且不是一般的懂事。从她专注的表情中，我可以看出她一边听着爷爷说话，一边在快速思考着什么。重新接通电话后，孩子去卫生间了，岳龙说刚才是他手机没有电了，我问岳龙父亲晚饭如何，岳龙说父亲晚饭还好，二两半左右，菜是豆腐皮包肉，吃得还上口，晚饭前还看了一会书。合上手机，我在心里默默想着：看来父亲的病情稍有好转。

《呼愁》

二〇〇一 七月十二日

上午一上班，我就想给岳龙打电话，问问父亲昨夜情况如何。但单位里的事情太多，刚开门就有人来找，找人又不是找我是找领导。他只不过是问问我领导今天出差否，有无什么会议。我说，你有什么事？我话还没说完，领导已经从二楼走上来，腋下夹着一个黑包，手里拿着手机，一边走一边在跟人说话。我说不用打听了，领导来了。他笑笑说好的，谢谢你。我在心里想，谢什么谢，待会儿你就会觉得找错了门，自讨没趣。打发了陌生人，我拿着空热水瓶去门口调了一瓶开水，刚转过身，热水瓶还提在手里，电话又响了，是市府办的，要报一个绿化材料。我想说请他问一下市园林管理处，对方已挂断了电话，我只好去请示领导。刚到门口，里面满是火药味，我知道这时候进去不合时宜，于是便折回办公室，泡了一壶绿茶，自作主张给市园林管理处打了个电话，让他们中午前把城市绿化基础资料送过来，以便我下午可以写材料。这样的事情已习以为常了，所以，大家也都没有多话。

处理好这些事情后，喝了两口茶，才静下心来给岳龙打电话。刚接通，电话又马上被摁了，我估计岳龙有什么要紧事，一下子紧张起来，但我又不能马上再打电话，因为他现在不方便接电话，所以我只好等着。这种等待使我坐立不安，我站起来在办公室里来回踱着，想象着此时岳龙的各种可能，但又不断否定了这种种可能。我打开通向阳台的那扇小门，站在阳台上向远处眺望，远处全被建筑物挡着，高大而壁立的墙体毫无表情。我把目光放下来，沿着墙壁往下滑，院子里有些杂乱无章。无法安宁的我回到办公室，早上来找的那个人刚好从领导办公室里出来，路过我门口。我半掩着门，但我听见他嘴里喋喋不休：有什么了不起，有什么了不起的。我想，果然不出我所料。

我想着时，桌上电话响了，我以为是岳龙的回电，马上抓起话筒，话筒里传来领导的声音，他让我过去一趟，大概刚才生了气，电话里的声音也硬邦邦的，听起来叫人非常不舒服。但我极力控制住自己，我不能在他生气时再惹他生气，免得他大动肝火。推开门，领导正抓过一顶笠帽按在头上，一只手拿着黑包，他说市府办刚才来了电话，要一个绿化材料，最近五年的情况，你了解一下园林，整理一份，明天中午11点前送给市府办的小蒋。我说，市府办已打过电话了，我已与园林马主任联系过，让他们中午前把基础资料送过来，我下午和晚上再加工整理，明天早上请你看看。领导说，我很忙，晚上要飞北京，我不看了，你定稿后直接送过去吧！

从领导办公室出来，我又惦记起给岳龙打电话，但领导没走，万一被他撞见，又会说三道四，干脆等他下工地了我再打，这样说话的环境可以宽松些。

过了一会，走廊东头传来关门声。我虚掩着门，领导的脚步声听起来很清晰，待脚步声下了二楼，我才抓起话筒。拨通岳龙电话，岳龙说自己刚才去了付时杰主任办公室，不方便接电话。我说父亲昨晚睡得怎样？岳龙说父亲昨晚睡得很好，早晨仍然是咳嗽，仍然有点痰血，跟昨天早晨差不多情况，6点半测过体温，口温38.5℃，这个体温明显高，比昨天整整高出一度，但精神还好。我说早饭呢？岳龙说早饭还不错，吃了一碗白粥，一个菜包，吃白粥时还加了点肉松，但饭后好像又有些累，斜躺在床上，一会便睡着了。我们正说着，岳龙突然说医生来查房了，待会儿说。9点半左右，岳龙打来电话，说查房已结束，付时杰主任来过，上午仍然是挂针，父亲好像很累，乏力，贪睡。我估计是父亲体温偏高的原因，电话中我让岳龙要密切注意父亲的状态，千万要及时告诉付时杰主任父亲的病情。

上午办公室电话并不多，隔壁也很安静，三楼的领导都出门了，院子里也空荡荡的，没有一辆车。我去文印室，让永茗把近五年有关绿化工作的文字稿子都打印出来。永茗正在翻一本杂志，见我进来，她说，又有任务啦！我说是的，是市府办要的稿子，近五年的城市园林绿化情况，他们没说清楚，我也不知道重点要说些什么，估计拿去也是当什么资料用的。永茗没有说话，放下杂志，转身在电脑里寻找有关绿化方面的存档资料。我说市府办这些小秘书有时也真的很牛，扯虎皮做大旗，开口闭口就说某某市长要的，某某市长吩咐的，问他侧重于哪个方面他也说不上来，时间又紧，下午写不好，晚上又得加班，他们是市长、副市长的秘书，我们又成了他们的秘书。

永茗在电脑里找了三份材料，把它们打印出来，这些都是我近年写的有关园林绿化的工作汇报和领导讲话。她说，可以吗？我扫了一眼桌上的材料，翻了几页，我说估计也就这么将就一下。永茗说园林那边呢？我说我已通知马主任了，让他中午下班前把近年的有关情况汇总一下送过来。我捡起桌上的材料准备离开，永茗说，你爸的情况好点了吗？我说好不了，昨天已有最后结论，只不过是时间问题而已。永茗见我这么说也很落寞，一时语塞。转身离开时，我突然感觉到我不应该告诉她父亲的真实情况。

回到办公室，突然间记起昨夜曾做过一个梦。父亲好像生病了，比较严重，但搞不清病因，要住院观察一段时间。我们都回到老家，还没有进屋，就站在门外的矮围墙边商量着什么，大家都沉默着，各人的面目看不清楚，但都是家人。我们正沉默时，突然有人喊了一声：诺，爸回来了。我回过头，看见父亲从大路上朝我们走来，他身上仍然穿着那件青灰色卡其中山装，虽然瘦一些，但依然很精神。

我正想入非非时，有人在轻轻敲门，其实办公室的门虚掩着，因为里面开着空调。进来的是园林处的马主任。马主任手里拿着一叠文稿，我接过来一看，有四份，是近几年城市绿化工作的总结和经验介绍材料。谢过马主任后我便对着满桌的文字材料发呆，我不知道应该怎样去取舍、组合这些材料更合理些。好在处理这种材料已经习惯了，发一会愣是为了处理得更好些。在七份材料的小标题上扫了几眼后，我便抄起办公桌上笔筒里的剪刀开始剪接，剪接当然需要智慧和水平，具体地说，需要分类、取舍、归纳、润色四大环节。等我审读了一遍材料后，走廊里已响起了杂乱的脚步声，我抬头看了一眼墙壁上的挂钟，指针已指向下班时间。

下午一上班我就给岳龙打电话，问父亲情况如何。岳龙说父亲整个上午一直倦睡着，上午还测过白细胞，八千，属正常值。我想，这一数字虽属正常值，但从七点九五万降至八千，其速度也惊人。放下电话前，岳龙又说了一句：10点半测过体温，腋下37.4℃。

下午的稿子使人大伤脑筋，因为内容大同小异，缺乏互补性，但好在内容比较多，整合后还看得过去，让永茗复制、粘贴、打印后再作润色，一直忙到下班，才大功告成。翻了一下，也有十几页，我估计能应付了，便让永茗打印一份放在桌上，以便明天上午上班时送过去。

经过下午的劳顿，人有些疲乏，回家上六楼，两膝竟然有些酸痛。过去并不这样，一连应付五六个稿子也无妨，但眼下已精力不济了，这仅仅是一个不大不小的稿子，况且还是以拼贴为主的稿子。我估计这些天来的黯然神伤和惴惴不安已经击垮了我的身体。我进门时，妻子正在厨房里，透过花格磨砂玻璃，我看见她正在厨房里切着什么东西，但因为是背对着我，所以我看不清楚，但我能从她的动作上看出来她着实在切什么东西，我估计是某种熟食或者是刚从锅里夹上来的红烧墨鱼。因为这是我和孩子都喜欢的，她常买也常烧。孩子在书房里，坐在转椅上，把两只小脚搁在床沿上，埋头读一本书，我估计是青少年版的世界名著，因为，最近一段时间，她的兴趣点全在这儿，况且学校已放假，她有大量时间阅读她喜爱的书籍。大概是我的脚步声惊动了她，她扭过头来说，你回来啦！我说，回来了。她说话时把书晃了一下，果然是青少年版的《巴黎圣母院》。

晚饭应该说丰盛，但我吃起来却味同嚼蜡，似乎连汤也走了味。我一直相信妻子的手艺，虽然谈不上多少高超，但尚能合我口味。也许，长时期以来，是我适应了她的手艺。但不管怎么说，我已经很习惯了。好不容易吃了半碗，口袋里的手机响了，我一时又心惊肉跳，赶紧掏出来，手机里是岳龙的声音。岳龙说，父亲的白细胞不是八千，而是八百，这是医生下午告诉他的。我大惊，一时说不出话来，把手中的筷子停在嘴边，妻子和孩子也都停住咀嚼，看着我。我说，你怎么下午不打电话？岳龙说下午自己要全力注意父亲的安危，根本没时间，付时杰主任也有些紧张，给父亲开了增白针，每针一千八百元，4点45分时打了一针；血色素只有五克，血小板也降到最低。

父病危！

我脑袋里嗡嗡作响，下面的话我不知道岳龙在说什么，我只是觉得眼前金星乱坠。我有意识咬了一下嘴唇，让自己镇静下来，又觉得胸闷得发慌，还伴随着绞痛。我突然间大汗淋漓，我说空调呢？我听见自己的声音有些虚弱。妻子看了看我，说空调不是开着吗？我扭头看墙角边的那台立式空调，果然开着。我放下饭碗走过去，把胸口对着空调出风口，让凉风直吹着。孩子看着我，眼神中充满了疑惑。

这样站着吹了一会冷风，胸口凉爽了许多，回到饭桌前端起饭碗，但始终无法下咽，硬着头皮咽下去，胃便十分难受，酸水往上涌，去卫生间吐了两口，便呆呆地坐着。坐了一会，又喝了两口汤，同样难受，于是便放下筷子。妻子看了看我面前的半碗剩饭，问我岳龙说什么。我说，没什么，明天一早我去上海。妻子已经估计到问题的严重性，一脸忧虑。敏感的孩子大概也意识到什么，木然地放下饭碗，走进书房，虚掩着门。

妻子弯腰收拾餐桌上的碗筷，我站在阳台上拨通老杜书记的手机，我说我父亲病危，我明日去上海，要请假几天。老杜先是一愣，马上又安慰我。放下电话，我又给永茗打小灵通，告诉她明天一早让司机小杨或小陈把我桌上的材料送到市府办，交给蒋秘书，我说我明天要去上海。永茗从我的口气中听出了我的心情，已猜透了几分，在电话的另一头呆了几秒钟，然后让我放心，说自己会把事情办好的。处理完单位事情后，我开始收拾东西，我估计这一走又得好几天，或者一个星期。妻子清理完厨房里的琐事后默默地打开衣橱，我找到那只暗绿色的手提箱。收拾好东西，我把那只手提箱放在卧室里，又回到走廊上，前面街道上依然车水马龙，各种声音混杂着，喧嚣不安，庸俗不堪的三流演唱会的广告从小货车上的音箱里冲出来，尤其刺耳，几句嗲声嗲气的语言广告过后便是令人毛骨悚然的流行歌曲。我不知道是谁的声音，那样的歇斯底里，犯得着吗？此刻的我觉得自己已不是人间的人，仅仅是一缕游魂，这游魂像一只惊弓之鸟，既惊恐不安，又无处安身。远处，灵江二桥上的两排黄色灯光球呈弧形状，来往车辆并不多，河对岸的山那边有些昏暗，只剩下一种模糊的景象。我突然从心底里蹦出一句：没有父亲的日子将会怎样？

过了11点，我躺在床上有些模糊，床头的电话突然炸响，我一跃而起。又是岳龙电话，岳龙说父亲换了病房，输了二百毫升血，付时杰主任考虑父亲白细胞只有八百，担心被感染，所以让他一个人单独住无菌病房，晚上8点到11点父亲状态平稳，暂无危险。放下电话前，我突然想起父亲的血型，问岳龙，岳龙说，A型。

七月十三日

《呼愁》二〇〇一

早晨醒来，记起昨夜做了一个梦。

父亲好像要出远门，似乎去当兵，但送别仪式很特别，像是作一去不复返准备的告别。我在边上嘟哝，为什么要这样呢？不应该是这样的气氛啊！这样的气氛已经变了味，跑了调。但没有人理睬我，他们都似乎明白了什么，谁也不说话，谁也不愿意告诉我个中原因，他们只是在房间里走来走去，人人都神色忧郁，心事重重。我看见父亲从屋里走出来，来到叔父家，理由好像是他家离上车地点近一些。父亲站在他家的院子里洗澡，说是洗澡，其实也只不过是冲冲脚而已。父亲说自己有病在身，冲冲脚就算了。父亲赤脚踩在水泥地上，用一根棕红色皮管冲洗着脚。父亲的脚很白，小腿很瘦，有些干瘪的样子。水泥地上的水流淌着，漫淹过来，向右侧的水沟倾斜。我们都傻傻地站在那里。临走时，父亲在一块黑板上写了一行粉笔字，意思是说我要更好地发展，希望岳龙他们怎样就看不清楚了，因为字迹太模糊。父亲写完后又说了一句，要玲娇做好裁缝，找个对象。后来，远处好像有人在叫唤，父亲就随他们去了。父亲出门时依然穿着那件青灰色卡其中山装，跨过门槛时，父亲没有回头，但给我留下了他瘦削的背影。回家的路上，我想起父亲的背影心里很惆怅。

早饭后，拨通岳龙电话，了解父亲状况，岳龙说早晨6时半测过体温，口温是36.5℃，情绪稳定，精神情况尚可。岳龙让我暂时不用去上海，如有急事，会提前电话告之。放下电话骑摩托车去上班，一路暗暗祝福父亲，但愿能逃过这一劫。

上午坐着无事，书无论如何看不进去，只好边喝茶，边胡思乱想。想起昨夜的梦境，估计父亲生命时间可能所剩无几，就拎起话筒给谦杰打电话。谦杰好像在车上，声音很嘈杂，他说过一会再打给我，我只好放下话筒，木然地看着窗外。走廊里的声音很响，有人大笑，这样的氛围不适宜我，我站起来，把门掩上，大笑的声音被挡在外面，隔了一扇门，这大笑的声音又好像被推远了一些距离，传过来的声音不再尖刻，也不再刺耳，但那份喜悦还在。这时候，谦杰打回来电话，问我什么事情。我说要提前考虑父亲的后事。谦杰沉默了一会，问我要帮什么忙。我说有无单门独院的商品坟。父亲三岁丧父，少年饱经风霜，虽有祖母的悉心庇护，但这种隐在心底里的痛是绵延不绝且永远无法消除的。父亲成年后，国家荒灾不断，后来又有了我们五个孩子，这在物资匮乏的年代，在偏僻的浙东沿海农村，父亲要拉扯大我们谈何容易。我想，父亲的生命我们已回天无力，但父亲过后我应该给他一片宁静，让他多一份与众不同的优越感。谦杰想了一会，告诉我上盘山堂公墓没有单门独院的商品坟，如果要，要单独造。放下电话，我发现胸闷得难受，还有些胀痛。我站起来，在办公室里来回踱着。我想抽烟，拉开抽屉，抽屉里没有烟，也没有火柴和打火机，我失望地推上抽屉，一屁股坐在椅子上，呆呆地看着窗外。窗外阳光很好，白生生的亮。我回过头，背后的空调吹出阵阵凉风，空调出风口那根红色丝带随风飘荡。我突然感到冷。

中饭后照样午睡，但竟然睡不着觉。给岳龙打电话，岳龙说父亲正在输液，百分之二十的脂肪乳剂。我问父亲中饭如何，岳龙说中饭还可以，二两饭加上营养汤和肉松。电话中我听出岳龙边走路边回答我的样子，我估计岳龙要跟我说什么，先离开父亲病床。果然，岳龙说自己刚才在父亲病床前，母亲也在，现在已走到外面走廊上。岳龙说医生上午查房，父亲白细胞、血小板、血色素三项指标仍无多大变化，总体状态尚可，但脸色蜡黄，医生说危险仍然存在。我让他一定要密切注意父亲的病情，一有新情况首先要打电话告诉我。放下电话，闹钟又响起来，上班时间到了，我又不得不起来。

因为中午没有睡好，所以下午一直头痛。头痛的地方在太阳穴，有时感到仿佛有人在太阳穴上鼓击，一弛一张地噼啪作响。头痛的时候颈项后面的两根大筋胀得十分难受，硬硬的。这样的时候我只能喝茶，只能斜靠着椅背闭目养神。永茗想跟我说什么，打电话过来，我说头有些胀痛。她放下电话走过来，坐在我对面。我说中午没睡好，下午就这样了。她说，经常这样吗？我说是的，我也不知道为什么。她让我去医院看看医生，我说没关系的，过一会就好，去医院要做检查，很麻烦。这时候她办公室里电话响了，她说，那你休息一会吧！说着就匆匆出去，出门时她轻轻带上我的房门。我闭上眼睛，把颈项搁在皮椅的后背上，我想让自己睡着，但无论如何总是睡不着，好在下午走廊里很安静，我努力使自己什么事都不想，我想清空我的脑子，但无论我怎样努力，父亲蜡黄着脸、瘦骨如柴的形象始终在我眼前浮现。我不想睁开眼睛，就这样斜靠在椅背上胡思乱想。

年轻时，父亲不知道跟谁学了柴油机的相关技术，待我懂事时，他已经是大队碾米厂的唯一一位碾米工人，另一位是帮手，负责过秤与开票的，年龄比父亲大得多。我懂事时，父亲还很年轻，但他已是老头，跛着腿，听说参加过抗美援朝战争，腿就是那时候让美国佬给打残的，子弹取出来后，那腿中的肉凹陷下去，干巴巴的一个窝。要是在夏天，他穿短裤时我经常会看到，凹陷下去的窝在左脚膝盖上一点。走路时，他把左手按在膝盖上，左肩便倾斜下去，一摇一摇的，摆动幅度就很大，我私下里叫他“老摇”，当面却不敢，当面这样叫他，他要生气。因为抗美援朝有功，又是革命残废军人，所以他在大队里担任领导职务，也成了照顾对象，让他在大队碾米厂过秤与开票。父亲开机器，给村里的人碾米，老十六匹柴油机，机体庞大，机体上有两个巨大的铁铸轮盘，机器开动时要先用手摇动，尤其是冬天，柴油会凝冻，父亲要竭尽全力，有时一两次还开动不起来。巨大的轮盘转动起来，排烟管刚冒出浓烟，马达的声音又马上衰弱下去，排气管呼切呼切地喘着粗气。这时候，父亲会停下来，点上一支烟，凶猛地吸两口，长长地吁一口气，然后又鼓足干劲，一鼓作气，摇动机器，巨大的轮盘随着父亲的动作转动起来，开始很慢，后来便越来越快。柴油机发动起来了，满屋子都是浓烟和噪声，这时候，我们就无法听清对方说话的声音。父亲站在碾米机旁，待到第一箩筐稻谷倒下去时，屋里烟雾已淡了许多，但稻谷被碾后的粉尘马上又笼罩整个房间。父亲有时戴上口罩，但大多时间没有戴口罩，因为父亲嫌麻烦。现在想来，这也许是造成父亲肺癌的重要原因。当然，还有一个原因，那就是父亲抽烟。父亲抽烟几十年如一日，限于家里的经济条件他每天只能抽一包烟，如果不是我们五个子女的牵连，父亲的烟量可能会加倍。但我想，无论如何，抽烟对父亲身体的损伤肯定不如碾米厂里的粉尘，那种粉尘满屋子飞舞，父亲整天置身其中，随着呼吸，有多少粉尘会顺着他的气管进入肺部，日积月累，又有多少粉尘会依附在他的肺上。小时候，母亲常常劝父亲喝酒，母亲的用意我明白，她是想用酒去洗涤父亲肺部上的粉尘，这不科学，但对于目不识丁的母亲来说已实属不易。我知道母亲是借鉴了邻村碾米厂仇师傅的经验，那个人是父亲的同行和朋友，长父亲十九岁，他一日三餐要喝酒，虽然每日处于粉尘中，但始终满面红光。母亲想让父亲去效仿他，但父亲却滴酒不沾。有时候，母亲给父亲烧三五只鸡蛋，会偷偷倒上一点黄酒，等鸡蛋烧好了，母亲觉得满屋子香气，但刚端上来，父亲便会皱着眉头，有时闷闷地吃完，有时却要责备母亲。母亲很委屈，自己的一片好心却讨不到父亲的欢心。有几次，我甚至看见母亲的眼角上溢出泪花，但她很快偏过头去，顺手用手掌一擦，便掩饰过去，以免我们看见。这样几次后，母亲就不再在鸡蛋中加酒了，遇到节日时，她会极力鼓励我喝酒，她说，冬天里喝了酒就有火气，不会冷，你以后要读中学，早上出门会很冷的。在母亲的规劝下，我有时也试着喝，但终觉得酒太辛辣，这个味道让人不舒服。

这样胡思乱想的时候，突然听见走廊里响起杂乱的脚步声，又到了下班的时候。我整理了一下桌上的文稿与书籍，向窗外瞟了一眼，外面阳光已不再像中午那么白，但依然很亮，7 月的天，即使到了下午下班时刻，还是热浪滚滚。头还是疼，我想一个人清静一下，又坐下来，闭目养神。大家都走了，屋里很安静。我想，父亲无论如何是挽留不住的，并且很快就会离我们而去，那母亲呢？父亲走后母亲怎么办？其实，这个家庭中最苦最累最不幸的并非父亲，而是母亲。父亲虽然三岁时就丧失了祖父，但祖母却一直视父亲为珍宝，对他疼爱有加。听村里老辈人说，十五六岁的父亲去村子周边河塘钓鱼，一上午，祖母要唤人去看三次，看看我父亲是否安全。相对于父亲来说，母亲亦幼年丧父，但母亲更不幸，七八岁便来到父亲家，虽然也得到祖母的呵护，但毕竟是离开了外婆，离开了生母，更何况祖母一向重男轻女，父亲又是家里唯一的男丁，一个姑姑早嫁，一个姑姑早夭，母亲的苦与委曲自然而然都会闷在心里。这样想着时，听见有人上楼来，打开门一看，原来是门卫来收集走廊上的空热水瓶。我便关了空调，锁上门回家。

街上的空气仍然散发着滚烫的信息，虽然有法国梧桐的绿荫庇护，但白天里太阳还是猛烈地投射到水泥路面上，水泥路面的热气向上升腾，加上没有风，热气便有些粘人。路过菜场的出口处，扭头一瞥，里面人影憧憧，乱哄哄的，十分嘈杂。也有几个妇女互相说笑着，走出巷口，她们手里拎着一条鱼或一块肉，另一只手提着白色塑料袋，里面盛着土豆或咸菜什么的。街上车辆很多，红灯挡住了它们的去路，车辆便一连串排着，发动机仍然突突作响，排气管吐出滚滚浓烟。很多人穿着短袖，也有人光着膀子的，把衣服搭在肩上，腆着啤酒肚走在人行道上。年轻的女性穿得很少，但还显得燠热难忍，手中拿着冰棍，一边走，一边吮吸着。

推开门，家里的电视开着，孩子在房间里看书。电视上的画面是北京申办奥运的专题，因为晚上是揭开谜底的时候，画面一会儿播放北京申奥的准备工作，一会儿又切回投票现场，萨马兰奇老人在电视中频频出现，这个老人给人以清雅睿智、慎重干练的感觉。坐着看了一会，忽然想起 1997 年的申奥，同样是夏天，那时妻子已怀孕，我们还住在东湖西厢房的平屋里，还有几个邻居，大家席地而坐，喝着啤酒聊天，有一搭没一搭地看着电视。有一个画面仍然记得，申奥委主席说，谋事在人，成事在天。他是在上飞机前回答记者提问时说的。他当时的动作也缺乏一个申奥委主席应有的稳重，他的回答更令人气馁。但现在想来，他是在说老实话，对于那一届的申奥，他心中也未必有底。果然，北京以两票之差败北，让悉尼拔得头筹。妻子大着肚子坐在草席上织着孩子的毛衣，当时她正在孩子毛衣的胸口上绣五环。我建议，在萨马兰奇宣布北京胜出时完成最后一针，妻子说好的。妻子绣到最后一针时，紧紧地盯着电视机。萨马兰奇老人出现了，所有人都屏住呼吸，但萨马兰奇宣布悉尼胜出，妻子无奈地看着我，我说，留下这一针吧！下次再绣。于是，我们家有一件孩子穿的毛衣上五环就没有闭合，后来孩子穿出去，有人问起来，我和妻子都说，这里面有故事，有故事的。现在孩子都已上学了，衣服还保留着，那一针本来今晚应该补上的，但我早已没有了心思，我惴惴不安的内心老是在重复一句话：父亲还能活几天。

因为我的沉默，家里的晚饭也很沉闷，电视虽然开着，但电视屏幕上滚动着有关申奥的各种画面，我们却很少顾及。岳龙打来电话说父亲晚饭二两。我说，菜呢？岳龙说小黄鱼加咸菜，父亲吃得有些滋味。岳龙放下电话前告诉我，母亲晚上回家，8 点从上海出发。我说，到临海吗？岳龙说直接到杜桥，大概要到凌晨三四点钟了。我听了很生气，母亲凌晨三四点钟到杜桥车站后还要走三公里路，这让我担心。我说，为什么不到临海呢？在我这里住上一夜，明天再回老家。岳龙说岳翔去买票时遇见严吕云了，与他同车。我听后便释然。放下电话，我马上拨通严吕云手机，让他照顾好我母亲。

北京申奥成功了。萨马兰奇老人宣布结果的那一刻，我盯着他的嘴唇。果然，从他嘴里说出来的两个字是北京。顷刻间，天地一片欢腾，电视画面马上切回到北京天安门广场，人山人海的天安门广场绽放出巨大的喜悦与热情。此时，窗外已有爆竹炸响，还有耀眼的焰火蹿上天空，我第一个闪念是父亲看不到了，他不可能熬到七八年后的今天。孩子很高兴，要我庆祝申奥成功，让我去楼下买焰火，我木然。孩子说第二遍时，我无法控制情绪，突然朝她吼了一声，孩子吓了一跳，哇哇大哭。我知道我错了，孩子毕竟还小，不大懂事，我一把紧紧抱住孩子，噙着泪水，一句话也没说。妻子走过来指责我，我自知理亏，没有说话，只是抱紧孩子，求得孩子的理解和原谅。

七月十六日

《呼愁》二〇〇一

早晨很早就醒来，但不敢打电话，怕父亲还睡着，惊扰了他。

终于熬到7点，估计父亲应该醒来了，便拨通岳龙手机，岳龙说父亲在卫生间，醒来时测过体温，37℃，正常的。我问父亲精神如何。岳龙告诉我父亲精神不错，早餐亦已准备好了，一两白粥加一个大肉包子，还有一小碟肉松。因为父亲精神好，所以岳龙在电话中的语气就显得轻松，我好久没有听到他这样的声音了，眼泪很快便溢了出来，我不知道是劫后余生的喜悦，还是放下千斤重担的轻松。但我马上擦干眼泪，因为眼泪常常被解读成软弱。一个男人，一个有很强自尊心的男人最不想让人看到的是自己的软弱，哪怕是被误解误读的软弱。

37℃是一个正常人的体温。父亲突然间又成了一个正常人？这让我百思不得其解，父亲患病以来，我从没有听到过父亲这样的体温，岳龙也肯定没有过父亲37℃体温的记录。岳龙告诉我的父亲的体温几乎都在37℃与38℃之间，这叫微热，微热伴随着咳嗽，这是肺炎或者肺癌的显著症状。台州医院放射科的赵年家医生第一天就断定父亲患的是后者，但上海肿瘤医院却迟迟不作确诊，医院的理由是要找到癌细胞才能确诊。来上海后，岳龙每天早晚给父亲测体温，并对精神、症状、用药等一一作了文字记录。

上午上班，领导让我起草一个文件，匆匆交代了几句就三两步下楼了，因为市长要听汇报。领导说话时，我听见老苏的汽车已发动起来，老苏服务很周到，提前几分钟发动汽车，先把车内温度降下来。我听见楼下汽车的喇叭响了两下，知道领导已走了，就坐下来整理一下思路，开始起草文件。文稿很简单，十几分钟便草拟好了，我又通读了一遍，改了几个字，在上面附了一张发文单，用大头针钉着，把它放在未发文的文件夹里，以便领导回来时及时送签、发文。做好这一切后觉得有些犯困，想起是早晨醒得早的原因，就泡了一壶绿茶，把壶盖打开，热气便从壶口袅袅飘出来，带着一缕清香。我向来喜欢绿茶，尤其是羊岩勾青，泡得浓才有味，才解困意，日积月累，就有了瘾，好像当年抽大烟的人，烟瘾上来了，哈欠连天，抽上一口，便浑身惬意。

喝了茶，感觉精神了许多，一时无事，就斜靠着椅子看书。也许不是看书的时候，翻过几页便扔在桌上，《六朝美学史》放在案头已多年了，空闲时偶尔翻一下，大多时候也是感悟泛泛而已，只是有时偶有所悟，便在书上作些记号，或者注上一两句体会式的言语。但眼下无论如何总是无法进入角色，于是，便斜靠在椅子上待着。过了片刻，人便有些迷糊起来。迷糊中，我看见父亲斜躺在床上，床上铺着草席，父亲侧着身，穿深灰色衬衣，短裤有些旧，灰蓝色的。父亲把右大腿压在左大腿上，膝盖下面那一截胫骨和腓骨很长，在我眼前晃动，膝盖处的骨头很突兀地隆起来，拳头一样，外面的那一层皮皱巴巴的，颜色灰暗。父亲的脸我看不见，但我可以看见他的头发。平整，极短，又有些稀疏。床边有几个小孩在玩耍，头脸都模糊，看不清谁家的，但肯定都是父亲的孙子与孙女们。父亲很吃力地睁开眼睛，对我说自己快不行了，要走了。我说这不可能。父亲说，真的，很累。父亲的声音很虚弱，游丝一般，几乎听不到。我的眼泪快要流出来了，我转过头去，强忍着。过了一会，我回过头来，看到的是父亲的上半身，父亲穿的是青灰色的中山装，脸上泛着青光，但依然很瘦。人好像精神了一些，也轻松了一些，嘴角上似乎还有隐约的笑意。我正疑惑着，不知道是谁突然打开了房门，从窗那边吹过一阵风来，父亲的头发被吹得飞舞起来，又一绺一绺地掉在床前，掉在床上，然后跟蒲公英一样散开来。我说这是父亲的头发呀！我弯下腰，小心翼翼地把父亲的头发捡起来，放在手掌上，黑的，白的，灰的，地上很多，我捡不过来了，我抬起头，想叫我孩子过来一起捡，这时，我看见父亲的身子已经离开了草席，悬浮起来。我说爸，你起来了。父亲没有回答，侧身背着我，向外飘移。父亲的身子离开了床，向门口飘移，我想抓住他，伸出手去。但我的手始终抓不着父亲，就只好眼睁睁看着父亲的身子从门口飘出去。父亲从门口飘出去时，门口突然刮起了一阵风，这时候，我惊醒了，我发现自己做了一个奇怪的梦。

醒来后，我感觉自己晕晕的，还处在混沌状态。刚才的梦境反复在脑子里出现，我喝了一口茶，站起来在房间里踱着。我从门口走到窗口，又从窗口走到门口，来回走了几次以后，还是心神不宁。我拨通岳龙手机，岳龙说自己正在走廊里，我问起父亲的病情，岳龙说上午赵森教授来查房，赵森教授查房后说“巩固疗效”。我一时也不理解赵森教授的意思，我关心的是父亲的白细胞。岳龙说父亲的白细胞指数为两万，又超出了，血小板六万多一点，其他指标略有回升，但速度较慢，赵森教授说其他指标慢慢会上来的。我说，明天还输血吗？岳龙说本来想再输血，但赵森教授说先停一下，观察观察再说。我问岳龙赵森教授有无其他说法，岳龙说赵森教授认为父亲化疗反应太大，看来下一个疗程无法再化疗，待恢复后，可改为放疗，也有可能放疗后再手术。我听了有些纳闷，父亲已病入膏肓，这一点，我心里很明白，当初再三听取医生意见，最后在母亲的支持和要求下，采取保守疗法，现在再说手术，这岂不违背了初衷，早知道这样，那还不如当时就采取手术，切除它。正因为医生都说手术已无法完全扫清病灶，所以我们认为即使手术，也无非是一次权宜之计，在父亲元气大伤之后，遗留的病灶又会勃发，半年之后，父亲的肺部仍然会不可收拾。所以，我们再三合计，还是先让父亲化疗，因为父亲肺部患的是腺癌，腺癌适合化疗，放疗的效果自然要差一些。由化疗改为放疗我能理解，这是父亲化疗反应强烈所致，但说放疗后有可能再进行手术，我真的不敢苟同。或许，教授们有什么新的治疗方案。但愿如此！坐在那把藤椅上，我默默地想着，真想哭，但我极力控制着。

我瘫在椅子上，两膝发酸，浑身乏力，有关父亲的镜头又在我眼前浮现。

许多年以前，那时候我读高中，我读的是当地的一所乡镇中学，中学离家里不到三公里，所以我们都是通校生。其实，这样的乡镇中学也不存在住宿生。有一年秋天，那天下午放学回来，我们一群人沿着河岸走，我远远地看见父亲站在石桥边。我想，父亲怎么会站在这里呢？我便赶紧跑过去。父亲穿着青灰色中山装，上口袋还插着一支钢笔，脚上穿着半旧不新的解放鞋。父亲刚理过头发，显得很精神。我说，爸，你干什么去？父亲笑嘻嘻地说，我在等你。我说你等我有事吗？父亲指指石桥北岸的村庄说，有一个人想见见我们。我说，谁？见我们有什么意思？父亲说你去了就知道。我见父亲这样说，就不再多问，跟在父亲身后走。刚过桥，就看见村后有一座大宅，虽然不是很高大，但极有气势，周围还围着一圈围墙。父亲回过头来对我说，我们去一户人家，等见了人，你得精神一点。我说知道了。走了几步，父亲看见大宅里升起袅袅炊烟，又回过头对我说，人要精神点，不能松垮。我马上检查了一下自己的衣扣、鞋带和书包，挺挺胸。父亲笑笑说，嗯，这样就好。父亲在前面走，我跟在后面，离他两三步远。进了围墙大门，里面是一个四合院道地，台阶的长石板整齐划一，道地比台阶低了一尺，清一色铺着石板，很完整。石板已有些年头，虽然整洁，但有些青黑，道地里种着一些花，大多栽在盆里和缸里，东北角有一口大缸，盛满了水，里面种着睡莲。父亲和我正在疑惑时，一个中年妇女从西厢房里走出来，问过父亲名字后把我们迎进去，中年妇女有些修养，说话软声和气。我们进屋时，中年妇女径直走向木梯，指着顶上的木楼板说，阿公在楼上等着。我不知道阿公是谁，就跟在父亲身后，父亲走在中年妇女后面，连声说，好，好，我们让他久等了。上了楼，我和父亲看见一位穿黑衣服的老人坐在木椅上，神情有些疲惫，松弛的眼皮耷拉下来，脸上布满皱纹，还长了许多老年斑，木椅旁还靠着一根拐杖。中年妇女走上去，俯下身，凑近老人的耳朵说了几句，老人睁开眼，把目光移过来，父亲忙迎上前去。老人指指旁边的竹椅，示意我们坐下来，父亲坐在他边上，我挨着父亲坐下，把书包搁在膝盖上，注视着老人。中午妇女下楼泡茶去了，老人拉过父亲的手，嘴里嗫嚅着，声音似乎只在喉咙里打转，我听不清楚，但父亲似乎明白了什么，不停地点头。过了好一会，老人抬起头，看了我一眼，问父亲什么，父亲让我站起来，走到老人跟前，对他说，这是大儿子，现在读高中了，书读得还不错。老人又抬起头看我一眼，这一回，我看见他混浊的老眼里有些许笑意。父亲又说我下面还有两个弟弟和两个妹妹。老人点点头，又问我父亲干些什么。父亲说自己五天里三天在村碾米厂碾米，两天务农，有时候是两天碾米，三天务农。老人长长叹了一口气说，苦了你了。父亲故作轻松，笑笑说，还好，但也没办法，孩子多，家重，也只能这样。这时候，那位中年妇女走上楼来，在我与父亲面前放了一把方凳，把两杯白开水放在凳上，笑着对父亲说，喝口水吧！父亲说好的。父亲说话时很矜持地拿起杯，放在嘴边抿了一小口。我没有动手，看了一眼杯子，这杯子陶瓷的，很干净。老人换了一个姿势，沉默着。过了一会，父亲见他没有话说，站起来说，家里忙，先告辞了。老人抬起头来，看看我们，仍然没有说话。

从老人家里出来，我问父亲：我们刚才见的人是谁？父亲说这个人叫秋，昨天从香港来，说要见见我们。我说，我们好像没亲戚在香港。父亲说，秋不是我们亲戚，秋是你爷爷当年当船护的船主。父亲这轻轻一说，我突然间被镇住了，我站在那里一下子迈不开步子。父亲回过头来说，怎么啦！我说，爷爷的性命就送在这贼人手上？父亲见我头一回这么生硬，笑笑说，其实，也不能这么说，你爷爷自己把驳壳枪夹在腋下，从“毕壳”上跳过去的一刹那被绿壳子弹击中的，假如你爷爷从舱内过，也许不会死。父亲说话时没有看我，而是把目光投向远处的河面上。太阳西沉，河面上波光粼粼，远处驶来一只机帆船，声音隐约，河两岸是一畦一畦的晚稻，有些已收割，留下一块空地，像是不高明的理发师在孩子头上留下的痕迹。沉闷了一会后，我们又沿着河岸走。转一个弯，前面便是我们的村庄。我忽然想起来，我说，爸，那爷爷为什么要到后舱去呢？父亲说，后面的绿壳火力猛，已有两三个船护被击中，秋公公躲在“毕壳”里叫你爷爷去后面补几枪。我说这就对了，还是他的原因，如果他不叫我爷爷，我爷爷也不会去后舱，也许就不会死。父亲一下子惊愣了，说不上话来。过了好一会，他才轻轻地说，你爷爷就是活着，今天说不定也在台湾了。这话我听过多次了，祖母在我面前说的。这天晚饭时，不知不觉说到下午的事情，母亲撇撇嘴，用一种不屑的口吻说，这人也太抠了点。我知道母亲指的是什么，父亲当然知道，我们都把头埋在碗里，似乎什么也没有听见。祖母说，别说了，人家听见了不好。母亲说，这是事实，像他这样的人也不多。

……

晚上与岳龙通电话，岳龙说父亲几乎吃了一只甲鱼，我很欣慰，让岳龙把手机给父亲。手机里，父亲的声音听起来有些爽朗，看来父亲已脱离了危险期。放下电话时，我想马上告诉母亲。

《呼愁》

二〇〇一 七月十九日

昨晚与岳龙通话时，父亲已睡着。通话大概是9点左右，以往这样的时间，父亲一般都在看电视。看来父亲这几天身体衰弱得非常厉害，不然，父亲不会这么早就睡着的。岳龙昨天说父亲白细胞已到三万八，其他指标略有回升。这是他昨天中午告诉我的，他还说父亲食欲良好，早餐是二两白粥，一个肉包，还吃了两个小豆沙包；中餐二两米饭加上营养粥，还有鱼。但到了晚上6点半左右，父亲的体温升至38.4℃（舌下体温）。岳龙在电话中充满着忧虑，我问他挂针情况，他就有些不耐烦。我知道父亲的病情又反复起来，岳龙在巨大的压力下心烦意乱，这我是理解的，我宽慰了他几句便放下电话。放下电话后，我失魂落魄地坐在椅子上沉默了好久。

昨晚很久才睡，但心里一直牵挂着父亲，所以这睡眠也很浅，一大早就醒来。看看表，时间还早，估计父亲还睡着，岳龙守在父亲身边，也肯定无法入睡，坚守了一夜，这时候应该最累，或许他正睡着。过了7点半，我估计他们已经被送早餐的护士吵醒，于是便拨通岳龙电话。电话里岳龙声音有些爽朗，说父亲饭量还行，状态还不错，早晨有一点点痰血。我问他测过体温没有，他说测过了，6 点 10 分测过体温，37.7℃，仍是微热。放下电话时，我讷讷地重复着父亲的体温。妻子说，你说什么？我说，父亲仍然微热。妻子捧着碗，把筷子定格在半空中，怔了良久。

上午无什么要紧的事情，泡了一壶绿茶，把壶盖搁在桌上，壶里的茶香袅袅飘出，连同那蒸汽。对面的老高不知下到哪个企业去了。我把身子斜靠在椅子上，注视着那袅袅的蒸汽，我又想起父亲来。我想，父亲的命便是我壶口的蒸汽，它已经飘忽不定，我已不可能再指望他病愈，我所希望的只是他能给我们多一些时间，如果有两年，那是他的造化，也是我们的造化。出现奇迹已不大可能，当然，我们又何尝不想出现奇迹呢？只是无奈于无力回天。

这样想着，突然想起父亲的后事来。如果可以，待父亲走后，我把父亲的骨灰留在家中。把父亲放在深山的墓穴中太残忍了，父亲会孤独，会寂寞。墓穴也会使父亲感到寒冷，感到恐惧，甚至于不卫生。如果能把父亲的骨灰放在我书房里，那是对我的莫大安慰，我会感觉到父亲依然健在，他只不过是有事出远门去了，他会回来的，他最后还是要回来的。如果我想念了，我可以看看“他”，可以坐在“他”边上与“他”闲聊。其实，父亲这一生与我闲聊的机会很少。少年时，我自然少不更事，我无法领会父亲的教诲，父亲也无法把我当作成年人与我闲聊。后来，我上了中学，中学的日子虽然轻松，但我无法理解父亲肩上的沉重和他常常紧锁的眉头，父亲当然也无法敞开心扉跟我交流，他知道，我这个年龄，对我说话基本是白搭，当然更无法指望我能体会他话语中的滋味。再后来，我忙，我很忙，我忙于各种冗繁的有意义和没有意义的杂事，所以，更无时间与父亲闲聊了。现在，我们可以坐下来闲聊，或者一起回忆过去的日子，回忆过去那种艰难而辛酸的日子，我会感到一种舒心和满足。要是能这样，我会感觉到父亲还活着，我随时都能听见他浓重的声音，看见他抽烟的姿态。

中午回家，我把想法告诉妻子，我说我们去买一个小型保险柜，到时先将父亲的骨灰盒放在保险柜里，再把保险柜放在书房的书柜里。妻子很惊诧，说不妥。我说，这有什么不妥呢？妻子说孩子还小，会害怕，自己也会害怕。我怔住了，这怎么会害怕呢？那是父亲，我的父亲，我跟父亲在一起有什么可怕呢？这也许是血缘原因，这是无法逾越的鸿沟，不然，我为什么毫无害怕的感觉，反而能感觉到一种温馨和挚爱的气息呢？妻子见我不语，就默默地走开了，我躺在床上想了好久。

晚饭后，我站在阳台上，我一边拨岳龙电话，一边看着夜色斑斓下的大街。大街上，灯光辉映，喇叭声鼎沸，这忙碌着的芸芸众生其实都是地球上的客人，在某一个不同的时间里他们都将烟消云散。我正想着时，岳龙的声音在手机里响起，岳龙说晚上 6 点时测过父亲体温，38℃。我已经麻木了，待在那里没有说话。电话里，岳龙的声音也停顿了一下，我们彼此都没有说话，空气十分凝重。过了一会，岳龙说下午给付时杰主任看了父亲前两天拍的片，父亲身体从表象上看稳定了下来，但实际上他的肺部完全失去了控制，肺部肿块明显严重起来，并且成倍增长，与 6 月 5 日发现时比，已扩大了两至三倍，并且左肺也显示出 Ca 的迹象。付时杰说一般肿瘤一百天长四分之一，但父亲前后两次拍片仅隔四十天，这样的速度有些惊人。我待在阳台上不敢再问，我也不知道自己如何结束与岳龙的通话，我只听见岳龙说自己没有问付时杰主任父亲还有多少时间。我仿佛被人打了一记闷棍，晕乎乎的，脑袋里什么都有，又什么都没有。我听见女儿在客厅里叫我，我也懒得回答。我靠着窗，突然间觉得双腿发软，想蹲下去，想坐在地上。但我又不能这样，假如我一坐下去我就会哭出声来，我一哭出声来这房间立马就会成为地狱。我告诫自己必须挺住，必须站立，必须强颜。我把双手搭在阳台的栏杆上做了一次深呼吸，让自己冷静，但心却在一点点紧缩，以至生痛。

夜的颜色渐渐浓重起来，大街上仍然喧嚣不已。我耳朵里嗡嗡作响，我把目光投向远处，远处是层层叠叠的房屋，房屋外面是一两处黑色的小山，小山外面已经看不到尽头，因为尽头已是暗黑的天空。小山边有灯光闪烁，那是高楼里的灯光，我看着那灯光发呆。不知什么时候，孩子已站在我旁边，默默地看着我，我没有发现，当我转过身来时，突然看见她，她站在阳台门口正看着我，我突然意识到我脸上有冰凉的泪水。我抬起手，装作捋一下头发，又趁机用手背在脸上擦去泪水。这个动作并不自然，且分明有些突兀。孩子看见了，她说，爸，你怎么啦！没什么，我说。我想轻松一些，但出口的话却依然凝重。孩子说，有个电话，在客厅，妈妈说找你的。我拉过孩子的手，孩子亲昵地把我的手放在她脸上。猛地，我发现孩子的小脸上也湿湿的。

电话是远房亲戚打来的。这一段日子家中的电话特别多，当然绝大多数是询问父亲病情的，这是出于关心，但他们爱莫能助，也只能仅此而已。我在电话中不能告诉他们详情，也只好轻描淡写敷衍了事，我想，这是我家的不幸，我不能让这种不幸扩散传播开来，让人家也为你而痛苦，既然自己的痛苦无法抹去，那么让人家少些痛苦也是积德。所以，我努力作出一种乐观的、积极的姿态。但很多时候，我没有装扮成功，反而把自己的糟糕心情暴露无遗。

接完电话我来到卧室，妻子和孩子坐在客厅里看电视，我拨通老家电话，电话是母亲接的，我对母亲说我明日去上海看望父亲，让她同去。我想让她转告岳凤一起去，话到嘴边又没有说出来，因为岳凤家庭负担重，孩子尚小，不便走。母亲在电话中说凤素很想见父亲，我说好吧！让她一起去吧！

二〇〇一年七月二十一日

《呼愁》

昨晚来到上海已是深夜，打的到申林旅馆时，我看过表，将近1点。我和凤素提着米和行李，母亲手里提的是红烧猪肚，下车前我检查过，还冰着，尚未融化。这是妻子昨天烧的，她让我给带上，换换父亲口味。敲开门，屋里灯还亮着，岳翔与爱虎还没睡。见了我，说起父亲这两天病情。岳龙告诉过我，我已有心理准备，只是沉默了片刻，又催他们快睡，因为已是深夜1点。

因为肿瘤医院住院部早上7点后不让探望者进门，所以母亲与凤素6点半左右便去了医院。我是8点多醒来的，喝了几口水，吃了一个豆沙包，到肿瘤医院时大门已关上，边上留着小门，小门有人把守，进去的人必须有探视牌。我在门外转了一圈，看看别无他法，与守门人商量，守门人不让进，只好打电话给岳龙，让他把探视牌送下来。隔了几分钟，岳龙下来了。岳龙的状态明显很不好，脸色青黑，眼睑下垂。我接过他手中的探视牌，让他先回旅馆休息。岳龙说自己在边上转一转，一个半小时很快就会过去，10点钟医院会开门。

父亲住在十四楼，出电梯往右拐，走到最后第四间，找到父亲。我进去时，父亲正和两个老头病友在聊什么，母亲坐在父亲边上，凤素则站着，两人都很落寞。父亲见我走进来，显然很高兴，对另外两个老头说，这是我大儿子。与两个老头病友寒暄了一下后，我让母亲与凤素回旅馆休息，因为昨夜睡得太晚，早晨 6 点半又起来了，两人精神都不济。母亲与凤素开始不想走，我说中饭要送过来，父亲喜欢家里的米。我的意思是让她们回旅馆休息一下，然后去菜场买些菜，中饭送过来。要是大家都待在这里，一则影响父亲休息，二来中饭也没法做。母亲总算听懂了，凤素也只好跟着母亲回旅馆。母亲和凤素离开时我送她们到电梯口，走在走廊上，凤素便一路流泪，母亲饱含着眼泪，但一直噙着，泪水在眼眶里打转。

送走母亲与凤素，我又回到父亲床边。父亲床前放着一把折叠式躺椅，那是岳龙陪夜时睡的床，我坐下来，觉得太低，离父亲远了些，于是又搬来边上一把木椅放在父亲床前，这个高度正好，连两个老头也看得见。坐下来后，我问父亲：还看书否？父亲说自己眼睛太累，但有时候还翻一翻。我说我写了一本书，去年出版的，不累的时候可以翻翻。说话时，我把我的小说集《大家的风景》从包里拿出来，放在父亲床头。我目的不是让父亲去读，我只是想给父亲一个安慰，少年时，父亲对我寄予厚望，现在我虽无一官半职，但我写字作文，稍有所得。父亲听我这么说，捡过书来翻了翻，脸上露出欣慰的笑容。但父亲没有看，我知道父亲太累了，已筋疲力尽。

窗外太阳明晃晃的。今日又是高温，37℃，病房内有空调，所以坐着还很舒适。不知不觉中与父亲聊起天来，父亲聊的依然是村里的旧事。父亲说话沉稳，思路敏捷，好多事情父亲说得都很在理，我的分析、归纳和判断等思维方式与父亲如出一辙，我完全继承了父亲善良、谦让、隐忍、正直和真诚坦荡的秉性。所以我与父亲的聊天非常愉快，毫无隔代鸿沟的感觉。

还不到10点，岳龙进来了。岳龙进来时勉强笑了一下，在边上转了一圈，又与另外两床病友打过招呼后出去。我知道岳龙有话要对我说，我起身假装上厕所，到了门口边，才发现厕所就在室内，只好进去小便。洗过手后转到走廊上，岳龙已经站在那里，走廊上有一盆绿萝，岳龙问我是否有笔，我说笔放在包里，包在父亲病床上。我怕父亲多虑，又不敢进屋去拿，岳龙就用手指醮着矿泉水，在绿萝叶上画给我看，他在宽阔的绿萝叶上画了父亲的两肺，从图上看，父亲右肺上下叶还清晰，中叶上的阴影已连成一片，并已穿透纵膈，影响到左肺。我反复看绿萝叶上的水渍图案，像极了鹦鹉的头颅。岳龙说与发现时相比，已扩大了两到三倍，速度惊人。岳龙说到这里时，我有点头晕，但我马上镇静下来，经历过一次父亲病危后，我发现自己冷静得出奇，抑或我已麻木了，这大概与我经常考虑父亲的底线甚至后事有关。岳龙则阴沉着脸，站在一旁，一声不吭。

这样沉默了一会，我们又回到父亲病房里。父亲在与隔壁的病友聊天，病友正在说他福气好，三个儿子都不错。父亲听了，脸上有些喜色。我在他边上坐下来，岳龙躺在椅上，不一会便闭上了眼睛，睡着了。

母亲中午送饭来，昨夜带来的猪肚父亲很喜欢。母亲还烧了咸菜小黄鱼汤，父亲也喝了不少。医院里订的菜，父亲只夹了两块豆腐皮包肉，米饭大约也有三两。岳龙说父亲好久没有这样的胃口了。父亲吃完饭，精神不错，他说家里的饭菜要比医院病号饭好吃多了。父亲说完还抹抹嘴，边上两个老病友脸上都露出羡慕的神色。午饭后父亲要休息，岳龙留在医院里，我和母亲提着菜篮子回申林旅馆。烈日当空，空气十分闷热，水泥地面上的气温应该在40℃以上，我和母亲都没有伞，母亲额头上的汗珠一粒粒滚下来，黄豆一样大小，她只是用粗糙的手掌轻轻一擦。我走在边上，后背与前胸的衣服均已湿透。到了申林旅馆，我已无食欲，只是大口喝水，半天缓不过气来。

因为医院规定下午探望要在3点以后。中午小睡醒来与母亲聊天，母亲告诉我，父亲其实早就知道自己患的是肺癌。我吃了一惊，从床上坐起来。母亲则坐在旁边椅子上为我打扇，眼睑有些肿，耷拉着。我问母亲，父亲是怎么知道的？母亲说，从台州医院转院来上海时你父亲就知道了。母亲说，在台州医院时，你们把你父亲的胸片插在病床边，你们不在时，他抽出来自己看过，他说自己肺部有一块东西，有可能是癌。母亲说自己当时就劝他不要乱想，不可能的事情，要是癌，身体也不会这么安生，一点点身体发热，最多也是肺炎。母亲大概听岳龙讲话多了，讲出来的话也有一定道理。父亲当时就说不可能是肺炎，那鸡蛋样的一块东西很明显。母亲还告诉我，父亲曾多次在她面前痛哭流涕，父亲说想不到自己一生这么短暂，家业还没有完成，戏还未头圆(谢幕)。母亲说着说着便流下眼泪，我鼻子发酸，在心里叫苦不迭。想不到父亲一直在装扮自己，他在我们面前从不流露。我问母亲，父亲什么时候看的片？母亲说是在台州医院那天，我们请来冯院长给父亲看过病后，我和岳龙送冯院长回去时，父亲抽出片来看了。我长长叹了一口气，我和岳龙都错了，我们都低估了父亲的智力，我们以为父亲不会看片，也看不懂，所以在冯院长看过片后没有把片拎在手里，而是把装有 CT 片的塑料袋插在父亲的病床边。我记得冯院长当时还摸过父亲的颈项，进电梯时，他对我说，你父亲状况还好，再拍个片，看看有没有转移到大脑。现在想来，我们真的很蠢，两个读书人的智力还不如一个高小毕业的农民。

3 点半，太阳依然猛烈。我去医院看父亲，父亲正在翻《说唐》，岳龙说看书太累，父亲说自己随便翻翻，也没有什么看进去。我坐在边上陪父亲聊天，让岳龙躺在椅上休息，我估计他中午仍然没睡，他要时刻注意父亲的安危。我和父亲有一搭没一搭地聊着，父亲偶尔又闭一下眼睛养养精神，这个时候，我便不说话，顺手捡过边上的《说唐》翻着看，看着看着便听见父亲轻微的打鼾声，我抬头看了一眼父亲的脸，父亲抿着嘴，鼻腔里发出咝咝的声音。我发现父亲头发稀疏，似乎掉了许多，我把目光落在父亲的枕头上，父亲的枕头上粘着很多头发，一根一根，针一样长短，又针一样细。我知道父亲的落发是化疗所致，化疗的杀伤力十分厉害，让人吐得翻江倒海，又让人的头发几乎完全脱落，父亲还好，头发虽然脱得厉害，但不至于全脱。突然间，我想起在不久的将来，它将成为父亲的遗物。这样想着，我便觉得父亲枕头上的头发弥足珍贵。这时候，父亲正好向内侧过身去，那个凹陷下去的枕头坑里有许多短发，我便伸手捡了数十根，用餐巾纸包好，轻轻放进包里。

6 点左右，护士过来查房，测过父亲体温，38.7℃，这个温度是要命的温度，但我们束手无策。大概是我们的反应比较平静，护士用一种不解的目光打量着我们，她认为我们怎么连一点反应也没有。她离开时对父亲说要用点降烧药，说完便转身走开了。我不懂降烧药的成分，只是看女护士的背影发呆。岳龙快步抢上去，走在她边上与她一起出去，我估计岳龙有什么话要说，我也往门外走去。刚出门口，我就看见岳龙在跟护士说什么，因为岳龙说话的声音低沉，所以我什么也没有听见，等护士明白过来点了一下头后，岳龙回头看见我，走过来说，爸的造血功能已不好，降烧药对他身体有负面作用，我让护士不要拿药，用物理方法给他降降温。我们回到父亲床前，岳龙去卫生间打了一盆冷水，他让父亲脱去上衣。父亲脱去上衣后瘦骨如柴，身上的皮肤皱巴巴的，前胸还长有好几个硬币大小的白癜风，十分醒目。岳龙把毛巾浸在冷水里，绞干毛巾后给父亲全身擦洗了一遍，父亲说自己清凉了许多，紧皱着的眉头也舒展开来。

回临海因为是晚上 9 点的车，所以我和岳龙都先回申林旅馆，让爱虎和凤素暂留在医院里。走在路上，我问起父亲身上的白癜风，岳龙说这东西与身体素质下降有关，父亲身体极差，白癜风就出现了，并且长得很快，祖母与仁华叔去世前就这样，身上也长了许多。岳龙这么一说，我心里又发紧、生痛，脚下的步履又沉重起来。快到申林旅馆时，岳龙说 12 号那天父亲病危，住无菌病房时，父亲多次梦见家族里一些已过世的亲人，梦见祖母带着仁华、先裕、良荣来到他床前，祖母拄着拐杖，站在他床前让他吞下一粒大药丸，这大药丸有小指粗，两厘米长。岳龙说这是父亲深夜醒来时告诉他的，自己听了头皮发麻，毛骨悚然。因为这些亲人都已故，并且都在近十年内，况且有两人还很年轻，是我们的堂哥。

晚上9点，我与岳龙、风素乘大客回临海。上车时，我拨通岳翔电话，他说父亲睡着了，我让他多加小心。坐在车上，我一直回味着父亲的梦境，车窗外黑咕隆咚，车内空气十分混浊，汗味和脚臭充斥着整个车厢，我的心一直往下坠。车到临海已是深夜2点，岳龙和风素连夜打车回乡下老家。站在车站边一根水泥电线杆下，我看着昏黄灯光下的出租车一声怪叫，一头扎进黑暗里，眼泪便簌簌地落了下来。

《呼愁》二〇〇一

七月二十三日

由于父亲体温升高，岳龙匆匆处理了诊所里的一些事情，昨天下午又去了上海。昨天打过三次电话，岳翔说父亲早晨温度还好，37.1℃，但中午与晚上不对，都是38℃。挂电话前，岳翔补了一句：饭量还行。

尽管岳翔最后一句话对我有所安慰，但父亲的体温还是让我寝食不安。中午睡不着觉，瘦瘦的父亲总是在我眼前晃来晃去，还有他的咳嗽声，老是在我耳边回响，每一下都敲击在我太阳穴上，坐在边上的母亲一边折叠着纸巾，一边用纸巾去接父亲的红痰。父亲病床边塑料袋里裹着红痰的纸巾在不断增多，他每咳完一次都气喘吁吁，坐在边上的母亲愁肠百结……

这样想了很久，后来才慢慢睡着。刚刚睡着，又突然听见有人在敲门，猛然惊醒后匆忙去开门，门外却没有人，太阳明晃晃的亮，一团热浪涌进来，只听见树上知了刺耳的叫声。我重新关上门，回到床上时，刚才的睡意已完全消退。我只好躺在床上，看着白色天花板上暗黄色的斑点发呆。

真的没有想到父亲会在化疗的第一个疗程中就被击倒，

并且这种打击是毁灭性的。我们可能又错了，或许当初选择手术更好些，想不到父亲的化疗真的会出现类白反应。这来自书上介绍，况且这种介绍也仅仅是简单的几句，而在实际病例中，甚为罕见。书上说，类白反应的特征是：白细胞降低，微热，造血功能衰退。父亲真是不走运，这样的低概率偏偏让他遇上。

岳龙是昨夜11点到上海的。上午通电话时，他说父亲早上吃了三两粥和一个肉包，饭量也不错，精神也还好。我说，那戒指呢？那戒指你带去了吗？岳龙说已经给父亲戴上了。我心里突然间舒展了一下，我似乎看见斜躺在床上的父亲伸出左手，把目光落在左手的无名指上，从窗外透进来的阳光把黄澄澄的戒指照得金光灿烂，父亲的瘦脸上洋溢着一丝不易觉察的笑容。但我的心又马上紧缩起来，我突然间担心父亲会洞察到我们的用意，要是他准确地理解为自己来日不多，这是对他的一种安慰和最后的满足，那岂不是灭顶之灾的打击吗？其实父亲这个愿望由来已久，只不过是我们不知道，父亲当然不会说，但母亲也没有告诉我们，在母亲心里，我们三个儿子经济并非宽裕，所以，她也不能提及此事。而我们以为父亲不在乎这种东西，可他却偏偏对此一往情深，都怪我们没有细心观察。其实就是我们细心观察也无济于事，因为父亲在我们面前从未表现出这种欲望，只是在岳龙给母亲打了一只戒指后，母亲戴了它，满怀喜悦地对父亲说：过些日子给你也打一只。父亲浅浅一笑，说不要。但父亲嘴上说不要，其实心里想着，羡慕着。几年来，母亲一直没有告诉我们，母亲说待你们日子都好了的时候再跟你们说。我怪母亲糊涂，但话一出口又很后悔，因为母亲不是神仙与上帝，她怎么会知道父亲会突然间行将毁灭！当然，要是当时我们知道了，我们肯定会满足他的愿望，我们不至于拮据到这种地步。这一点，父亲应该知道的。父亲发病时，我带他到台州医院检查，父亲看见门诊大门口有个老头蹲在墙角边哭泣，便停了下来，有好心人上前问过，才知道老头来自大石的一个山村，无儿无女，生了病，从邻居、亲戚那里好不容易凑了两千元钱，但几个检查下来，就用去了一千二百多，老头傻了眼，不知道住院的钱在哪里。父亲告诉我这件事时，语气里有些沉重，又有些自豪。我知道他一方面为那老头担忧，另一方面认为自己经济上还可以支撑一下。父亲这样的语气我不曾听过，我虽然为那个老人的处境产生过短暂的忧虑，但也为父亲自豪的语气而有点沾沾自喜，因为父亲有我们三个儿子作为后盾。

由于中午没有休息，下午照例头痛，头痛又是从太阳穴开始的。好在下午没有什么材料要写，所以就靠着座椅不停地喝茶，隔壁说笑的声音很高，我头部的疼痛也愈发剧烈。实在熬不住了，只好拉开抽屉，取一片散利痛用温开水服下。领导也不在，我就趴在桌上闭目养神了片刻。隔壁有人发现我把头趴在桌上睡，声音便也低了下去，传到我这边，只有窸窣的声音，但已听不见内容了，这样趴了一会，我便渐渐睡着了。

我睡着时，梦见父亲走了。父亲走了，岳龙似乎还留在上海，我不知道怎么搞的，竟然傻乎乎地站在一片空地上，看着岳翔一人送父亲走，周围没有其他人，也没有一丝动静。我仍然没有反应过来，有人在我身边对我说话，意思是我买竹幡内行，让我帮着去集市上挑选，结果我睡过时间了，那人已买好，在回来的路上遇见我，又说要送回集市上去调换。有一个酷似父亲的人也半路折回，我喊他叔叔，我想父亲不在了，叔叔便是父亲，我有意走近他，发现他很年轻，五十多一点的样子，穿青灰色中山装，瘦削的身材，我想喊他叔叔，他突然转过脸来，我看清了，这明明白白是我父亲。

我突然间惊醒。隔壁有人走过来站在门口，用异样的眼光打量着我，我抹了一下脸，发现脸上全是泪水。我估计是我刚才梦中的失态影响了她们，于是马上捡起桌上电话，拨通岳龙手机。岳龙说父亲状况良好，用了退热栓，体温已正常，下午 2 点时体温是 36.5℃。我松了一口气，感觉口干舌燥，端起桌上的紫砂壶一阵猛喝，有一种酣畅淋漓的感觉。

妻子和孩子都回乡下去了，晚上一个人就胡乱吃点东西，因为惦记着白天里的梦，所以想上网看看父亲住的上海肿瘤医院，遥对一下父亲，可偏偏进不了上海助医网，只好一个人待着。屋里很宁静，一个人也很寂寞、无聊，看书与临帖已无心思，只好胡思乱想，想了一会，又拨通岳翔电话。岳翔说父亲下午 4 点体温是 36.3℃，6 点是 36.5℃，晚上 8 点也测过，36.8℃，温度是降下来了，但父亲精神疲软，胃口比昨天稍差一些。岳翔说自己给父亲买了一台小型收音机，还配了耳机，父亲很喜欢听戏，一边听，一边要母亲也听。我这才想起父亲隔壁床的病友也有一台小型收音机，是他先用的，父亲看在眼里，喜欢上了。但我没有觉察，我只看见 35 号床的病友整天眯着眼睛，塞着耳机，白色床单上放着一台极为小巧精致的东西，整个儿也不过小孩的巴掌心大。我没有想到收音机，我在意的是录音机，父亲被确诊为肺癌后我就有想法，我早就断定父亲来日不多，父亲的声音行将消失，唯有录下这一段时间父亲的语音，这对我来说将是莫大的安慰，待父亲“百年”后我想念父亲时，我可以打开来再听听父亲的声音，会感受到来自父亲的温暖。但我又不能这样做，因为我还要上班，大量时间不在父亲身边照顾他，在父亲身边的是岳龙，他已关了乡下诊所的店门，全力以赴照顾父亲。岳龙会嫌麻烦的，更何况这样做会引起父亲的疑虑，父亲会猜测到自己来日不多，如果这样，这又是对父亲致命的打击。不留下父亲这段日子的声音，对我来说也将遗憾终生，但与对父亲的打击来比，我只好打消录音的念头，因为，我们的前提是让父亲减少痛苦。好在有岳翔的细心观察，才让父亲暂时找到快乐，这也难得，人生的意义本来就应该是快乐每一天。

深夜 12 点了，我仍无睡意，我想抽烟。我在抽屉里找了老半天才找得一根已经泛黄的香烟，但找不到火柴和打火机，就把烟放在煤气灶上，打开煤气点烟，煤气灶上的火苗突然间蹿上来，烧着了大半支烟。我心疼得直跺脚，急忙关掉煤气，可惜已迟了。我躺在竹椅上一边抽烟，一边想着父亲，一边独自叹息，一边无所顾忌地流泪。我想，上帝太残忍了，对我竟然如此狠毒，父亲刚从苦难中走出来，我们三人也刚从贫困中解脱出来，还没有来得及细想如何去孝顺父亲时，父亲竟然突然间要撒手而去。如果可以，我愿意代替父亲死去，让父亲在有生之年好好享受人生的快乐。因为我虽然年轻，但我所享受的要比父亲这六十一年所享受的绰绰有余，而父亲所经历过的苦难却大大多于我。我觉得人活着对于他自己来说并无多大意义，但人必须活着，因为人不是为自己而活，而是为亲人所活，父亲要是去了，我的人生意义至少失却了一半。父亲活着时，我没有感觉到父亲有多大作用，这是我成人了、独立了的缘故，待到父亲要走的时候，我心中老是有一块东西堵着，整日胸闷，微痛。我明白了，父亲是一座屏障，没有他，凄风苦雨将直接袭击我；父亲也是我的精神支柱，我苦苦奋斗，为的是父亲脸上的欢笑，如果父亲走了，我还奋斗什么？难道我还奋斗给小辈们看，那太滑稽了吧！只有父亲看到我的今天或昨天，我才舒心，才宽慰。

父亲，您老能挺住吗？留给我们一年，或者半年也好。

《呼愁》

二〇〇一 七月二十八日

这是父亲第三次放疗后的第一天。

给父亲放疗是钱洁教授提出来的，钱洁教授说早就可以采用放疗办法，左肺虽然有问题，是否肿瘤，尚未定夺，但右肺肿瘤已比发现时大了一倍多，况且纵膈淋巴刺激后亦肿大，所以要对右肺肿瘤进行放疗。岳龙在父亲放疗前告诉我，但我一直担心父亲的身体是否能挺得住，因为化疗的类白反应已将父亲的生命推到了危险境界。岳龙说钱教授估计问题不大，每日都做白细胞化验，观察白细胞动态，能控制住。岳龙在电话里这么说，但我还是担心放疗又会使父亲白细胞急剧下降。放下电话前，我问岳龙父亲的白细胞多少，他说上午刚化验，白细胞七万。我说听钱教授意见吧！放下电话后我又呆了，上次在医院里也是听医生说的，对于腺癌来说放疗效果并不明显。看来医生也无奈，既然化疗要出现类白反应，那就只好改为放疗。我嘴上虽然说听钱教授的意见，但心里仍在纠结，要是该杀的病菌杀不了，不该杀的细胞却被杀了，那简直又是造孽。但事到如今，也只好听从专家了。

前天岳翔曾打电话来，说父亲脚有些浮肿，我迟疑了一下说，是否缺少走路的原因？他说岳龙也这么说，想想也是。岳翔又说父亲告诉他希望汤里放些虾干，或墨鱼干。前天晚上和妻子去耀达商场买了一些，昨天，我又让永茗帮我找了野生青蟹。

我们是晚上8点从临海出发的，仍然是过路的大客，妻子与卫倩都想去看望父亲，已说过好几次了，我只好带她们去。到上海已是深夜12点40分，岳龙留在医院里看护父亲，母亲独自一人在旅馆里，房间已搬到119号。母亲睡着了，起来开门时睡眼惺忪。但我们的到来打扰了她的睡眠，我也一时难眠，与母亲说起父亲的病情。母亲忧心忡忡，说父亲这两天感觉有些累，更令人揪心的是脚有些浮肿。母亲说，男人不能肿脚，男人肿脚麻烦。母亲虽然没有把话挑明，但我已读出了母亲话语中的信息，这种经过时间锤炼的乡村经验不得不让我们重视。

母亲她们7点前就去了医院，我一直睡到8点半，吃过早餐，到肿瘤医院已是9点。几天不见，父亲已经大变。父亲又清瘦了许多，整个人干瘪、精瘦，头发大落，十分稀疏，常露出白色的头皮，留在头上的头发既灰且短，直直地挺立着，样子极为难看。父亲的精神也不好，显得很疲软，人侧卧着，脸朝着窗口。大概是我的脚步声惊动了他，他才慢慢转过头来，看见我说，你来啦！父亲的声音很低，但我听见了。父亲说完话又动动身子，大概这样的姿势已躺久了。我赶紧跑过去，扶住他的肩膀。他勉强笑了一下说，没事，我能行。父亲把一只手撑在床单上，移了一下屁股的位置，又向里侧着。我搬过一把凳子坐下来，坐在躺椅上的母亲睁开眼，又用粗糙的手掌摸了一下眼睛，说自己刚才睡着了。我说我们昨夜来晚了，躺下睡觉已经2点多了，你早晨又很早起来，当然要困的。边上的两个病友刚才都闭着眼睛，这回听见我们的说话声都睁开眼睛，动动身子，把病床弄得咿呀作响，靠里边的那个老头伸手在床头柜上摸了一瓶娃哈哈，又从边上摸了一根吸管，闭着眼睛吸着。父亲似乎不想说话，我也只好坐在凳子上看着床边上的挂针一滴一滴地往下滴。过了好一会，岳龙进来了，妻子与卫倩跟在后面，父亲浅笑了一下，跟她俩打招呼，父亲说什么我也没听懂，但他要坐起来我明白了。我让他躺着，他说自己不累，他说躺久了要坐一下才舒服些。我扶他坐起来，岳龙过来看过父亲的手和脚，父亲的右手和双脚都有些肿胀，但岳龙说好多退下去了，只在小腿肚左右。我盯着父亲的脚看，父亲的脚背上有些皱皮，青灰色的，脚趾关节全都膨突，看起来不那么真实。

母亲她们坐了一会又回旅馆买菜做饭去了，我和岳龙留在医院里陪着父亲。整个上午父亲精神疲软，我也很少与他说话，偶尔找本书或找张报纸来看，但也看不下去，心里总是想着父亲肿胀的小腿。母亲的话老是在我耳边回响，我移过书或报纸的一角，又偷偷瞅了父亲的小腿一眼，但什么也看不见，父亲把小腿藏在白色的床单下。岳龙也无事，有一搭无一搭地与隔壁的老病友聊天，老病友木讷的儿子则坐在一边用一把小剪刀剪指甲。我想起孩提时与父亲同睡一张床，父亲睡在这一头，我睡在那一头，寒冷的冬天里，我很喜欢抱着父亲的双脚睡觉，因为父亲的脚很温暖，也很安全，抱着它仿佛有了依靠，有时早晨醒来，还把口水流到父亲的脚趾上。父亲有时候打趣说，这么湿湿的，尿床啦！说得我很窘。但后来我不抱了，原因是我无意中听到了父亲讲的一个故事。

有一年冬天，刮很大的西北风，邻居小友伯到我们家闲聊，不知是谁先说起鬼神显灵的事。父亲说自己也有一次经历，我听了马上警觉起来，躺在长凳上的我立即坐起来，侧着耳朵听。父亲说自己少年时去我姑姑家，我姑姑家屋里拥挤，到了晚上，让父亲宿在姑父的哥哥家。姑父的哥哥已经过世，活着时长年生脚病，小腿惨不忍睹，到冬天皮肤全是鱼鳞状，几十年下来也治不好。父亲说自己睡到半夜时，感觉好像有人走进来，睡在同一张床上，第二天早晨醒来，父亲感觉自己后半夜似乎抱着一双长满鱼鳞一样的脚睡，吓坏了，大清早去姑姑家吃早饭时问姑姑昨夜他睡的是谁的床，姑姑神色慌张说梦见什么啦？父亲说有一双脚，像鱼鳞一样，扎得人难受，姑姑大惊失色说，作孽啊，作孽啊！我怎么没想到。父亲问姑姑是谁的床，姑姑没有说，只是很后悔昨夜让父亲睡在这张床上。父亲说后来他才知道，这是姑父哥哥生前睡的床。坐在一旁编草帽的母亲说父亲肯定记错了，要么是做梦，不会发生这样的事情，天底下哪有鬼魂显灵。那时母亲很年轻，还不到三十，可能有些害怕，看她的脸都青了，神情很紧张。我也很害怕，心里发毛，但我极力掩饰着。父亲听母亲这么反驳，又说他第二天一大早起来时还抖过被，草席上还洒落着一些人的皮肤屑。母亲听了，马上站起来抱住我说，别怕，别怕，你爸他乱说的。我发现我们两人都在发抖，母亲的牙齿还在打架。还好，我咬住了下嘴唇。

这以后，我就不敢再抱着父亲的脚睡了，那个故事经常在我眼前浮现，尤其是冬天刮西北风的夜晚，我一闭上眼睛便会想起。有时候，我就钻过被中央，钻到父亲那一头，与他肩并肩躺着，父亲虽然老嫌我挤，但并不赶我走。

母亲送中饭来了，父亲的中饭是鸡蛋面加青蟹。永茗买的青蟹个头很大，父亲只吃了半只，面也剩了一部分。岳龙说父亲饭量不比早几日，但能吃到这个份上也可以了，毕竟父亲整个上午都精神疲软，状态不佳。

中饭后父亲的体温是38.2℃，这又是一个致命的体温，岳龙又给父亲用了半粒退热栓。父亲睡着了，呼吸匀均，平稳，我让岳龙回旅馆先休息，中午我来看护父亲。岳龙走后我也在椅子上躺下来，不一会便迷糊起来。等我醒来时，已是下午3点，父亲也刚醒来，我觉得他精神了许多，我用手掌贴在父亲的额头上试试父亲的体温，体温退下了，父亲自己也这么觉得。我站起来捡过一个水蜜桃，清了皮，递给父亲。父亲刚醒来，口腔里大概也黏糊，见我递过水蜜桃时笑了。父亲咬了一口，说这水蜜桃好吃，又甜又香，水分又多，上海的水蜜桃很淡，都是水，不好吃。我说我们从临海带来的。父亲听了说，怪不得这么香甜。正说话时，岳龙带着卫倩她们走进来，见父亲正在吃水蜜桃，问这桃子怎么样。父亲说好，很甜。岳龙说好就再吃一个，父亲笑笑说那就再吃一个。妻子又拿过一个桃子，剥了皮递给父亲，父亲三两下就吃完了桃子。岳龙又拿了纸巾让父亲擦过手，父亲擦过手后总觉得桃汁粘人，岳龙又去卫生间倒了冷水，兑了热水，用湿毛巾给父亲擦手。

吃完桃子，我们都坐在父亲床边闲聊。父亲先是坐着，后来身子又慢慢溜了下去，岳龙让他躺着，父亲又让岳龙把床头抬高一点，他说这样更省力些。护士过来看了一下，又转身离开。我坐累了，便站起来走到窗边，窗外阳光很好，满眼是房子，高楼林立，阳光打在玻璃幕墙上映出明晃晃的光；马路上人来车往，不知道为什么忙碌着，奔波着。我突然间觉得自己已经远离了红尘，想通了许多东西，但想通了后又很悲壮，有一股想哭的感觉，但终究没有哭出来，因为我极力控制住自己，我不能莫名其妙地在大庭广众面前痛哭，更不能在父亲病床前痛哭。要哭，我也会选择无人的山野，或者独自面壁的时候。这里的条件不允许，我不能在此哭。

晚饭的时间很快就到了，岳龙对父亲说先量个体温看看。37.3℃，岳龙看过温度表后说，还行。母亲和妻子把饭菜搬到父亲病床的小桌上。父亲饭量不多，但中午剩下的那半只青蟹已被父亲解决了，还有放在菜汤里的六只虾干。父亲说晚上让母亲陪夜，说宏芳和卫倩很少来上海，让我和岳龙带她俩去外滩看看夜景。妻子和卫倩都说自己不想去，父亲极力怂恿她们去看看外滩的夜景。他说外滩夜景很漂亮，机会难得，这么多人陪着也无作用，晚上我感觉好，让你娘一个人陪着就行。我看看岳龙，岳龙说这样也好。出门时，岳龙仍然不放心，私下里又把母亲叫到走廊上，让母亲留点心，万一父亲不舒服就要叫护士，让护士打我们手机，申林旅馆离肿瘤医院很近，我们很快就会过来。

晚上我们去了外滩，外滩很闷热，人也很多，我突然肚子痛，找了好几个地方都没有找到厕所，后来好不容易找到一个。刚刚从厕所里出来，岳龙走在后面悄悄告诉我，付时杰主任说先放疗十光试试，如果不行，还是回家。我突然站住了，胸闷，喉咙里好像被什么东西堵着，我望着黄浦江的夜色干呕起来。岳龙在我后背上轻轻拍打了几下，我说还是回去吧！我有些难受。

《呼愁》二〇一一

七月二十九日

岳龙很早就起来去了医院，我一直睡到9点半。10点去医院看望父亲，父亲睡着了。我看母亲一脸疲惫，知道父亲昨夜又过得不好。岳龙说自己一大早来父亲就醒了，量过体温，37℃，很正常，但母亲说父亲昨夜咳嗽次数多，尤其是12点左右，连续咳嗽不止，大约有十分钟左右。母亲束手无策，只是轻轻拍打父亲的后背，后来父亲吐出了一口痰，才慢慢平息下来。过了一会又咳嗽起来，但这些咳嗽时间短了一些，也轻一些，次数多了，一整夜也都没有睡好。

岳龙到街上给父亲买咳嗽药，还有黄芪生脉饮，我坐在父亲床前看护着父亲，母亲和妻子她们回申林旅馆包“扁食”去了，因为父亲想吃“扁食”。父亲上午一直思睡，额上还有些细小的汗珠，脸上的光泽也有些隐退，颜色比以往更青灰一些。我很后悔昨夜与岳龙一起出去，如果让岳龙陪夜，可能会好一些，岳龙办法总比母亲多。母亲知道，深夜12点请护士或者请病友的大儿子给我们打电话会引起我们的惊慌，况且咳嗽对于父亲来说已是常事。

岳龙回来时父亲也正好醒来，父亲精神仍然很软，岳龙让我到边上去，自己坐在父亲床边搭着父亲的脉搏。岳龙说，一百多。我在心里暗暗叫苦，这样的心率让我提心吊胆。父亲说可能是青蟹吃多了。父亲声音不高，说话时脸上表情有些痛苦。我想，这不可能，这两者之间没有必然的联系。但我又想，这也许有可能，蛋白摄入过多，消化不了，造成了另一种负担。还有，也许是青蟹性凉的原因。但岳龙估计是昨天下午话说多了，因为昨天下午父亲一直在跟我们聊天。岳龙指指35号床的病友说，老先生也这样，第三次放疗时，也是当天夜里有很多人来看望，说多了话，半夜里一口痰咳了半个小时。

父亲又睡着了。父亲侧卧着，把右手搁在白色床单上，我发现父亲的右手腕下部分有些水肿。我问岳龙，岳龙说近几日特别明显，刚住进来时偶然有一些，这两天也稍有气促、心悸现象。我们正轻轻地说着，母亲她们送饭来了，中饭是“扁食”，还有父亲喜欢的虾干汤。父亲听见母亲声音，睁开蒙眬的眼睛。我没有马上让他起来，我说再躺一会，待完全清醒了再起来，父亲又躺了一会，感觉轻松了许多，才让岳龙把床头抬高。边上的老病友也坐起来吃饭，问父亲舒服些否，父亲很感激地点点头，说自己睡了一上午，感觉好多了，昨晚咳嗽了这么长时间，也影响了你们。老病友说，这生病咳嗽是没办法的事，前天晚上我也不是咳了很长时间吗？父亲笑笑说，对呵，对呵。父亲吃了八个“扁食”，喝了虾干汤。母亲问父亲味道咋样，父亲说“扁食”稍微咸了些，但虾干汤味道还不错。说话间，不知父亲怎么提到昨天的青蟹，母亲说是我们从临海带来的，父亲突然间哭了，我们都吓了一跳，两个老病友都用惊诧的目光看着父亲。父亲从来没有在我们面前流泪过，今天怎么这么脆弱？父亲不但流泪，还哭出声来，声音悲怆而压抑。岳龙随手给父亲递过毛巾，母亲也很快流出了眼泪，妻子和卫倩都红了眼眶，我赶紧让她们都出去，都到门外走廊上去，父亲用毛巾捂住嘴，哭声已变了腔调，听起来十分瘆人，让我头皮发麻。我让岳龙也出去，我知道这里人越少越好，我一边抚摸着父亲的后背，一边说先裕生病去山东去错了，虽然伽马刀手术好，但还是不行，这里医院才是全国最好的，早知道这样，也不会让他去山东了。父亲听我这么一说，止住了哭声，我见父亲控制住了情绪，又说只有到这里来才对，现代科学很发达，能够控制住这种病，上海市委书记亲戚得了这种病也是住在这里的。父亲见我这么说，才稳定了情绪，擦干眼泪。

中午我没有回申林旅馆，和岳龙一起看护父亲，父亲仍是睡。岳龙说感觉父亲身体明显差下去了，咳嗽的性质与形式都已改变。我问他表现在哪里？他说父亲咳嗽时带着喘鸣音与痰鸣音，一般情况要咳两次才能出痰，粘的血增多。我说，这怎么会这样呢？是否放疗的原因？岳龙私下里做做手势，指指边上的两个老病友说，他们两人在放疗三次后都出现症状，一个饭量减少，胸痛，另一个咳嗽加剧，痰液咳不出来，用了甘草合剂、吸氧等，两三天后才好起来。岳龙估计咳不出痰不是其他原因，最大原因很可能是出痰的气管已被癌细胞侵蚀了，本来圆形的通道被挤压成扁形了，所以，痰液就很难咳出。岳龙看着我，声音很低沉，我说不会这么快吧！岳龙把头扭过去看着窗外说，也许是其他原因，但这两天很不对劲，前天是第三次放疗，放疗前一天两脚小腿出现浮肿，右手也有。

下午2点，父亲醒了，岳龙给父亲量过体温，36.8℃。父亲体温不高，我暂时放下心来。但父亲仍是气促、胸闷，岳龙看父亲右向侧卧，让父亲把身体放平，仰卧着试试，父亲转过身，让身子仰卧着。片刻，父亲说稍好一些。但躺了一会父亲又觉得累，岳龙让父亲向左侧位，父亲慢慢移过身子，人向左侧，面朝着窗口，父亲说这样好多了。父亲咳了几次痰，也都一次性咳出来，并且很少用力，但躺久了父亲又觉得左侧疼痛，仍然恢复到仰卧状态。

母亲她们是3点半过来的，妻子与卫倩买了百合，又烧了百合红枣汤。父亲喝了一碗百合红枣汤，岳龙说昨天喝的是红参汤，今天换换口味。我知道那不是换口味，百合润肺止咳，清心安神，是治咳唾痰血的良药。喝过百合汤后，父亲情况稍好一些，又在床边摸索出岳翔给他买的微型收音机，戴上耳机。父亲说这个时间应该有戏曲，可惜每天都只有一小段，没有专门的戏曲频道。见父亲精神愉悦，我们又都暂时放下心来。

因为我们晚上要回临海，妻子与卫倩要回旅馆整理东西，还要帮母亲准备晚饭，所以妻子和卫倩与父亲告别后先回申林旅馆，我们留下来，因为还有些时间。待她俩走出病房时，父亲又流下眼泪。父亲说，大热天这么多路也辛苦。父亲的言辞中有些内疚。我赶紧递过纸巾，对他说她们主要还是来看看上海的。妻子说自己十七年没有来过了，卫倩从来没有来过上海，昨夜看外滩，真的很漂亮。父亲见我们这么说，马上忍住了眼泪。

5点多，母亲送饭来了，让我和岳龙先回申林旅馆。我心情沉重，但又不能不走。岳龙把父亲床头抬高，我把父亲的小餐桌推到床中央。父亲说，你先回去吧，晚上还要乘车赶路。父亲说话时又咳嗽起来，母亲捡起床边的一叠纸巾递与父亲，父亲往嘴上一擦，把痰液裹了起来，从纸巾里透出来的，仍然是一团暗红色。我只能低下头去，在心里默默祈祷。

出了门，岳龙说，父亲的放疗可能没有办法进行下去了。我说，明天是星期一，问问付时杰主任或者钱洁教授，身体不行就不用放疗了，请中医看看，能否吃点中药。岳龙抬头看了一下远处，很无奈地说：爸好像不愿再看中医了。

《呼愁》

二〇〇一 七月三十日

昨晚回临海躺下来已经2点多了，再加上旅途疲劳，上午起来有些晚。匆匆漱洗后吃了点早餐，赶到单位离上班时间只差五分钟。

领导要出去了。我听见门后的叫声，那是领导声音，声音的意思是叫老苏，让他快去楼下发动汽车。老苏其实已在楼下，因为老苏知道领导走路很快，尤其是走楼梯，三级一跳，三两下便从三楼到底楼，所以老苏也跟着练，也能三级一个跨步。老苏听觉也极好，领导一关门，他便从座椅上弹起来，转眼间便已到底楼，待领导到底楼时，车已发动起来。

领导出去了，我也闲着，还是放心不下，便捡起桌上的话筒给岳龙打电话。电话未接通，只好翻翻书，其实书也看不进去，因为心根本不在书上。《六朝美学史》刚翻了几页，岳龙突然打我手机，手机狂响，我吓了一跳。电话中，岳龙说父亲昨夜状态极差，8时多一点，他扶父亲去小便时，父亲咳嗽剧烈，气促，气喘，痰鸣音明显，小便后软弱无力，走路不稳，躺下来，朝左侧卧，痰液咳出来了，还喘气三分多钟。深夜12点一刻，父亲又要小便，小便后喘气，走路摇晃，抬不起下肢，依靠他扶持甚至半抱着走回床边。父亲躺下约一分钟后呼吸才慢慢平稳些，父亲说，我连小便都不能去，实在无力气。父亲说完留下一声长长的叹息。我握着话筒，心和手都在颤抖。我没有说话，我一直在认真听着他的叙述，生怕漏掉一个字。岳龙见我长时间没有反应，以为电话出了故障，问我能听见否。我说听得见，你说吧！岳龙说，到了深夜3点，父亲又要小便，他怕父亲太累，去外面拿了一个小桶放在床前，父亲下了床，就站在床前小便，但也明显感到很吃力，好像挑着千斤重担一样，气喘，身体摇晃。他扶着父亲，父亲几乎到了将要晕倒的地步。父亲躺下后，他去叫护士，给父亲吸氧，护士很快就来了。父亲吸过氧后效果不是很明显，父亲大概怕他担心，说稍稍好一些。但父亲的痰鸣音还是很明显，喉咙里不时发出"鱼"、"鱼"的声音。父亲不停地咳嗽，咳嗽时颈部伸缩十分明显，样子痛苦不堪，经过多次咳嗽后，才咳出一块血痰，血痰黏而且稠。岳龙又说自己昨夜几乎一夜未睡，让岳翔速回上海。放下电话前，岳龙又告诉我让岳凤与吕能也与岳翔同去。听到这里，我呆了半天，我不知道什么时候放下话筒，又什么时候拨通了岳翔的电话。

放下电话，我有些坐立不安。我在办公室里来回踱步，从门口踱到阳台，又从阳台踱到门口，隔壁有人在说话，听得见声音，但不知道是什么内容，只是一片嘈杂声。我虚掩了门，坐下来喝茶，感觉有些苦。这几乎是从来没有过的感觉，今天的感觉有些特别。我打开紫砂壶的盖，往里瞧，茶叶与往常差不多，我只好忍住，狠命吸上几口，待壶里的水差不多干了，再将热水泡满，因为天气太热，我只能把盖子放在桌上，那热腾腾的水汽往上冒。后背的空调冷风强劲，我把身子侧过来，让冷风直接吹向紫砂壶。

桌上的手机又响了，我赶紧抢上去抓在手里，电话果然是岳龙打的。岳龙告诉我，医生刚刚查过房，说父亲情况危急，留着已无意义，还是早走为好。我被重重地打了一记闷棍，头晕乎乎的，似乎有耳鸣。我很机械地伸手去摸茶壶，想喝一口茶来稳定一下情绪，我的眼睛还看着墙角上的那株绿萝，脑子里却飞快地转动着：接下去怎么办？什么时候走？怎么走？怎么告诉父亲与母亲？不离开已经无任何意义，离开了等于判了死刑。到这时我才明白任何设想都是幻想，都是五彩缤纷的肥皂泡，尽管它漂亮、轻盈、多姿多彩，但终究是末日未到，一旦末日来到，它便彻底破裂，并且转眼间消失得无影无踪。我原想等放疗到第十光，再暂停几天，待恢复一段时间后再放疗，看来这一切都成为空想。岳龙在电话中第一次哽咽，可见父亲病情的严重程度了。他说，先挂两天针，待状态稍好些再走，以免路上出现危险。岳龙比我理智，比我冷静，父亲出事后，他是唯一能为我提供思路的人。他的处理方式基本符合我的选择，这是不幸之中的大幸，也许是学医的原因，我看到的是他的冷静，但这样的哽咽，我还是第一次听到，这突然间摧毁了我的心理防线。

我喝了两口茶，极力镇静下来，捡起桌上的话筒给岳翔打电话，让他中午买两张杜桥去上海的车票，我在临海等他一起去上海。岳翔听了，便很紧张，问我父亲怎么啦。我说，情况不好，具体也不是很清楚，到了那里看情况再定，话筒里没有声音，我对着话筒加重语气重复了一遍，话筒里才传来一声很轻的回答。

放下话筒后，我觉得有些晕，便坐在椅上闭目养神，眼前父亲的形象挥之不去。母亲不知怎么样了，她对父亲上午的情况知否？她是否仍然一厢情愿要待父亲病情稍好一些再回家呢？她的意思我明白，父亲人太瘦，精神也极差，不宜在亲戚面前露脸。我不知道母亲的想法是对还是错，但我知道这种想法是徒劳的，我心里十分明白父亲的病情，这样做只不过是心存一丝幻想罢了。昨天我说待父亲放疗十次后先回家，母亲不明白，不同意回家，母亲的意思是要待父亲康复。我不能告诉她真相，因为真相太残忍，按付时杰主任的意思，父亲不应该放疗就该回家，因为，其实那时癌细胞就已经扩散了，只不过是我们自己还抱着一丝幻想而已，现在看来，付时杰主任的话很正确。

中午我自然睡不着，躺在床上迷糊了一会就早早来到古建大楼。岳翔问过师傅，从杜桥去上海的汽车，从这里经过。夏天的中午酷暑难忍，燠热的空气几乎令人窒息，白晃晃的太阳光投射到水泥地上反弹回来，空气里便有了灼人的热浪，我只好躲在古建大楼的墙角边，不时探出头向远处瞭望，车是否到了？我一边不停地喝水，前胸后背都湿了一大片，衣服沾在肉体上，痒得人很难受。2 点 16 分，车到了，车里有空调，还是一辆卧铺车，我躺下来，暂时有了安静。

岳翔忧心忡忡地告诉我，父亲这些日子咳嗽严重起来。我想起父亲小腿肿胀是不好的征兆，祖母走前小腿也有过肿胀，我曾经用一手指压住她的小腿，然后放开，皮肉凹陷得很明显，要过一会才会恢复原状。但祖母那时意识已出现混乱迹象，由于大脑供血不足，思维时而清晰，时而模糊，清晰时句句在理，模糊时连子孙也无法辨认。但父亲不一样，思维仍如常人一样清晰，身体也没有疼痛的感觉，就是低热不退，咳嗽增多。痰液有时咳不出来，父亲都要竭尽全力去对付它，这样随时都有可能被噎着，这很危险，也最使人担心和害怕。我不知道这一口痰究竟何时袭来，但愿不要出现这残酷的一幕。

把父亲放在哪里？我在心里一直问自己。上盘吗？太远。年岸老糖厂后面？那里不是山坡，是块平地，况且入口的路又不好，每年清明进出的人很多，有时候连摩托车也只能停在外面，当然，关键还是因为平地，没有一点气势。听谦杰说，塘岸这块地方太陡，天长日久可能会崩塌；白石岭也不行，一是嘈杂，二是太远。听说徐岙开始搞了，但不知道要到哪个时候才能搞好，徐岙应该比较理想，环境和路程都可以。这样想着，就给谦杰打了电话，谦杰说徐岙公墓已建好一部分，位于老发电厂后面，花岗岩质地。老发电厂的位置我知道，这里山势险峻，环境幽雅，父亲需要清静，这一点我很了解父亲。

因为中午没睡好，下午就有些犯困，车里清凉，人便昏昏然。这样想着便睡着了。3点半左右，枕边的手机突然响起来，声音刺耳，是岳龙打来的电话，他说父亲经过输液输血，病情稍稳定些。我看了一眼窗外，车已到天台，我估计晚7时左右会到上海，大概刚才休息了，所以人也精神了许多。车载的电视里放着冯巩主演的一个片子，已看过好几遍了，趣味寡淡，看看窗外，田野里仍是忙碌的身影。要是往常，父亲肯定在农田里忙于农事，弯着腰，满脸汗水，而我则坐在办公室里起草某一个文件，抑或停下笔来设想一下父亲在农田里干活的样子。可现在，父亲却远在上海，躺在上海肿瘤医院十四楼的病床上，为了一口该死的痰而憋得满脸通红，或者咳嗽得地动山摇。原先能挑着一担稻谷在水田里快步如飞的父亲，现在连上个厕所都得让人搀着，这一切来得太突然，连个过渡也没有，真让人心酸。父亲的命真苦，三岁丧父，全靠祖母织网、做布、背盐把他拉扯大。母亲八岁便到父亲家，那时父亲也仅仅十一岁，父亲和母亲都还是孩子，他们对婚姻也一无所知。在父亲眼里，母亲是来自很远的大山里，她是一个客人，她同样也很命苦，她父亲早就没了。

5点钟，正当我把目光投向窗外，一排排树木在眼前闪过时，手机又响了，我惊慌失措，心脏狂跳不已。又是岳龙来的电话，岳龙说父亲已经支撑不住了，情况十分危险，晚上就要回家，并且已联系过120急救车。我脑袋里嗡嗡作响，只听见岳龙在电话里的声音，人几乎是呆在那里，动作也很机械，待岳龙关机好久了才缓过神来。岳翔一直注视着我的脸色，问我怎么办。坐在车上我很无奈，一时间想不出任何主意，唯一的希望就是汽车加速。就在这个时候，汽车突然慢下来，原来驾驶员要停下来吃晚饭。我霍地站起来，怒火中烧。岳翔把手放在我肩上，示意我不要冲动。我真想冲上去一刀宰了他。

驾驶员要吃晚饭，车里的旅客都只好下车。下了车，才知道是桐乡，我心急如焚，与岳翔一起跑到公路边拦车，打的士走高速也要两小时左右，快不了，并且的士也难打，好不容易拦到一辆，又说不去上海。我只好打电话让岳龙先做好一切准备，待我一到医院，就乘120车回家。岳龙说父亲正在输血输氧。下午五点的太阳还很猛，烤得人周身发烫，空气中热浪滚滚，令人窒息。我们只好上车，车里空调没有打开，十分闷热，坐在车上大汗淋漓，我不停地抹着额头的汗水，一边喝水，心里骂着那该死的驾驶员。

大约过了二十分钟左右，我看见驾驶员从饭店的小门口出来，嘴上叼着一支烟，一副很满足的样子，走起路来十分舒展，车上的人心里都很恼火，但又不得不克制住。过了一会，汽车又重新发动起来，闷热的车厢突然间清凉了许多，很多人紧绷着的脸才慢慢放松下来。这时候，我才想起父亲晚上回来后首先要用的是氧气，如果没有氧气那是无法坚持到天亮的，我马上拨通良元电话，让他在杜桥医院帮我借一个“氧气头”。结束与良元的通话，我又给小高打电话，我口气很焦急，让他帮我准备氧气瓶，他问我干什么。我说我父亲快不行了，晚上要回家，回到家里没有氧气是挨不到天亮的。放下电话前我又补了一句，我告诉他良元已帮我借好了“氧气头”，让他去杜桥医院找良元医生拿了后连同氧气瓶一并先送到我家里，以便父亲一到就用。

8 点半，我们终于到了上海肿瘤医院，我让岳翔直接去零陵路申林旅馆整理行李，自己一路小跑，穿过大厅。大厅里似乎没有人，也没有声音。我冲到电梯边时，电梯刚好上升，门关了，我只好站在门外给岳龙打电话，电话没有人接，我一下子六神无主。这时隔壁一台电梯下来了，刚开了门，我便冲进去，差点与里面出来的人撞个满怀。我也没看清男女，就一脚踩进电梯里，出来的人似乎在说我慌乱什么的，我也没抬头。电梯刚停下来，我直奔父亲病房。我进门时，岳龙正好出来，他一脸焦急、慌乱，他说他要去配药，我说，情况怎么样？他说很危险，已打过120电话，车子待会儿就来。我快步跑过去，看见父亲躺在靠南窗的病床上，呼吸十分急促，肚子一鼓一鼓的，额头上还冒着虚汗，嘴巴和鼻子上罩着氧气罩，脚上还吊着针，一根橡皮软管牵到床边的支架上，支架上吊着一个玻璃瓶，里面的药水还不停地往下滴。父亲瘦骨如柴，那硕大的头颅与关节膨突的脚趾显得尤为突出。最要命的是父亲的肚子，一张一弛，高低起伏，这是我从来没有见过的。我出奇地冷静，走过去，俯下身。父亲无法说话，但他的眼神里却有一丝欣慰，大概是我们适时赶到了。我用毛巾擦去父亲身上的虚汗，父亲很累，抬起手来也很困难，但神志很清楚，因为他眼神里还很有亮光。过了一会，120救护车来了，车子停在肿瘤医院住院部的院子里，一个护士模样的女孩与第35床病友的儿子推进一张狭窄的铮亮的钢质床，床上还放着一只充满氧气的气包，气包红黄色的，跟枕头一样大小。钢质床横着停在墙边时，那女孩向我招手，示意我跟她出去一趟，我不知道什么意思，就把毛巾挂在父亲病床的床架上，跟她走出病房。这时候，岳龙拎着一袋药水进来，我说护士找我有事，你先去照顾一下爸。刚出病房，那护士便站住了，对我说，病人是你什么人？我说父亲。她说病人已经很危险，我们无法保证能安全到达。她停了一下，看看我的脸色，我深吸了一口气，没有说话。她把目光从我的脸上移开，朝门内看了一眼，回过头来说，再说你家离这里又这么远，要五个多小时，我们无法保证。她的意思我很明白，无非是两层：一是让我有充分的思想准备，我父亲在回家的路上随时都有可能出现不测，二是如果出现不测情况，也是我们自己的事情，与她们无关。她见我不说话，又说，我们真的无法保证。她说话时盯着我的脸。我说我知道。事已至此，我心里当然明白父亲已挣扎在死亡线上，至于能否安全到家，关键还是看他自己的造化。当然，我心里虽然有了最坏的打算，但内心的压力已到了临界，此时，我觉得胸闷、恶心、头皮紧绷、反应迟钝，很多声音听起来隔了一层屏障，似乎画外音。那护士看我有些麻木，又重复了一句：路上真的很危险。她说话的声音很轻，像是在呢喃，眼皮也耷拉下来。这次我听得真切，我说，就你一个人？她说途中护理的就她一个人，还有一个就是开车的司机。

我进门时，岳龙已在给父亲换病服，白底蓝条的病服使父亲看起来瘦骨嶙峋。父亲脚上吊着针，脸上盖着氧气罩，但神志依然清醒。穿裤时，我们给穿反了方向，父亲虽然无法说话，但还是用手势指点我们，因为父亲脚上的吊针一时使我们无法选择正确的方法给他换裤子。这时候，岳翔与母亲已进来，母亲早已泪流满面，我把狭窄的钢质床抵住病床，岳龙与岳翔把瘦弱的父亲抱到钢质床上，半躺着，我在前面拉着，岳翔在后面推，岳龙走在侧面，一手高高举着盛满注射液的玻璃瓶。护士早已接通了氧气包上的橡皮管子，她把红黄色的氧气包放在父亲的肚子上，红黄色的氧气包在父亲肚子上起伏不停，那节奏依然很快。我知道父亲的呼吸依然急促，可能气管某个地方堵着一个东西，造成他呼吸道变窄。很多病友从两边房间里走出来，站在门口议论纷纷，我听见他们在说，36床，是36床。推车出门的那瞬间，父亲突然举起右手，向同室病友挥手告别，我鼻子一酸，差点掉下眼泪。35床病友是一位满头银发的老工人，他抬起头，看着我父亲说：祝你早日康复。这时我发现老工人的大儿子，就是那位刚才帮我们推钢质床的中年人正站在岳翔的边上注视着父亲，一边把手搭在钢质床的床沿上。我曾听父亲说，老工人有两个儿子，小儿子原先给李先念主席当过翻译，后来去了日本。这是老工人闲聊中告诉父亲的，父亲说这个大儿子不灵光，经常被他爸骂。父亲说这话时，当时病情稳定，人也轻松，还笑了一下，这笑容里还充满了满足与自豪，因为老工人对他说过，瞧你多好，三个儿子都在身边，大儿子还是个作家，二儿子又是个医生。

我回头向屋里看了一眼，父亲的病床空荡荡的，窗帘半挂着，两个病友分别半躺在床上，眼睛还看着我们，雪白的棉被盖着半个身子。那老工人的大儿子也跟着出来。推车的橡胶轮胎从地平砖上滑过，有些病友抬起头来看，有些病友的家人站在门口看着我们，大概是父亲的年轻，抑或是我们的年轻，使他们觉得万分惋惜。过道只有几十米，匆匆而过，进电梯时，人轻轻地推进去，哪怕有半点的高低不平都使我小心翼翼，甚至，我还有点虔诚。到了楼下，救护车已在等候，母亲整理出来的行李极多，都是日常生活用品，既然已打好包，那只好带走。老工人的大儿子帮我们把父亲抬上救护车，然后向我们挥挥手，木然地退到一旁。我让岳翔留下来，因为明天他还要去办理父亲的出院手续，还要结账，岳翔挥了一下手，想说什么，但声音哽咽，充满着悲怆，待我再看他时，他已回过头去擦着眼泪。

9 点 11 分，上海市急救中心 120 救护车载着奄奄一息的父亲和在滚油里煎熬的我们，缓缓驶出上海肿瘤医院大门。我坐在前面副驾驶室的位置上，后面躺着父亲，一侧坐着岳龙与母亲，另一侧坐着年轻的护士。车子转过一个弯道时，我透过玻璃窗看了一眼夜色里的上海肿瘤医院，突然间涌起难忍的恶心。司机看了我一眼，我很快把这难闻的气味强压下去。车速渐渐快了起来，一路闯过红灯。夏夜的上海，灯火辉煌，但今夜的灯火辉煌与我无关，我更希望的是前面就是我的乡村老家。我不时回头看望父亲，父亲没有什么过度的反应，夜色中岳龙与那护士也很平静，母亲呆呆地坐在那里，表情木讷，没有言语。我估计现在的父亲稍稍平稳一些，奇怪的是这时候我不再为父亲担心，我担心的是母亲，担心没有父亲的母亲今后日子怎么过。我知道父亲的治疗生涯已宣告结束，除非奇迹出现，否则，父亲不久将永别于人世，这是不争的事实，我们所有的办法都已用上，我们已无力回天，我们已无法逆转父亲的生命。我记得很早的时候，祖母说过，生死有命，富贵在天。看来命真的不在我们自己手里，它在上帝手里捏着。

救护车一路呼啸而过，辉煌的灯火和高大的建筑物渐渐离我们远去。再见了，伤心的上海，五十三天里我时时刻刻都像个贼，惊恐和不安几乎使我精神崩溃，低声下气的隐忍，有时甚至连狗都不如，还有那个卖杂志的医生，心灵龌龊，语言刻薄，令我欲哭无泪。再见了，我伤心的上海，使我无法自由呼吸的上海。

我注视着速度表，车速在一百一十公里，路况良好。我不时回头看看父亲，父亲没有动静，母亲、岳龙和护士都只有幽暗的轮廓。岳龙左脸上有些光亮，那是车窗外透过来的月光。我回过头来，看看窗外，远处是田野，村庄已经没有形状，只剩下一团黑暗在我眼前一晃而过，有一两声凄厉的喇叭声，像一把匕首突然间划破浓重的夜幕，裂帛似的响。我担心父亲是否睡着了，睡着了的父亲有无被这刺耳的声音惊醒。要是突然间惊醒，父亲肯定会心悸得厉害。司机见我又回头看父亲，问我父亲病情，又问我父亲年龄。司机扭过头来时，神情凝重，他说不要太悲伤，这种病是无法医治的，医治也只不过是给自己找一些心理安慰，效果不一定有，很多时候还适得其反。他说他父亲也是六十二岁走的，得了肝癌。司机语调凄婉，言辞恳切，充满了人情味，这在上海人中纯属少见，我为之而动容。

车到杭州，路面显然比杭嘉湖这一段要差一些，起伏与颠簸明显增多，父亲又咳嗽起来。我刚刚有些迷糊，听见父亲的咳嗽声便立马精神紧张，头皮发麻。父亲的咳嗽声从轻到重，从缓到急，我回过头，听见岳龙在与护士低语什么，护士见岳龙语气坚定，不再说话。救护车继续颠簸了一会，司机在一旁嘀咕，说浙江的高速公路怎么会这么差。我又在心里骂浙江交通厅，我一边骂，一边不时回头看父亲，父亲每一下咳嗽声都像鼓击一样敲打在我的太阳穴上，我感觉我太阳穴上的动脉在不安地跳跃。这时候，车突然跳了一下，司机说，浙江的路怎么啦？我把心都提了起来，悬着。过了一会，路面又平整起来，父亲的咳嗽声也平息了下来，只听见发动机的声音和轮胎与地面接触的唰唰声。我又回过头，隔着玻璃，我看见岳龙朝我作出一个 Ok 的手势，我知道今夜父亲大难不死，已闯过了这一道鬼门关。

大约过了两个小时，车停在服务区加油，我下车一看，已到了天台。岳龙也下车，站在一旁喝水。他说车过杭州后，大概是由于颠簸，父亲咳出了两块血痰，有半截小手指大小，其实，这个就是疯长的癌细胞组织，留在气管内，挤压着气管，导致父亲呼吸急促，这下咳出来就好多了。我问他与护士说什么。他说，父亲气喘急促时，护士很担心，想给父亲服氨茶碱，他不同意，不给用，他说，氨茶碱这种药只能暂时缓解气喘胸闷，但会促使父亲心脏更快地衰竭。岳龙说完，又转身去看了一下父亲，护士没下车，大概是职责吧！这一路，她必须时刻陪着我父亲，不能离开，差不多四个小时了，也真有点为难她。

加好油，司机拿着毛巾去卫生间擦了一下脸回来，我一直站在空地上，前面公路上的车灯一直在流动，但很少听见喇叭的声音。后半夜的服务区也冷冷清清，商店和小吃部都关门了，加油工人坐在值班室里看电视。有一阵风吹过来，脑子似乎清醒了许多。司机走过来，肩上搭着毛巾，他看上去并不高大，但很结实，敦厚。司机走到我边上挥了一下手，示意我上车。我跟在他后面，看见他白衬衣上有一个洞。这时候，我看了一下表，大概停了一刻钟。

车到临海时，我就给家里打电话。车到杜桥时，我又给家里拨了电话，让家里做好准备。这一路上父亲似乎睡着了，一点动静也没有，我回头看看，他们都没有什么反应。大概都很累了，已经坐了五六个小时的车。救护车转了一个弯，驶进乡间沙石路，车又颠簸起来，但好在这一段路不长，不到两公里。过了桥，我看了一下表，已是深夜3点半。我听见后面有说话声，但隔着玻璃，我辨不出是谁的声音。救护车往前走了两百米，我看见路上影影绰绰地站满了人。有人说，来了，来了。这声音从窗外飘进来，我突然间鼻子一酸，差点掉下眼泪。我马上忍住，对司机说到了，让司机把车停下来。我打开车门跳下来，很快向前跑去，两把用夏季稻秆扎成的火把分别放在路的两边，我还没说话，火把已点起来。我没有看清他们的脸，只听见姑妈的声音说，从中间走过去，从中间走过去。我回过头，看见岳龙与母亲架着父亲已经走过来，我往前快跑了两步，回过头站在路中央，燃着的火把噼啪作响，火光通红，父亲站立起来的身子我已好久没有看到了，这回看到父亲穿着白衬衣和青灰色的长裤，清瘦的脸干瘪成一粒失去水分的枣。父亲在岳龙和母亲的搀扶下一晃一晃地走过来，嘴角上还有些笑意，他让母亲放开，说自己能走，母亲放开他，他比刚才踉跄了许多，我分明看见岳龙用力搀扶着他。母亲在一旁说，跨过火把，跨过火把。此时火把早已烧掉了三分之二，我看见父亲的左脚在其中一个火把上荡过，划了一道弧线，又落在地上，右脚还吊着针，那橡皮管还长长地牵着，只好立在原地不动。姑妈说，好了，好了。父亲在我和岳龙的搀扶下进了屋，后面跟着好多人，还有几个自家的孩子。

回到家，上了楼，父亲精神很好，甚至有些兴奋。姑妈坐在父亲床边的木沙发上，父亲跟她不停地说话，我有些担心。爱虎和母亲坐着陪夜，岳龙一个人敞开上衣坐在院子里抽烟。我太累，睡在父亲的后间，尽管闷热，但一躺下来就睡着了。

七月三十一日

二〇〇一 《呼愁》

岳龙6点钟就起床了，我一直睡到8点。

我醒来时，窗外已阳光灿烂。我走进父亲房间，父亲精神极好，我不知道这是什么原因，这种状态自从父亲病后我仅见过一次。那一次是我们送父亲去上海，上高速前，我让小杨把车停在边上，吃碗大排面后再走。那一碗大田大排面父亲吃得酣畅淋漓，一脸喜色，喝完最后一口汤还赞个不停，但在这以后，我从没看到父亲这样兴奋过，即使是在他生活能够自理的日子里，也是神色凝重，不苟言笑，抑或是晚饭后我们俩在零陵路上散步、闲聊，他的情绪也很平静，从不悲天悯人，也不喜形于色，有时候会流露出一些惆怅和无奈，话语里带有惋惜和感叹。有一次，我们坐在零陵路的侧石上，看着马路上川流不息的人流，父亲说，好在你们都长大了。父亲这轻轻一句，便直抵我心肠最软处。我鼻子发酸，内心悲怆，极力控制自己的情绪，把目光投向远处高大的建筑物，好在夜色朦胧，我想，父亲不会看到我婆娑的泪眼。

我在父亲房间里转了一圈后，去卫生间洗漱，待我洗漱完毕，已有亲戚过来看望父亲，我下楼匆匆吃了点早餐便上楼来。见到父亲后，大家都有些吃惊，那是父亲的瘦。我招呼他们一一坐下，给他们倒开水，他们表面上都很轻松，但内心却都十分沉重，说话并不自然，总是在回避父亲的病情，尽可能找些家常话来聊。我知道大家都用心良苦。父亲倒很轻松，精神极好，心情极为兴奋，他不停地说话，笑得开心，有时还幽默一下。我几乎忘了父亲是在病中，并且已岌岌可危，因为在这样的状态下，父亲除了瘦而黑，其他的均与常人无异。由于父亲精神的轻松愉快，整个屋里的气氛也被调节起来，大家暂时忘掉了沉重与压抑，跟着父亲的情绪一起快乐着。我始终无法摆脱悲哀的笼罩，担心父亲的能量在他不停的说笑中快速释放。但来探望父亲的人越来越多，几乎都是成双成对的老亲老眷，有些亲戚甚至好几年都没见过面，父亲当然很高兴，掩不住心中的喜悦。到后来，整个房间都坐满了，不下十五六人，我劝父亲少说些，不然会累的。父亲笑笑说自己知道，但一会儿又忘掉，又成为主讲人。我退出来，坐在北面小房间里读张洁的《那个最疼爱我的人去了》。翻了几页，什么也读不进去，我只好站起来在小房间里来回踱着。我一边踱着，一边思考父亲的时间，那可能是以天数计的时间，在这有限的时间里我该怎么办？两年前，祖母去世的时候有父亲在，我似乎隔着一层痛，那种痛虽然很彻骨，但祖母毕竟八十有五，那垂垂老态我们早已心中有底。父亲六十刚过，面容清瘦，精神饱满，反应敏捷，似乎尚未步入老年，这突然要离世，我无论如何是无法预料的，这种痛，更加直接，这种压力，无形而巨大，我几乎喘不过气来，但又无法让人代替。有几次我在心底里作过比较，如果可以，我宁愿选择死亡，让父亲活着，这样，我没有压力，也没有痛苦。但上帝不同意，他不允许我选择，他要折磨我，我也别无选择，我只能拿出灵魂和肉体任其宰割。

祖母是两年前的冬天去世的。祖母去世前几天是元旦，我从城里来到乡下，我去看她时，她坐在床上，白发苍苍，并且有点凌乱。她问我是谁，我说我是你孙子，长孙。她说忘了。过了片刻，她认出了我，笑容满面，问我什么时候回来的。我说刚刚到，元旦了，单位放假，我就回来了。又过了一会，她说想抽烟，我在她床边的烟盒里抽出一支给她点上。她烟龄非常长，从我有记忆起她就抽烟，手指甲都被烟火给熏黄了。我给她点了一支，她猛吸了几口，吐出一口烟雾，我看见这口烟雾从她嘴里飘出来时，她嘴巴里没有一颗牙齿，只有粉红色的牙床。大概是烟的作用，这时候，我发现她眼光放亮，她让我在她后背再垫些东西，让自己坐得更直一些。我按照她的意思做了，她笑笑说，你工资有多少？我说工资连业余教书法大概每月三千多一点吧！她没有反应，低下头。过了一会，她突然抬起头看着我，咧开嘴，粉红色的牙床露得更多，她说，你发财了。我说没有发财，日子还过得去。接下来，她把头埋得更低，下巴顶着印花蓝布被面，背躬着，两手互相交叉插入袖口里，眼微微闭着。我在床边坐了好久，她都没有反应。我说，我要走了，她仍然没有反应。我站起来，她突然睁开眼睛看着我，有一种不舍的感觉，我说，你想吃什么？西瓜，她说。她说完就呵呵地笑了，笑得有些狡黠。我想，这大冬天的到哪里找西瓜啊！但我马上想到城里有，我说，你等着，我回临海给你买。第二天，我买了一个西瓜，让朋友捎回乡下。但她只吃了一点就直喊冷，把大半个西瓜扔在一边。过了两天，她就谢世了。

祖母谢世时谁也没有在她身边，最先发现的是我母亲。母亲早晨起来烧饭，照例到祖母房间里看一下，发现祖母已走，母亲大喊父亲的名字，声音里充满着悲痛与恐惧，父亲匆匆从楼上下来，抓起祖母的手，祖母心脏早已停止了跳动，但身上的皮肤还温暖着。父亲嗫嚅着说，刚走不久，刚走不久的。父母两人顿时点香烧纸，跪在祖母床前泣拜。我接到电话时，已是早上 7 点 40 分，我正在穿衣，电话突然响了，我惊恐地抓起话筒，电话是父亲打来的，父亲在电话里告诉我祖母走了，大概在凌晨。我浑身一震，握在手里的话筒久久没有搁下，妻子已经明白了几分，匆匆给孩子穿好衣服，孩子睁大眼睛看着我的脸，我转过身去对妻子说，奶奶早晨走了。说话时，尽管我内心悲怆，但还是极力控制住。最先哭出来的是孩子，她的哭声一出来，我和妻子再也无法控制眼泪，但我马上强忍住，抽了纸巾递给妻子和孩子，我劝孩子别哭，但我自己还是止不住又流泪了。打的赶到乡下老家时，老家正好集市，父亲在市上买东西。坐在车里，我看见父亲苍老了许多，他颈上挂着麻绳，手上拎着祭品，我喊他，他转过身，神情悲哀，他让我先去家里，他还要买些东西。到了家，车子就停在门口大路上，早有家人出来迎接，放下行李，我直奔祖母房间，门关着，我打开门，祖母平躺着，很平静，似乎睡着了，我关了门，锁上，一个人伫立在祖母床前，默默流泪。我摸了一下她的脸，有些凉意。她的脸很清瘦，布满了凝固的皱纹。我想起她清苦的一生，想起 1942 年秋天祖父出事时她年仅二十九岁，后来一直寡居，含辛茹苦度过了五十六年，成为方圆十几里内妇女们崇拜的偶像。想到这里，我泪如雨下，并伴有轻轻的哭泣声。这时候，我听见有人在敲门，轻轻呼唤我的名字，我忍住了，快速擦干眼泪。我打开门，门口站着的是婶婶。刚才下车时，我听见她站在水塘的对岸在叫我，她看见我走向房子西头祖母的房间，叫我不要进去。我听见了，但没有回答，我径直走进祖母房间。这时候，妻子与凤素也跟过来，我迅速关上门，没有让她们进来。

婶婶在祖母床前站了一会，抹着眼泪出来，妻子和凤素站在门口也流着眼泪，我让她们去镇上一趟，买些化妆品回来，两人明白了我的意思，就匆匆骑车去了镇上。小镇离老家很近，只有三公里，所以很快就回来了，买回来的东西很简单，只有粉饼和口红，我皱了一下眉，她们说卖东西的人说没有别的了，就只有这两种，大多数人也只用这两种。我接过东西一个人进屋，又立即把门锁上，我不想有任何人打扰我，包括父亲。我站在祖母床前审视了祖母好久，祖母很安详：布鞋，灰裤，深蓝色上衣，额头上包着头巾，黑色的，脸白皙，鹅蛋形，布满了皱纹，左手放在印花蓝布被子里，右手搁在床沿上，头东脚西。我双手合拢，朝着祖母拜了三拜，我在心里说，祖母在上，孙儿给您化妆了。我用纸巾在祖母脸上轻轻擦了一遍，纸巾上很干净，什么污渍也没有；我又用粉饼在祖母额头上轻轻擦拭，祖母的额头马上光洁了许多，我又顺着往她脸上擦拭，但效果却让人啼笑皆非，因为祖母脸上皱纹很多，也很深，同一平面的擦上了，凹陷下去的皱纹线无法涂上，色泽不统一，一棱一棱的很明显。我又侧着粉饼，让粉饼的沿口与祖母的脸形成一定角度，再一根线一根线地嵌进去。嵌完祖母的皱纹线，效果好多了，只是脸上粉太多。我又用纸巾轻轻地在她脸上匀着，一会儿再看，祖母的脸很生动，我又退出三步，站到她的脚边看过去，祖母似乎有呼吸。我从黑袋里拿出口红，口红颜色有些暗，我很生气，在心底里责怪妻子与凤素，做事这么马虎，没有在纸上试一下颜色。但事到如今再去买也麻烦，我只好将就着用。我用口红在祖母嘴唇上轻轻一涂，颜色虽然有些暗，但却显得沉着，我又觉得这样更好，鲜艳了，就会感觉有些轻，反而不得体。化完妆，我再三打量祖母，祖母似乎有了笑容。我想，这也许是祖母第二次化妆，抑或是第一次，也是最后一次，假如祖母还活着，她能接受我给她化妆吗？这当然不可能。

10时左右，母亲送来一碗馄饨，父亲显得有些饿，很快就见了碗底。我总觉得父亲今日有些异样，但屋子里的人都为父亲的状态感到高兴，而我却很担忧。临近中午，近路的亲戚都回去了，路远的留了下来。父亲开始休息，他躺下来，手腕枕着床沿，针还吊着，那根白色透明的管子软绵绵地垂下来，挂在一边。我坐在床前，捧着那本书，书仍是看不进去，只是随手翻翻而已。亲戚们有一搭没一搭地跟我聊天，我没有兴致，只是随口敷衍。我此刻的心情他们应该知道，他们也不会责怪我的态度，我知道他们也为难，不能切入正题，只好找些日常的闲事来打破寂寞。我也觉得自己的态度不妥，但这是我的致命弱点，我无法掩饰自己真实的内心。这种弱点将我的喜怒哀乐完全表面化，从而造成我经常受伤。当然，我的受伤源于我的情绪常常使人家内心不舒畅；其实，我的情绪是我自己内心的反映，我内心的反映又是我个人思考的结果，这与其他人无关；我无法在不思考的情况下就傻子一般地微笑，我思考需要冷静，冷静就会产生寒气，即使没有寒气，起码会使气氛不活跃，更多的时候这种思考又常常是逆向思维，随声附和的时候少，有想法的时候多，所以显得独立，显得不合群，不合群在别人眼里就是孤傲。

中午父亲睡了一觉。父亲睡觉时，我让大家都下楼聊天，免得影响父亲休息，我也坐在木沙发上闭目养神，尽管我上午睡到 8 点，但中午我不能不睡觉，哪怕闭上眼睛打个盹也好。父亲中午睡得很好，一直睡到下午 2 点多，醒来时又吃了一碗馄饨。我想告诉他一件事，但始终拿捏不定，我怕说了会刺激他，如果不说，明天敲锣打鼓的又会惊了他。我考虑了一上午，又分别征求了母亲与岳龙的意见，母亲与岳龙的意见一致，还是告诉父亲，我想也是，但什么时候开口呢？当然要待父亲心情愉快时。

睡了一觉又吃了馄饨后，父亲心情舒畅，精神饱满，又有了说话的欲望。我说这两天真是大热天，游泳人多了，安全也成问题。父亲很敏感，问我谁出事了。我站起来伸了一下腰，走到父亲床前，我说有些事也很意外，或许这样的结局也好，免得以后老了麻烦。父亲很警惕地把头抬起来，目光落在我脸上。我说，黄岩，说没了就没了，昨天去后地帮他妹割稻，午饭后，天气热睡不着，去后门水塘洗澡游泳出事了。父亲脸色马上阴了，好久都没有说话。我知道在父亲眼里黄岩虽然独身，有些傻，但绝对是个好帮手，最苦最累的事总是抢在父亲前面，他几乎每晚都来串串门，聊聊天。几十年下来，父亲和祖母都把他当作家里人。父亲沉默着，我知道他心里难受。我说这样也好，等他老了，干不了活，老境也难。父亲点点头，仍是不语。

下午又有许多亲戚来探望父亲，父亲话不多，不知是情绪受了影响，还是身体原因。6点半，小高来探望父亲，父亲显然很高兴，想坐起来，我们都劝他躺着，小高看看一旁的氧气瓶还未用上，估计父亲还行。晚上伯父、叔父和良元都来了，又是满屋子济济一堂。楼下有很多孩子，声音嘈杂，因为白天被太阳晒得烫人，所以晚饭时我在院子里的水泥地上浇了水，晚间就清凉了许多，周边很多家孩子都过来玩。父亲依然话不多，我们只能聊些有关村子里的话题，父亲很少插话，我在一旁周旋，避开一些敏感话题，或者与父亲病情有关的话题。9时许，大家都散去了，母亲给父亲洗了脸，擦了身子，父亲有些疲倦，10时左右便睡着了。母亲呆呆地坐在木沙发上，岳龙也在，我很累，就到北面的小房间里休息。

《呼愁》

二〇〇一 八月一日

我醒来时，太阳已有些烫人，我照例先去看看前间的父亲。父亲斜躺在床上，满脸倦容，目光落在自己的手背上。父亲的手背已没有肉，只剩下一层乌青色的皮，唯有青色而粗大的静脉凸显得十分分明。父亲的目光就落在这静脉上。母亲呆呆地坐在床前一把旧竹椅上，两人谁也没有说话。床前方凳上放着一口碗，碗壁与碗底均有稀饭的痕迹，有几只苍蝇在碗上盘旋着，母亲偶尔动一下手中的蒲扇，让苍蝇飞得远一些。我走过去站在父亲床前，父亲抬起头来，我看见父亲目光无神，一副疲惫不堪的样子。母亲说，刚吃了一小碗粥。我看了一眼方凳上的空碗，空碗边上有一只小碟子，碟子里还有少许肉松。这让我想起祖母。祖母谢世前两年一直喜欢肉松，那时我在椒江工作，隔三岔五回家一趟，带些肉松看望祖母，有时也让朋友和家人捎一些。每次我回老家，祖母看见我拎在手里的肉松，就会咧开嘴，可惜此时她嘴里连一颗牙齿也没有了，也许正因为是没有了牙齿，咬不动肉和菜根，才这样青睐肉松。但祖母没有吃完最后一袋肉松就离开了我们，剩下的半袋被父亲给扔了。父亲说，不能吃的。现在，父亲又吃起肉松来了。我又看了一眼小碟子里黄灿灿的肉松，心里泛起一阵悲哀。

父亲很困，我没有说话，只是默默收拾起方凳上的碗碟。我转身离开房间时，父亲开始闭目养神。我匆匆漱洗了一下，去楼下吃早餐。岳龙说父亲早晨体温尚可，37.1℃，7 点半的时候。我们说话时，我听见门口有人在叫我，我放下碗筷去门口，又有亲戚来探望，刚把他们送上楼，谦杰与建富又一起来看望父亲。父亲仍然咳嗽，痰液似乎不那么粘喉，母亲在一旁给他递纸巾，递过去的纸巾都两三张叠在一起，父亲接过去往嘴上一擦，便将痰液裹在里面，扔进挂在床沿边的黑色塑料袋里。坐了一会，我让谦杰和建富到后间来，后间很拥挤，除了床和书橱外，亲戚朋友送来的各种营养品堆满一地。两人就坐在床沿上，我靠书橱站着，我说你们来了正好，我父亲时间不多了，上午能否陪我去选墓地。

岳翔叫了一辆面包车，我让岳龙留在家里，母亲让舅舅与我们一起去。徐岙山公墓在原发电厂北面，三面环山，坐北朝南，形如太师椅，南面视野开阔，若是好天气，几乎可见东海。后山虽不险峻，但树木苍翠，很有气象。公墓只有三排，为花岗岩质地，每道宽五十厘米，高九十厘米，三道一组，左右各一，中间为中堂。我看中的是前排最东面的那一组，那一组边上有一条小溪，流水潺潺，旁边还挺立着一棵青松。唯有边上有一个采石场，虽然看不见，但机器轰鸣、噪声很响，我估计几年后会禁止开采。谦杰与建富都说这里不错。舅舅有些犹豫，担心雨季水大，会漫过小溪淹进墓里，这自然为大忌。我听了，觉得舅舅的话在理。我举棋不定。这时候，天空飘起几点小雨，我们都下了山，他们躲雨去了，我一个人站在下面往上看，突然感到正在建造的小庙可能会挡住父亲的视线，刚才在山上，从上往下看，小庙低矮，完全不在话下，但到了山下再往上看，问题就来了。此时，雨已停了，我让他们一行人在山下等着。我独自一人跑步上山，站在公墓边上往下看，估计前面小庙的高度，如果总高度在六七米内，那问题不大，但要是高到八米以上，那就有可能挡住父亲的视线。下山后，我询问大家，大家都说八到九米是肯定的。我心里凉了半截，几乎放弃了这个选择，况且舅舅的话也在理，即使一年里大雨的时候并不多，但只要淹一次，那对父亲来说都是极大的灾难。但放弃了也很可惜，因为这里山势好，树木苍翠，有气象，说不定日后金家后代会兴旺勃发，大红大紫，名声远播。

从徐岙山下来，我很惆怅。岳翔问我是否去垦岙公墓看看，我说可以。好在路近，十几分钟便到。这里的地形我很熟悉，几乎每年清明扫墓都要经过这里，我并不看好，但听说这里可能有单门独院的公墓，所以就来看看。果然很一般，一大片密密麻麻的公墓建在山脚下开阔的土地上，土地很平整，毫无气势可言，前面是一条路，横穿而过，几乎没有树，后山坡上有一些树，也只是零星几株。右边便是村庄，村庄里飘出来的白烟随风飘散，几乎可以散到墓地上，这阴阳两隔近在咫尺，我觉得很不妥。再说这一大片裸露着的土地也不宜用作公墓，最起码的是地势太平，还有这横贯在公墓前的一条路也无法使这里宁静。

返回家已近中午，岳龙告诉我父亲上午小睡了一觉，醒来仍是咳嗽，痰液基本上能咳出来，也不喘气，但痰液略带有淡黄色，有时也咳出痰血，色泽有些暗。岳龙问我有无定下来，我说看了两处，但都不理想。徐岙发电厂后面的那个公墓本来可以，路近，环境也不错，但边上有一条小溪，担心夏季雨水多，会溢到墓里来，再说公墓前正在造庙，高度有可能会挡住视线；后来又去看了垦岙公墓，一片泥地，太平整，毫无气势。岳龙问我其他地方是否考虑过，我说我先想想。

看望父亲的亲戚大都已回去，父亲大概累着了，闭着双眼。我进来时，他又惊醒了，他说，上午你出去啦！我说是的，有些小事情。我极力掩饰自己内心的惶恐。父亲听了，又闭上眼睛。我在床前坐下来，父亲的身体几乎皮包骨头了，两膝巨大而膨突，膝盖下的胫骨显得瘦长；头颅也一样，几乎是一个巨大的壳。父亲中午一直睡不着，咳嗽仍然继续，痰中含着血丝，颜色较早晨鲜艳一些。我在父亲床前坐了一会，有些昏昏欲睡，便去后间睡了一会，其实也没睡着，只是迷糊了一下，因为房子紧靠大路，不时有车辆经过，喇叭声有时突然间使人惊心动魄。其实不用说车的喇叭声，就是连走在大路上人的说话声我们也听得分明。

下午 4 时左右，父亲起来小便。父亲走得很慢，完全是在移步往前。母亲一只手搀扶着他，一只手提着吊瓶。父亲好似一根青藤，在风中摇摇晃晃的。我上前扶住他，他说没事，让我放开，我握住他的手，想给他一些力量，他的手仍然很沉，但他的身子移动起来却是颤巍巍的。我送他到卫生间门口，他让我回去，他和母亲进了卫生间，母亲顺手虚掩了门，我退出来，回到父亲床前，坐在木沙发上发呆。

少年时，我听祖母说过，我的命在襁褓中差一点就见了阎王。祖母第一次说这话是坐在灶堂的木凳上，手指中夹着一支烟，瞟了一眼灶堂里通红的柴火时回头对我说的。那时我大概读小学三年级，一个秋天的下午，我放学回来，祖母看见我颈项上鲜艳的红领巾很是高兴，我说我们班里第一批只有三个人，祖母笑了，说你有后福。那时候我已听过“大难不死，必有后福”这句话。我听了祖母的话百思不得其解，就追问祖母，难道我有过大难吗？祖母吐出一口浓浓的灰白色的烟雾说，你差点在襁褓中就没命了。

祖母的话是真的。后来我问过父亲，父亲没有否定。父亲告诉我，我尚未满月就得了一种病，这种病叫“七日”。乡村里把“七日”当成一种鬼病，意思是被鬼看上了，鬼要把你收走。后来我知道“七日”不是鬼病，而是由细菌感染引起的一种病，这种细菌感染往往源于接生婆用没有消毒的剪刀去剪新生儿的脐带，由此感染上了病菌。当时，我已脸色发紫，哭声低弱，窝在母亲的胳肢窝里像只垂死的小猫。祖母去邻村为我算了一命，讨了一个解法，说鬼是半夜里来的，在半夜前无论如何要先把我“偷”走，白天众目睽睽，鬼也知道，当然不行，只有在夜间里进行。“熟睡”中的母亲必须当作不知道婴儿被偷，否则鬼就知道，鬼会很聪明地顺藤摸瓜，找到新家，这样鬼照样能收走我。为了给我找新家，家里人绞尽脑汁，最后，还是定在堂叔家。但我家房屋是孤零零的一座，堂叔家在大村里，中间要走百来米小路，还要越过一垛围墙，围墙是石头垒的，最高处大约有两米，围墙有台门，但不能走，因为我还没有满月，不能过台门，台门由关老爷把守，手持青龙偃月刀的关老爷会骇了我，同样会要了我的小命。虽然是深秋，但月黑风高的深夜也充满寒意，我被包裹得严严实实，也没有发出一丝声音，父亲说我大概还睡着，说他把我从墙头递过去时感觉到我比一只鸡还轻。在围墙内接我的是堂叔，他站在墙那边踮着脚，双手捧住我。

堂叔进门时也没有叫门，只是轻轻咳嗽了一下，里面的女人就轻轻打开一道缝儿让堂叔进来，堂叔把我交给阿婆，阿婆也没有点灯，和衣把我塞在被窝里，脱了鞋，轻手轻脚地和衣躺在我身边。奇怪的是，天快亮时我大概饿了，没有哭，只是睁着圆眼望着阿婆，咂着粉红色的小嘴巴。阿婆不得已，只好掏出干瘪的老奶，让我衔住她的奶头过把瘾。第二天，堂姑说她昨夜钻在我原来的被窝里被鬼摸了很久，大气也不敢出，摸被的手很大，也很沉。因为，我被"偷"走后，必须有人睡在我的床位上，否则，鬼就知道我们一家人要了花样，会去寻找我的踪迹。所以家里人只好想出办法，让未出阁的堂姑睡在我的被窝里，因为鬼不喜欢结过婚的人，鬼也喜欢漂亮姑娘。三天后，我的哭声又响亮起来。七天后，祖母把我抱回家，这时候，鬼大概失去了耐心，或者早已盯上了别人家的小孩，于是我便逃过一劫，活了下来。

父亲小便回来后突然感到胸闷，身体异热，呼吸困难，脸部与颈部都出现潮红。房间里的空气马上凝固起来，我十分紧张，岳翔和岳龙急忙将氧气瓶移到父亲床前，父亲已躺下，岳龙将两根塑料管轻轻插入父亲鼻孔，岳翔拧开氧气瓶的阀门，压力表指针指向十三，虽然听不见气体声音，但我知道已有氧气输入父亲的体内。岳龙一边盯着压力表，一边看着父亲的脸。父亲的呼吸越来越急促，我站在床前，看见父亲的肚皮一张一弛，一鼓一缩，十分明显。母亲用毛巾不停地在父亲涨红的脸上擦汗，岳龙给父亲推了一针后一手搭住父亲的脉搏。父亲的呼吸越来越困难，肚皮鼓缩的频率仍在加快。我站立不安，但又束手无策。父亲涨红了脸，大口喘气。岳龙又给父亲推了一针，但仍然没有效果，父亲一边大口喘气，一边说："我要闷死，我要闷死，昨天那样，今天这样，我要闷死，我要闷死。"我头皮发麻，立在一旁，惊恐不安，家里人都待在床边，不敢动弹。岳龙从后间走过来，手里拿着针筒，又给父亲推了一针。这时候，我看了一下表，时间是 4 点 25 分。我盯着父亲的脸，父亲的样子跟平时激动起来与人吵架一样，脸部仍然涨得通红，把眼睛睁得很大，还大口大口地喘气。母亲握住父亲的手，我看见父亲的手只剩下一层青皮，但静脉暴突，手上似乎很有力量，这也许是父亲竭尽了全力，在与死神作最后一搏。这时候，我发现房间里挤满了人，大家都屏声敛息，只剩下父亲艰难的喘气声。这样的景象大约持续了近十分钟，父亲的呼吸逐渐平稳下来，没有了刚才的急促与艰难。我偷偷松了一口气。父亲累了，闭上眼睛松开母亲的手，我看见他涨红的脸慢慢恢复了原状，小肚子渐渐平静下来。这样安静了六七分钟，父亲睁开眼睛，说自己感觉好一些。这时候，我突然感到胸闷、口干，喉咙里好像卡着什么东西。我从父亲床前退出来，走进卫生间，一阵恶心，扒在洗脸盆上呕吐，但没有什么食物，只有一丁点痰，痰中有烟灰色和土黄色的黏状物，我知道这是刚才紧张后咽喉炎加剧所致，无什么大碍。到了 5 时许，父亲又开始咳嗽，咳出五六口痰液后精神了许多。因为岳龙在边上用纸巾接着，整个身子遮住了父亲，我无法看清这痰液的颜色，也没有问，只是在心里猜测着：这大概又是一些坏死组织。

傍晚，父亲精神又好了许多，目光有神采，一边看碟片里的越剧，一边给坐在边上的岳龙讲戏。10 时许，父亲喝了一碗粥，母亲在粥里加了猪肉碎，父亲说吃起来还有点口味。

《呼愁》

二〇〇一 八月三日

整个上午父亲精神都不好，软弱，萎靡不振，睡多醒少。

我起来时，父亲已用过早餐，母亲说父亲早餐吃得很少，只喝了半碗豆浆，吃了两块鸡蛋大小的米饭和几粒黑鱼丸。母亲说话时忧心忡忡，我只得安慰她说，不错了，平时早餐也不是很少吗？母亲听我这么一说，又似乎轻松了一些，说起昨天建明和严吕云他们来看父亲的事情。父亲房间里闭路电视信号不好，电视机荧屏上老是有雪花点，这让痴迷越剧的父亲大伤脑筋，我们也用尽了各种办法，但都无济于事。严吕云是行家，天天给乡里老百姓安装闭路电视，也天天为老百姓解决闭路电视上的疑难杂症，所以，他一看就知道问题出在哪儿，旋即手到病除，电视机荧屏上的雪花点即刻消失。这让父亲颇为兴奋，我们也好久没有看见父亲这样的笑脸了，但父亲的笑已很难看，他笑起来满脸皱皮，看上去有点像哭。其实难看与不难看已经不要紧了，关键是他心里高兴就好。

早饭后上楼，我看见岳凤坐在父亲床前。岳凤情绪低迷，坐在竹椅上，侧着身子。父亲躺着，神形落寞。父亲在和岳凤说着什么，说到伤心处老泪纵横，声音哽呜。我稍稍迟疑了一下，站在门口，想听听父亲在说什么，但什么也没听见。父亲声音很弱，岳凤拿了纸巾给父亲擦眼泪，她低着头，噙着泪水，内心里充满悲怆。我没有进门，顺手拐到背面的小房间去。我坐了一会，想清静一下，但脑子里杂乱无章。窗外大路上车辆喇叭声音十分刺耳，大车和重车经过时，地面受到震动，这震动传递到墙壁上，再由墙壁传递到楼板，站在楼板上，我似乎感到脚下有些晃动，人也有些晕。我看窗外，远处山峦高低起伏，那绵延的曲线已经非常熟悉了，少年时，我曾无数次站在窗前对着远处的群山发呆，有时是雨天，有时是艳阳高照的日子，也有大雪纷飞的时候，但最让我想入非非的，是阴雨绵绵的春天。春天里万物生机勃勃，远处青山如黛，岚气缭绕，大地一片葱绿，但在阴雨中又若隐若现，大路两旁的树木意气风发，绿意盈盈，那一股勃郁的生命力似乎在枝头跳跃。我也曾无数次站在窗前朗读课文，读多了，自然能背，先是背一课，然后背一本，后来又整本整本地背。最引人注目的是冬日里的星期天，我会迎着阳光站在门口的院子里背课文，父亲则坐在旁边矮竹椅上眯着眼，抽一根烟，全神贯注听我背书。我会把这一学期的语文从第一课背至最后一课，背到兴奋时，自然会提高声音，这时候，从大路边经过的人或去集市的人都会把目光投过来，有的人会停下来驻足良久，点头赞许。这极大地满足了我的虚荣心，也极大地满足了父亲的虚荣心。父亲有时候也会突然让我背他指定的一篇，或者背他指定的某一篇里的某一段落。父亲往往会很随意翻开书本，然后读一段开头，让我接着背，我仍然能背得很流畅。我背完了，父亲会含笑点头，或者又重新点上一支烟猛吸一口，有时候我回头一看，周边早已站满了过路的人。大家都夸我记性好，将来必有出息。这时候，父亲会站起来给大家敬烟。这样的日子多了，我的名声与日俱增，父亲也觉得我将来会出人头地，在我身上寄予很大希望。可现在我的事业刚刚起步，父亲却将要撒手人寰，我的事业失去了最重要的意义。

中午岳龙让我小睡，说自己看护父亲。我在父亲床前站了一会，父亲仍然很累，闭着眼睛，我知道他没有睡，他在闭目养神。我默默地退到后间，在床沿上坐了片刻，睡意袭来，神思恍惚，但天气闷热，躺下去又无法入睡。刚刚有些迷糊，又隐约听见卫生间里有抽泣的声音，我猛然惊醒，屏声敛息仔细听了一会，才知道这声音是母亲的，母亲的哭声十分压抑，被压榨成游丝状，凄厉地在空气中沉浮，若隐若现。我很快趿拉着鞋走进卫生间，母亲大概已听见我起床的声音，正在抹去脸上的泪水，但满脸泪痕和通红的鼻尖无法掩饰她刚才的悲怆。我说，别哭了，生死有命。我不知道自己怎么会这样安慰起母亲来，我出口的声音自己也听得见，我的声音低沉、冷静、厚实。这不像儿子对母亲的安慰，但它确确实实出口了，它还挺管用，我看见母亲又一次迅速用手背擦去脸上的泪渍。母亲点点头，目光里好像明白了生命的无奈。我正要退出来，母亲压低声音说，我以前给你爸算过命。母亲这轻轻一说，我立马站住。母亲说我给你爸算过三次命，头两次都说他寿源不到七十，第三次说六十出头。头两次算了很久了，我不相信，是花眼掌敬与大敖给算的，这两人你小时候见过的，应该知道。我说，我知道，花眼掌敬住在东边里，是个胖乎乎的老头，有几根稀疏的白胡子，听说一次能吃掉半边猪头肉；大敖是四岔人，人瘦高，走路有些躬背，他老婆的发髻盘得很圆很光亮。母亲说对对对，你的记性真好。母亲见自己的话能唤起我的记忆，突然间轻松起来。她说这两个人是连襟，我不大相信你爸就这么点寿源，想找个人再算算，看看能否高一点。我说，那第三次找谁了？母亲说第三次没有找人，找了九华山衍星洞的老爷，听说那里神明很灵，我去了，还和岳凤一起去的，就早几年，时间不长的。我说六十出头就是那里说的？母亲点点头，看了我一眼。我无话可说，目光落在卫生间墙壁的镜子上，镜子里的我面色阴沉，神情忧郁。母亲轻轻地说，这是四五年前的事，这以后我就不敢再给你爸算命了，想不到寿源越算越短。我深深地吸了一口气，我说，这也可能是命里注定的，我们都无力回天。母亲又点点头，饱含着泪水，默默走出卫生间。我站着，面对墙壁上的镜子，想起母亲日后的生活，悲从中来，独自垂泪。

父亲中午饭量还可以，一碗扁食。昨夜 2 点左右换过氧气，因为尚未用完，上午又重新换上第一瓶，到下午 3 点左右第一瓶氧气已经耗尽，又重新换上第二瓶。我估算了一下，一瓶氧气大约能坚持四十小时。我让岳翔打电话叫面的，去杜桥运氧气，先储存一瓶，以防故障。岳翔出去后，我让岳龙去后间睡一会，我坐在父亲床前木沙发上看着父亲，父亲侧身往外躺着，脚上吊着针，呼吸自然，似乎睡着了。母亲坐在床沿上，手里拿着一把蒲扇，在父亲身上轻轻扇动着。窗外明晃晃的阳光很耀眼，屋内十分闷热，母亲的眼皮耷拉下来，额头上冒出许多汗珠。我让她去睡一会，她却始终不肯走，我只好坐在木沙发上看着两人发呆。

4 点左右，姑母从四岔来，父亲也精神了一些。他说刚才睡了一会，轻松了许多。我让他喝绞股蓝茶，父亲只喝了两口就不愿意再喝，他说这绞股蓝茶有些怪味。我让姑母坐在木沙发上，母亲去给她倒了一碗水，父亲让我放 VCD，说是要看《五女拜寿》，我找了半天也没有找到碟片。岳龙正好从后间出来，问我找什么，我说找《五女拜寿》碟片，岳龙从橱里的一个纸盒里拿出来。刚调试好，岳翔已从杜桥回来，他和面的司机把氧气瓶抬到楼上时，两人大汗淋漓。

晚饭后，我打了个电话给吕新景，因为这段时间没有联系过，父亲已从上海回来的事也没有告诉他。电话接通了，他说自己在杜桥医院，问了才知道是远山鼻炎手术住在杜桥医院。因为杜桥医院有个专家叫侯秋来，原来是山西某个县的康复中心主任，后来被聘到杜桥医院，对手术治疗鼻炎有独到的一手，所以附近有很多鼻炎患者都来杜桥就医。通过电话，我叫了一辆面的，准备与妻子一起去杜桥医院看望远山。车刚到，停在屋外大路旁，我们正准备出门，岳龙从楼上急匆匆下来，说父亲呼吸有问题，我马上让面的司机先回去，又拨通吕新景电话说晚上去不了，明天再去看远山。挂了电话，我匆匆上楼，走到父亲床前，父亲呼吸有些不自然。父亲依然很累，日光灯下的父亲脸色苍白，神形疲惫不堪，眼睛微闭着，氧气瓶接过来的橡皮管连着一个黄色的水气泵，水泡不停地往上冒。我盯着上冒的水泡看了一会，又把目光落在父亲清瘦的脸上，两根橡皮管插在父亲的鼻孔里已经很久了，父亲肯定很难受。父亲说过插上去有些橡皮臭，但这是父亲的命根，父亲不得不忍受。岳龙站在边上看看压力表，又走到一边，给父亲擦去身上的汗渍，母亲用粗糙的双手不停地抚摸着父亲的后背。从父亲的嘴角看，父亲的后背有些疼痛，这是长期卧床引起的，还是瘦骨伶仃的父亲接触到草席之故，抑或是癌细胞扩散引起的？岳龙牵起父亲的手，用毛巾擦洗，父亲的手指关节膨突，似乎已变形，但我知道父亲的手指无理由变形，这是瘦得皮包骨的原因，所以，父亲手指的关节就显得很突兀。过了好一会，父亲似乎轻松了一些，示意母亲不要再抚摸，岳龙默默地把盛着温水和毛巾的脸盆端出去。我说，好点了吗？父亲点点头，睁开眼睛看我一眼，坐在床边的母亲捡过床上的扇子，轻轻摇动着，这细微的风慢慢飘荡过来。妻子一直站在我边上，问我是否把 VCD 打开。我说待会儿再说，因为父亲此时十分虚弱，他更需要安静。

也许是几天来的劳累，抑或精神高度紧张后的疲惫，在椅子上坐了一会后，我有些困，看过手机，还不到 9 点。我回到后间，尽管天气闷热，但还是躺下去便睡着了。我醒来时已是深夜 12 点，外面很安静，屋里也清凉了许多，我趿拉着鞋去看望父亲，父亲已入睡，灯光不甚明亮，房间里色调灰白。母亲坐在木沙发上，左边是堂姐小凤，小妹凤素靠着母亲右边坐，三个人谁也不说话，像一座雕塑，一个浓重的投影落在后壁的白墙上，看上去忧虑忡忡。小凤见我进来，用手指指后间，让我回去继续睡，我已无睡意，就坐在父亲床边的竹椅上，父亲没有往日的鼾声，只有一丝气息在他周围游动，我估计父亲没有熟睡，只不过是闭目养神；抑或睡得很浅，稍有响动便会惊醒他。周边很安静，我似乎可以听见氧气的流动声，我看看压力表，压力表的指针很正常。父亲仰躺着，床单已被父亲拉到胸部，父亲的手也放在床单里，针是挂在脚上的，是左脚，因为父亲手背上的静脉已被扎得面目全非，要找一段好静脉也难，所以岳龙早就让医生把针挂在父亲的脚上，用的是留置针，免得每次都要重扎。用留置针就省事多了，因为留置针可以保留着，挂完吊针把软管与输液瓶拿掉，下次挂针只要直接接上去就可。坐了一会，小凤与凤素都有点支撑不住了，母亲一直在打瞌睡，我让她们都回去睡一会。小凤和凤素下楼去了，但母亲不肯走，她把头仰靠在墙壁上，一会儿便张开大口睡着了。柔弱的灯光下，我看看床上的父亲，又看看坐在边上仰头靠着墙壁的满头白发的母亲，心境凄凉。父亲剩下的日子可能以日计算了，母亲虽然不到六十，但已白发苍苍，接下去的日子母亲将如何面对？我们都不在家，一二年后，待小妹凤素出阁，母亲将孤苦伶仃，在寂寞与孤独中度过晚年。这与她年轻时的生活形成极大的反差，虽然一路走来生活拮据，但众多儿女使这个家庭充满生机。我正想象着母亲的日后生活，父亲突然间惊醒，他迅速把胸口的被单扯开。我赶紧站起来，父亲说，闷，我胸闷。母亲也被惊醒，她拿起放在旁边的一把扇子，给父亲打扇。我跑到后间叫醒岳龙，岳龙过来看见父亲呼吸急促，给父亲号过脉，估计心跳每分钟在一百四十到一百六十之间，岳龙到后间取了针筒，配了药，给父亲推了一针，我估计又是用了喘定，但这也是没有办法的办法。用过喘定后，父亲呼吸平缓了许多。我看看时间，已是深夜 2 点三刻。我们三人谁也不说话，默默地守在父亲床前，待父亲恢复后，岳龙给父亲挂了丹参针。过了片刻，父亲又睡着了，我让岳龙先睡一会，我已毫无睡意，坐在木沙发上注视着床上的父亲胡思乱想。母亲则坐在床前的竹椅上，一手拿着蒲扇轻轻摇动，她怕父亲热，也怕父亲被蚊子叮。母亲一边摇着蒲扇，一边打瞌睡，眼皮一直耷拉着，眼睛只剩下一条缝。父亲两脚老是在动，我怀疑是被蚊子叮着了，蚊子是趁母亲摇扇的空隙时叮的。我去外面拿了一圈驱蚊香，点着后放在门口角落里，因为不能离父亲太近，太近了父亲会有所反应，他闻不得这种混浊的气味。放好驱蚊香，我又坐在木沙发上看着床上的父亲，父亲向外侧着身，面向着我，看上去胸似纸糊，两股如刀，四肢出奇地修长，硕大的头颅上，头发稀疏，青黄色脸上还有些许虚汗，在灰白的日光灯下泛着奇异的亮光。父亲的眉毛很长、很黑，也很浓密，眉毛下的眼睛凹进去，陷得很深，脸上几乎没有肉，只剩下一层薄薄的青色的皮。父亲的嘴唇也有些灰白色，白天里他说自己的嘴唇有些干燥，有要裂开的感觉，我们用棉签蘸过凉开水，再在父亲的嘴唇上轻轻擦过，父亲咂咂嘴，说这样好受些。

深夜3点半，父亲咳嗽了几声又醒来。我检查过氧气管后让母亲去睡觉，母亲仍然坐着，神色麻木，目光呆滞，父亲说要餐巾纸，她却伸手去拿床底下的痰盂。我抽了几张纸巾递给父亲，父亲吃力地接过去，看着我说：你们的愿望都要落空呵！父亲说话时口气十分凄凉，那种森森然的气息直逼我脑门，我极力镇静住。我说不会的，爸，你放心吧！现代科技这样发达，慢慢会好起来的。父亲没有回答，收回目光，轻轻闭上眼睛，舒展了一下身子。这时候，我看见父亲眼角上滴出了两点清泪，很大，亦很圆，像两颗晶莹剔透的珍珠，我心里凉了半截，差点瘫在木沙发上。

长夜漫漫，我唯恐自己精神不济，去后间找了本子摊开来写日记，但半天也写不上两行，干脆去卫生间冲了澡，坐下来看《历史在这里沉思：1966—1976年纪实》。刚看了几页，又听见床上父亲翻身的声音。其实，父亲没有翻身，只不过是稍稍把脸转了一下，父亲转动他的瘦脸时，难受得嘴角向下歪，露出了白色的人造牙，样子很痛苦。我坐在边上束手无策，只是在心里默默祈祷奇迹出现。但我知道，父亲连做这样一个小动作都痛苦不堪，大去之期已经不远了，我不知道自己能否顶住这场亘古未有的灭顶灾难。

凌晨是最难熬的时刻，我不住地打瞌睡，不停地喝着冷开水，以此来刺激自己的神经。我让自己醒着，又看了一章书，尽管这十年历史惊心动魄，但我还是看得迷迷糊糊。我知道，这是睡意所致。5时许，父亲咳嗽了几声，我猛地惊醒，睁开眼睛，父亲又平静下来，吊瓶里的针液已接近尾声。窗外黑暗已褪去，东方泛起了鱼肚白，一阵稀雨声突然响起来，沙沙沙的声音，像是满屋子春蚕咬着桑叶发出来的，悦耳、爽朗、细腻、清脆，细雨中还伴有蛙声。又一天开始了，我对自己说，这一天，我又将在痛苦和煎熬中度过，但愿父亲平安。

《呼愁》

二〇〇一

八月四日

凌晨的小雨带来一丝凉意，也带来了湿润，早晨空气不再干燥，也不再闷热。我看父亲状态稳定，便让岳翔叫了面的，和妻子一起去杜桥医院看望远山。这本来是昨晚的事，但昨晚我们正要出门时父亲呼吸出现了问题，我们就不敢出门，生怕我们出门时，父亲出了意外。

远山住在杜桥医院六楼，是单人间的干部病房，鼻炎手术已做，正在康复中。我们坐了十来分钟便考虑回家，因为心里牵挂着父亲，况且面的还停在医院院子里等候。吕新景说要看看我父亲，便和我们一同随面的回来。父亲仍然是吸氧、挂针，但精神很好，一眼便认出吕新景。吕新景站在父亲床前握着父亲的手，向他问好，父亲两眼光亮，一身轻松。父亲请他坐，还和他寒暄了几句。吕新景说父亲状态不错，安慰父亲说慢慢会好起来的，又说到我，还夸了我几句。父亲很高兴，露出笑容，但父亲仅仅是浅笑了一下。坐了片刻，我催吕新景走，因为远山一个人在医院里，我不大放心。吕新景站起来与父亲握手道别，祝父亲早日康复。父亲说感谢他来看望，并让我送送他。吕新景下楼时，岳龙已站在楼梯口，他把吕新景引到卫生间，递上一块肥皂，让他洗洗手。

吕新景走后，我对父亲说，我可能要调到椒江去。父亲说，你去哪个单位？我说台州市文联。父亲问我是否刚才这位领导帮的忙？我说是的，他是宣传部副部长，现在分管这一块工作，文联正要人手。父亲似乎累了，停了好久没有说话。父亲精神又疲软下来，闭上眼睛想休息一会，可外面大路上的声音很嘈杂，尤其是汽车的喇叭声。但这嘈杂的声音对我来说毫无影响，大概是昨夜熬了大半夜的缘故，我呵欠连天。岳龙让我去后间休息，自己坐在父亲床前。

我醒来时已是中午，我听见父亲的咳嗽声，父亲的咳嗽声无法爽朗，仍然是缓慢、沉闷和压抑，大概喉咙里还有很多黏性很高的痰液。我一直担心这种痰液不知何时会涌上来堵住父亲的气管，那父亲就很有可能被这一口痰毙命。也许这不是痰，是脱落的坏死组织，但危险程度是一样的，让人时时刻刻提心吊胆。我很快走过去，岳龙正在轻轻地拍打着父亲的后背，那姿势和手法都好像在拍打着一个小孩。父亲趴在床上，脸朝下，张开口，涎液流出来滴到床前的痰盂里，凤素侧身站着，手里拿着筒纸，擦去父亲嘴角上的残液，父亲很累，喘着气，慢慢地让岳龙把他侧过身来。侧过身来的父亲面朝墙壁，隔了一会，父亲又对凤素说自己衣服有些戳人，周身生痛。凤素在他衣服上摸了一遍，什么也没有。岳龙说可能是草席的原因，大概草席时间用久了，断了草筋。岳龙嘴上这么说，但脸色却很难看。不过，父亲是看不见的，他脸朝着墙壁。回到后间，岳龙说父亲已经痛出来了，这是最后的日子。我坐在方凳上，把目光投向窗外的大路，岳龙坐在床沿上也陷入沉思。

过了一会，岳龙说该用杜冷丁的时候了。我知道杜冷丁止痛，但杜冷丁是毒品，用了会上瘾，有很大的后遗症。但留给父亲的日子并不多，与其让父亲疼痛着离去，还不如用杜冷丁先解除父亲眼前的苦痛。我关上门，给市中医院黄米武院长打电话，让他帮我搞些杜冷丁。他在电话里口气很严肃，问我要这个干什么。我告诉他父亲的病情，他才缓过口气来，说，带上你父亲的病历、身份证和买药者身份证先到我这里办证，再到市卫生局开个证明，然后拿这些证明到杜桥医院，那里有个供应点。放下电话前，黄米武还特别交代了一句，可先用“强痛定”，这也是一种镇痛药，杜冷丁卫生部门是限量供应的，每日不超过两支。

因为是星期六，所以即使去临海中医院办了证明，也无法到市卫生局办理手续，既然杜桥医院设有供应点，那还是先去杜桥医院看看。这样想着时，我拨通了杜桥医院金良元电话，良元说让岳翔过去与他联系，我让岳翔马上叫车，岳翔叫了一辆面的走了。我和岳龙都坐在父亲床前，父亲仍然是挂针、吸氧，挂的仍是复方丹参和喘定。过了一会，我口袋里手机响了，我走到卫生间，电话是岳翔打来的。岳翔说良元开了两支杜冷丁，并让他后天去他那里办一张卡，办了卡，每次可供应八支杜冷丁。我告诉他让良元开些强痛定，他说自己已问过良元，良元说医院里没有这个药了，大概已用完。

这时候楼下有人在叫我，我听不出是谁的声音，下楼一看，是六喜和钢长，阿毛也一起来了，三人满头大汗。六喜说，情况怎么样。我说不好。六喜不再说话，我拉过凳子让他们先坐一会儿，六喜靠门坐，钢长和阿毛站在门口吹了一会儿风也坐下来。沉默了片刻,六喜问我已到什么程度。我说上午已有痛感,但不知道什么原因。六喜说实在没办法,就只好用杜冷丁。我说岳翔已去杜桥医院,但每次只能买两支,这个规定带来不小麻烦。六喜听我这么说,就说自己明天去上盘医院看看,假如有,就让钢长或者阿毛送过来。聊了一会,三人身上汗都干了,上楼去看看我父亲。

父亲大概刚刚醒来,所以精神不错,他听见楼梯口有多人的脚步声,早把目光投过来。我走在前面,我说爸,六喜他们看你来了。父亲招招手,请他们坐,岳龙与凤素都退到一边,三人坐下来与父亲闲聊,讲话也十分谨慎。岳龙去后间转了一下,过来说葡萄糖差不多用完了。岳龙下楼让卫倩去上盘自己开的诊所里拿一箱,又让宏芳也一起去,到上盘卫生院买盒敌高辛,因为诊所里没有这种药。

考虑到父亲太累,我示意六喜他们可以走了,其实这前后也不过是半个小时,但对父亲来说已经很不容易了。六喜他们来时打了一辆面的,车还停在楼下,这正好,妻子和卫倩可以跟着他们车走。他们走后,父亲又闭上眼睛。岳龙怕父亲手累,让父亲左手枕着毛巾,毛巾下面垫着一本《李贺诗歌集注》,那是我读的书,现在用来为父亲枕腕。我盯着父亲手腕好久,父亲手腕下面的书就慢慢模糊起来。

父亲对机械特别敏感,动手能力很强。我不知道他当过小炉匠没有,少年时,我经常看见他拿着一把小铁锤在一块方形铁墩上不停地敲打,等我走近时,才看清他敲的是一枚铜板。他边锤打,边用手拿着一把钳子夹住铜板不停地转动,因为,这样转动,会使敲出来的铜片厚薄匀称。我知道又是村里哪家铁锅烧漏了，需要修补。父亲在这方面是行家里手，他会把铜板锤打成一张圆形的薄片，又用剪刀剪去周围不整齐的边，用一个铁的垫片抵在锅背渗漏处，将薄铜片贴在锅里，盖住漏水的小孔，再用一枚螺丝钉将薄铜片与垫片串起来固定住，又用砂石磨去薄铜皮边缘的凸出处，这样这锅就不再漏了。有一次我还看见他拿着金刚钻补碗，因为家里有一只碗我很喜欢，现在想来应该是糯米胎的，上面有青色的缠枝花，听说是我爷爷留下来的。一次让我不小心给打破了，裂成了两爿，我大哭。父亲捡起来说，周边都整齐的，没关系。父亲把它合上去，虽然有一丝裂缝，但几乎看不出来，我很高兴。但父亲一放手，碗仍裂成两爿，我又哭。父亲说，下午吧！下午你读书放学我就会变出来，保证让你晚上用这个碗盛饭，但晚饭必须要吃一碗。父亲看看我，抹去我脸上的泪水。这天下午放学回来，我看见父亲手里拿着金刚钻，他在两爿碗片上分别打了四个小孔，又做了四个半厘米长的小铜扣，把小铜扣一一钉在小孔上，碗边的小铜扣一字儿排着，像一条毛毛虫，虽然难看些，但毕竟固定住了。父亲让我去舀一碗水试试，看看漏不漏水，我真的拿着碗去舀了水，竟然没有漏出一滴水。但这天晚上我还是只吃了半碗饭，因为下饭的菜只有一碟梅干菜。

其实，这些修补的活也不算稀奇，我最佩服的是父亲还会做煤油炉。70年代镇上流行用煤油炉烧东西。一天，父亲在供销社看见一只煤油炉，当天下午他就在碾米厂里捣鼓起来，又用粉笔画图样，又用大剪刀剪铁皮，有人来碾米了，他放下来开机器给人家碾米，没有人来，他又拿一把小铁锤叮叮当当地敲打起来。到第二天中午，他将这个煤油炉拎到家里，让母亲找来白棉线，自己蹲在泥地上一个管子一个管子地穿，一共穿了十二根管子。穿好后，又拿了一大瓶煤油倒在炉底的煤油储藏处。煤油炉点起来了，十二根管子上的火苗连成一个圆圈。开始火是红黄色的，慢慢地，火焰呈蓝色，煤油炉上银白色罐子里的鸡蛋几分钟便香出来。父亲喜形于色，他对蹲在边上的我说，这个不难，下次做了，漆上漆还可以卖钱，供销社里就是这样卖的。

岳翔回来时父亲正感到胸闷，岳龙在后间配了药，不得已又用喘定。岳龙配好药来到父亲床前，父亲面向墙壁，气喘加剧。岳龙让风素递过酒精棉球，用钳子夹起一个白色棉球，退下父亲裤子。父亲腰股处瘦骨嶙峋，皮肤青灰，岳龙将手中的棉球在父亲腰股间擦一擦消了毒，轻轻推了一针，父亲似乎没有什么反应。这时候岳翔走进来，手里拿着一盒药水，我一看是强痛定，我示意他先去后间。岳龙在父亲的推针处用手掌轻轻揉了一会，父亲说比刚才轻松了许多，我让他先闭一会儿眼，等下可以吃点东西。

难熬的夜晚又开始了，我感到闷热而烦躁，喉咙里老是像堵着一口痰，死命地粘着气管，恶心，干呕，但什么也没有呕出来，喉咙里还有些燥痛。岳龙让我先睡一会，他说上半夜看护父亲的人多，你可趁机休息一下，下半夜可以精神些。我冲了冷水澡，一时睡意全无，便坐在后间床沿上沉思。岳翔走进来说，强痛定十三支，杜桥医院药房开始说没有了，后来良元让他们去库房里找找，他们在库房角落里找到十三支，我全带来了。我没有说话，我想，这些药能暂时解决父亲痛苦，但最终是无法挽留父亲生命的。岳翔看我沉默不语，转身离去，走到门口时又折回来说，盒子里还有两支杜冷丁，良元说尽可能少用，用杜冷丁会上瘾。

我醒来时大约深夜 12 点左右，父亲房间只有母亲在，大家都回去睡了。母亲坐在木沙发上，又把头向后仰着，靠着墙壁，张着大口睡着了，一绺白头发搭着前额，眼皮有些肿胀。我在她身边另一把木沙发上坐下来她也没有察觉，看来母亲睡得很熟。父亲面朝我们，眼睛微眯着，没有挂针，仍然是吸氧，我站起来看过氧气压力表，检查过氧气头的接口，重新坐在母亲边上。屋外没什么声音，大路上的路灯投下一圈淡黄的光，落在地上，不远处的村庄和田野都笼罩在昏暗中。偶尔听见窗外传来单薄的蛙声，心里感到分外寂寥。慢慢地，我也打起瞌睡来。

迷糊中，我被什么响声惊醒，母亲也吓了一跳，迅速站起来。原来是父亲床上的声音。我看见父亲用手拍打着床沿，父亲想叫醒我们，但已无力叫唤，只好用手重重地拍打床沿让我们惊醒。我站起来。此时，母亲已经听懂了：父亲要上卫生间。我迅速到后间叫醒岳龙，让他一起搀扶父亲。我们一左一右把父亲搀扶住送到卫生间门口，父亲让我和岳龙出去。母亲半抱住父亲，父亲一手扶住洗脸盆慢慢蹲下来。我和岳龙退出来，母亲轻轻掩上门留在里面。过了好长时间，我听见母亲的声音，母亲的声音从卫生间里传出来，让岳龙把开塞露送过去，父亲便秘了，坐在抽水马桶上半天也拉不出东西，人却挣扎得筋疲力尽，所以母亲的声音里充满着焦急与不安。岳龙送了开塞露后又回来坐在我边上，我说怎么样，岳龙忧心忡忡，说父亲好像很累，脸都白了。

又等了一会，我们听见里面有冲水的声音，站起来快步走过去。母亲已打开门，父亲几乎瘫倒，半个人疲软地压在母亲肩上，另一只手死命抓住门框。我们急忙上去，左右架着父亲，父亲脸色惨白，连嘴唇也看不到一丝血色，手臂软弱无力，长长的挂在我胸前，两脚亦在晃荡，好像每一步都踩在棉花堆里。我们把他架到床边，让他先小坐片刻，恢复体力。岳龙站在床边，我坐在父亲对面看过去，父亲面容青灰，四肢奇长，瘦骨伶仃，极像一只长臂猿。

天快亮时，父亲熟睡了，母亲偷偷告诉我，昨夜父亲用了开塞露也不行，大便是他自己用手指抠出来的。母亲说话时泪光晶莹，我说不出话来，不知道用什么话才能安慰母亲，也安慰自己，只能在心底里长叹一声：人生如梦。

八月六日

二〇〇一 《呼愁》

昨晚父亲稍稍平稳一些，但我仍然没有睡好，人很累，又几次被梦惊醒。睡梦中我看见父亲躺在床上把头引向床外，不停地咳嗽，一个模糊的人影去接父亲口中的痰。他转过身来时，我只看见他手上的纸巾，纸巾中央是父亲刚咳出来的血痰，有些黑。我说，这痰怎么会黑呢？这痰早几天都是红色的，谁在这里放了毒。拿纸巾的人没有回答我，手在不停地哆嗦，很快就转过身去，将裹着黑痰的纸巾折叠起来扔进床边的塑料袋里。我分明听见了那"嗒"的一声，我霍地坐起来，心头一阵狂跳。我趿拉着鞋走到前间，父亲睡着了，发出轻微的鼾声，木沙发上，岳龙与母亲都坐着睡。母亲仰着头，张着大口，岳龙趴在扶手上。我看过氧气压力表，又回到后间，回忆刚才的梦境。

早上起来，父亲因为胸闷，心悸明显。岳龙用复方丹参给父亲挂针，到 8 点，挂了一百毫升时，父亲感觉有点热，尤其是胸部。待父亲稍稍平稳些，我便去杜桥医院。良元已上班，房间里有很多人，他帮我开了一张证明，让我去找林敏盖章。林敏在医院办公室，我拨通他手机，他让我上楼到他办公室。我上楼后把良元开的购买麻醉品的证明给他，他接过去看了一眼说，给谁买？我说我父亲。他问：你父亲怎么了？我简要地说了，他没有说话，走到一旁给我倒水，我说不用了，我还要赶到临海，去卫生局盖章。林敏放下热水瓶接过我手中的证明让邻桌的小伙子给我盖了章，我很快便搭上一辆出租车去临海。到了临海，已是上午10点半。刚上楼，便在走廊里遇见杨华平。杨华平见我满头大汗，一脸惊愕，问我找谁，我说找你。其实，我没有考虑来找他，因为，麻烦别人总不好，况且我已经在杜桥医院盖了章，手续正规，医政科应该会给我盖章，但既然碰到了，我还是顺水推舟，以防万一医政科推诿起来，再去找他就有些难堪。杨华平带我去他办公室，给我倒了水，我说了父亲的大致情况，他说这个病目前是无药可救了，不知道十年以后医学界是否会攻破这道难题。我说这几天父亲开始有些疼痛，所以，我在考虑，到不得已时只好用杜冷丁来缓解一下，既然回天无力，剩下来的便是如何减轻他的痛苦。我一边说，一边从包里掏出杜桥医院开的证明。杨华平接过去看了一眼，还给我，沉默了片刻说，跟我来。我跟在他后面来到医政科，他向姓蔡的科长简要说了一下我父亲的病情，我便将那张证明给他让他盖章，蔡科长见局长亲自陪着我，二话没说，很快盖了章。

出了卫生局，还不到11点，我就站在大街上给中医院黄米武院长拨电话。阳光很猛，烤得人皮肤发烫，街上车很多，喇叭声十分刺耳。黄米武的电话响了好一阵子都没有反应，我正要合上手机时，手机里才响起他的声音。他说刚才在后间开会，商量院里工作。我说我在卫生局，马上去你那儿。到了市中医院，黄米武问我父亲病情，我说刚刚从卫生局来，打了买杜冷丁的证明，我掏出证明给他看了一下，他说凭这证明可以到杜桥医院买，但限量供应，每日两支。我说父亲还不是很痛，只是感觉身上有刺戳。黄米武说，这是开始。临走时，我向黄米武要了十副一次性氧气管，因为早上出门时岳龙交代过，一次性氧气管不多了，需要补充。

离开中医院，想到在临海的家里休息一会。出租车刚转到巾山路，我又改变了主意。我估计父亲生命为时不长，既然来了，还不如先做好父亲的遗像，要是等到父亲生命结束，那更会手忙脚乱。幸好父亲还有一张照片在我包里，我一直随身带着。这样想着，我便让出租车停在巾山路神通广告部边上，我下车付了钱，发现自己只坐了三五百米路程。广告部褚学军在，我已被热得发晕，一坐下来，便不停地喝水，一边用整个身子挡住空调的出风口。空调里吹出一阵阵冷风，我身上的燥热马上潮水般退去。

父亲照片是刚去上海治病时拍的。父亲由岳翔与爱虎他们陪着，岳龙每天跑医院托关系，岳翔与爱虎带父亲去了外滩、老城隍庙等地，也拍了一些照片。有一张是父亲单独的，父亲前面有一片粉红色的花，后面是外滩高楼。褚学军把照片放在扫描仪里扫描，出来的效果并不理想，因为前面的花太鲜艳了，我嫌它喧宾夺主，让褚学军把父亲前面的花虚化后移作为背景。接连做了好几次，我才感到效果不错。照片里的父亲穿着青灰色中山装，里面是一件白衬衣，小平头，端正、清瘦，但眼睛出奇地凹陷进去，流露出无尽的忧郁。我让褚学军反复修改，但无论如何修改，父亲的忧郁都无法消去，反而让父亲的人像显得模糊不清，我只好让褚学军把照片恢复到原来状态。褚学军出去喷绘父亲的“遗像”了，我在沙发上躺下来，很快便睡着了。

一觉醒来已是3点一刻，褚学军已经回来，父亲的“遗像”搁在桌上，上面用报纸盖着。我揭开报纸，父亲就在眼前，一股阴冷的气息扑面而来，我悲怆至极，眼泪便涌了出来。我轻轻抚摸父亲的脸，玻璃冰冷而生硬，玻璃里的父亲除了无尽的忧郁，似乎还有一些怨恨与不满。我不知道父亲心里在想什么，我也不知道父亲的精神何以如此夺人魂魄，我从这种凹陷而模糊的眼睛里读出父亲犀利的目光和他不满的情绪，我不知道我错在哪里。也许，父亲冤的不是我，而是命，是他短暂而辛苦的命，是他艰难而困苦的人生，他已经看到了家庭里的曙光，但他又将匆匆而去。我用手掌抹去脸上的泪水，一边擦去滴在父亲遗像玻璃上的泪水。褚学军站在旁边一脸无奈，他喃喃地说，喷了三张，前两张都不满意，只有这一张效果不错，我就拿回来了。我默默地点点头，表示感谢，一边用报纸重新包好，又用胶布粘上，我不允许任何人重新打开，因为，父亲还在，我不能让他提前离去。

办理好这一切，准备回家时，学诚打来电话询问我父亲的病情。我告诉他情况非常不好，上海回来后出现过几次危险，这几天身体也每况愈下，我十分担心父亲的生命。学诚说下午准备去我老家看看我父亲，杜桥派出所有辆车在市公安局，搭个便车正好。我说我也在临海，正准备打车回家，学诚让我稍等一会，说马上来接我。

回到家里天已擦黑，学诚看过父亲后去了桃渚老家，白天燠热的空气仍然没有散去，没有一丝风，粘在身上的汗水让人周身发痒。我站在门口纳凉，岳龙走过来，说家里考虑二楼是平顶，阳光射照后温度高，况且父亲已为时不多，是否将父亲的病床从二楼搬到底楼。我突然间鼻子发酸，感觉父亲马上要离我而去，家里已经放弃了幻想，我又心疼起父亲来。我说底楼蚊子多，父亲的睡眠更会受到影响，还是不要搬移，可以在二楼安装个空调，这样父亲就会清凉些。岳龙听我这么说，转身让岳翔去买空调，我独自一人站在黑暗中垂泪。我知道这是母亲和姑姑的意思，她们估计父亲再不搬床就要在我房间里去世，这对我特别是我的妻儿来说可能会留下恐惧的阴影，现在趁父亲还有一口气，将父亲搬到底层，以后的阴影会淡一些，况且村子里的老人都这么做，没有人在二楼去世的。但我没有丝毫的恐惧感，反而感觉只要是父亲在身边，哪怕是一具冰冷的尸体，抑或是一盒暖身的骨灰，我都会感觉到一种安慰，甚至温馨。我不知道自己精神是否出了问题，但我知道这种感觉却是实实在在的，而且非常强烈。至于妻子与孩子，我想，她们的感觉也应该这样，如果不是这样，那我们之间的感情还是有些缝隙。但现在她们必须听我的，因为我无法过这道坎，只有这样，创造一切良好条件，让父亲死而无憾，我才能稍稍宽慰自己。

这样站着想了好久，我听见大路上的喇叭声，我知道岳翔回来了，我用手掌迅速擦去眼泪。果然是岳翔回来了，买回了一台一匹半的小鸭空调，岳翔让安装工随车来，马上安装。

晚上 9 点，空调开始工作了，一股凉风吹过来，父亲感到舒适一些，眉头舒展开来，脸上有了些许喜悦，这也难得一见。

看到父亲有些欣慰，坐在边上的姑妈就与父亲说说话。其实，父亲很累，基本没说，都是姑妈一个人在说，父亲躺在床上半闭着眼睛听着。我来到后间，岳龙正在这里，见我进来，告诉我父亲今天精神很差，乏力、心悸、胸闷，呼吸急促、困难，颈项还出现伸缩现象。他说自己给父亲听过，呼吸音掩盖了心音，还听到心搏动音，父亲心脏衰竭厉害，有肺心现象。我没有说话。岳龙停了一下说，父亲痰中尽是黑血，小便里也有黑血成分，估计是肺部坏死组织已碎，脱落所致。我仍然没有说话，在房间里走了一个来回，又转到父亲边上。

将近 12 点，父亲胸闷严重，又喘不过气来，母亲轻轻拍打着父亲的后背，岳龙只好给父亲推了一针喘定，我和姑妈站在一旁束手无策。过了一会，父亲咳出几口黏性很高的黑色血痰，才慢慢缓过气来。姑妈见父亲穿着半堂裤，想起了什么，让母亲去给父亲找条长裤来。母亲去楼下拿了父亲的长裤，但父亲就是不肯换上，父亲说热，并让我把空调温度调得低一些。

过了十几分钟，父亲突然间胸闷加剧，气喘得十分厉害，母亲一边垂泪，一边不停地在父亲后背拍打着。父亲已经说不出话来，眼睛看着我，用手示意我，我不懂他的意思，呆立着，父亲便挣扎着自己动手。原来，他想退去左手上的戒指。父亲费了劲，但戒指没有脱出来，大家都劝他把戒指留着。姑妈说，看来不行了。我头皮发紧，不知道从何处下手，但我不相信父亲就这样离去。姑妈与母亲边哭边强行给父亲退去半堂裤，换上长裤。过了五分钟左右，父亲又平静下来，似乎睡了过去，岳龙坐在床沿按着父亲手上的脉搏，感觉父亲的脉搏跳动仍然明显，父亲也许已经昏过去了。家里人都站在父亲床前一边垂泪，一边默默祈祷，房间里死一般的寂静。

深夜1点半，父亲醒了。父亲在睡梦中大概感觉到有些冷，双手抓住线毯往上拉，把全身都裹在线毯里。我坐在父亲床沿上默默注视着父亲的举动，父亲很安静。过了一会，父亲动了一下，把左手伸出来，搭在我大腿上。父亲的手毫无血色，我轻轻地抚摸着他的手背，想给他以安慰，虽然这种安慰苍白无力，无法使父亲的生命出现奇迹，但这一刻也是对父亲心灵的慰藉。

坐了片刻，我有些支撑不住了，岳龙让我先去睡觉。躺在床上，我满脑子关于父亲的后事，母亲的白发在我眼前不停地晃荡，泪水很快便溢了出来。躺了好久，我又无法入睡，我起来让岳龙和岳翔去睡，自己与母亲、姑姑一起陪着父亲。父亲一直没有出声，脸色也很安宁。我注视了一会，又看看氧气压力表，压力表很正常，我便去后间拿了张洁的《最疼爱我的那个人去了》，坐在竹椅上看着，但我一直无法进入看书的境界，看上几行便停下来看一眼父亲，父亲的脸在日光灯下青瘦得吓人。到了凌晨5点半，父亲醒了，他嫌热，让我把空调再降温，我又给空调降了温，按了摆风，因为昨夜怕父亲凉着，偷偷把空调往上调高了一度，把空调的风向弄到顶上，怕空调风直接吹着父亲。5点48分，父亲又出现胸闷，岳龙已经起来，在父亲臀部推了一针喘定。父亲心悸得厉害，燥热不安，我把空调温度再往下调，都24℃了，我又担心他着凉，但父亲舒服，我也只好如此而已。到了6点，喘定发挥了作用，父亲又平静下来。望着窗外，太阳已经出来了，又是一个艳阳天。我松了一口气：父亲昨夜又闯过了一道生死关。

《呼愁》

二〇〇一 八月七日

我醒来时，头还晕乎乎的，也不知道是什么时间，但肯定是上午。我漱洗一下去了前间，岳龙正准备给父亲输液，父亲说，不要输了。我对父亲说是新药，应该会有些效果。父亲听了，把本来半闭着的眼睛睁开来，去看吊瓶上的文字。

因为留置针不能留太久，所以昨天取出来了。父亲的手脚到处都是针头扎过的痕迹，岳龙找了好几次也没有找到一段好静脉，偶尔找到适合的，但又太疏松，这样的失败重复了好几次。我站在一旁有些着急，但只能强忍着，虽然我也帮着岳龙找，但我不专业，无法找到适合的地方。父亲很累，又半闭着眼睛。窗外，太阳明晃晃的亮，今天是立秋，立秋的天气往往出奇的闷热。上午空气仍是燥热，空调一直都开着，父亲的两股与腰际间盖着线毯，线毯红白相间，但已被洗得模糊。父亲干瘪的小腿藏在暗蓝色的裤管里，干瘪的裤管落在草席上，父亲硕大的头颅已无肉感，它歪斜在枕头上，脸如刀削，颀长的左手臂搁在床沿上，直直的，几乎只剩下一层皮，手指的关节硕大无比，右手臂弯曲着，生硬地压在腰际间。岳龙终于找到了一个地方，那是父亲左手臂的内侧。针扎下去的时候，血便汩汩地流出来，但流出来的血我从来没有见过，那是一种黑红色的血。我估计父亲的血已经坏死，真的可能没有必要再输液了，但出于幻想，我没有说出来。岳龙还是没有成功，我仍然让岳龙再找找，岳龙又在父亲的右手臂找了一个地方，但仍然没有成功，我没有问为什么，但我看见这一次从父亲身上流出来的血要鲜红一些。我低声问岳龙，刚才的血为什么颜色这么暗？他说这是缺氧的原因，我没有吱声。岳龙又转到父亲的脚边，在父亲的脚上看来看去，终于在父亲左脚上找了一段好静脉，针扎成功了，父亲仍然半闭着眼睛，没有什么反应。

过了一会，父亲似乎睡着了，我去楼下扒了几口饭又回来，坐在木沙发上看着父亲。父亲平静，我又去读张洁的那本书，我想了解一下彼时彼刻的张洁会有些什么样的感受。

11 点 40 分，父亲醒了，父亲又出现心悸，岳龙轻轻揉着父亲的合谷穴。大约过了十分钟，父亲的心悸又渐渐平息下来。但父亲感到口舌干燥，岳龙说是不正常的呼吸过多地带走了父亲口腔里的水分，所以，父亲的口腔会感觉到干燥。我凑过去看时，发现父亲嘴唇上的皮都皱了起来，白糊糊的像一层膜盖着，嘴唇中间的白色黏膜已破碎，翘了起来。岳龙对我说要搞点薄荷，我去楼下找了岳翔，让他去东边里村那个卖糖的人家要点薄荷来，岳翔没有问我什么用，便推了一辆自行车出去。门外，太阳白晃晃的，热浪滚滚。

岳翔很快就回来了，满头大汗，拿着一口碗，用白色的棉签蘸了碗里的薄荷轻轻地涂在父亲的嘴唇上，父亲说太凉了，受不了。岳龙赶紧接过岳翔手中的碗去楼下冲了冷开水，兑了水后的薄荷让父亲觉得很舒服,父亲这才放松下来。过了一会,父亲突然对我说要吃西瓜汁,我说是否要打成浆。父亲说不打浆,用勺刨。父亲说话的声音很低,但我听明白了,我知道父亲说的是用勺刨后自然成汁的那一种。我让岳翔赶紧去买西瓜,岳翔又骑了车出去。岳翔刚出门,舅舅来了,舅舅戴着一顶草帽,满脸汗水,我让他去卫生间洗把脸,岳龙给舅舅倒了一杯水。洗过脸后舅舅坐在木沙发上,他说这空调很好,外面闷热得很。父亲听了,脸上露出一丝笑意,但这笑意很快就隐退了,父亲很疲惫,仍然半闭着眼。

岳翔回来了,买了一个大西瓜。母亲把它切成两半,用勺刨了,西瓜汁很快汇聚在一起,岳龙让父亲用吸管吸。岳翔捧着半只西瓜,蹲着,父亲靠着床沿,侧卧着头吸了一会,又放下来。我看了一眼,西瓜汁几乎被吸干了,估计大约有一百五十毫升左右。父亲吸过西瓜汁后又感觉很累,有些喘气,胸也有些闷。岳龙让我把薄荷拿过来,一边轻轻解开父亲上身衣服,用棉签蘸着薄荷涂在父亲心脏外面的皮肤上。这薄荷的凉意丝丝渗到父亲的心脏里,父亲说自己感觉舒服一些。这时候,父亲又感到口干,让岳龙用棉签蘸着薄荷在他嘴唇上润了一遍。

父亲睡着了,我和舅舅退到后间。舅舅坐在床沿上,脸色凝重,他说我父亲已无人的样子,时间不长了。我明知道这是残酷的事实,但还是受到一种冲击。我鼻子发酸,两脚微颤,但却极力控制住,努力把目光落在窗外的大路上。大路上没有人,这炙热的中午谁也不愿出来受罪。舅舅忧心忡忡,说他自己晚上不回去了。我说,你忙,还是回去吧!我嘴上这么说，但心底里还是希望舅舅不要回去，因为，对我来说，这天塌下来的大事我没有经历过，虽然有岳龙与岳翔在，但他们年轻，同样没有这样的经历，我心里有些虚，有舅舅在就有了依靠，心里会稍稍宽慰些。舅舅毕竟是接近六十的人了，他应该见过一些世面。

舅舅没有走，他坚持要留下来，这当然是我的希望。看来，真正理解我的是他，而非别人。当然，最讨厌的是那些不懂规矩的人，虽然他们好心好意来看望父亲，但在父亲刚闭上眼或刚睁开眼时高叫一声，在心脏衰竭的父亲听来，可能这声音如晴天霹雳。每当这时候，我真是叫苦不迭，既不能当着客人的面生气，也不能表示不悦，这不是探望父亲，这简直是让父亲受罪。好在这样的客人并不多，父亲虽然难受，但也都挺过来了，而我，怕控制不了情绪，往往会回到后间，抑或在卫生间里对镜审视自己可怕的脸色。

父亲醒来的时候大约 2 点半。父亲醒来时脸色微红，他又说热，又说胸部有些难受。我已将空调调到 23℃，房间里的人都嫌冷。我不得已告诉父亲这是空调设定的最低温度，父亲竟然生气了，说我在骗他。我只好让舅舅、岳龙、岳翔一起动手，把父亲的床连同人一起往南移，让空调里吹出来的冷风能直接吹在他身上，本来不应该这样的，但父亲喜欢，我们也无奈。我一边搬，一边看着父亲紧锁的眉头，喃喃地说，这样直吹的风会凉着你的。父亲说，冷，我会叫你。父亲的口气仍然生硬。搬好位置后，我还是怕父亲着凉，就偷偷把风量减少了些，但风吹过来的方向是固定的，它正对着父亲。过了一会，父亲大概舒适了一些，又闭上眼睛养起精神。片刻，父亲又睁开眼睛问我有无什么冰的东西。岳龙拿了一瓶燕窝让岳翔放在楼下冰箱里冰一会再拿上来，燕窝瓶很小，但父亲只喝了一半就停住，不想再喝了。

整个下午父亲都很平静，我坐在后间看书，我看的仍然是张洁的《那个最疼爱我的人去了》。舅舅与岳龙陪着父亲。到了 5 点一刻，父亲又感到胸闷，我在后间听见前面有动静，赶紧将手中的书本扔在床上。父亲的呼吸又急促起来，岳龙只好给他推一针喘定。我们都站在父亲床前束手无策，岳龙抚着父亲的后背，父亲的脸色有些微红，大家都屏声敛息注视着父亲，房间里一片寂静，只有父亲的喘气声格外刺耳。大概过了十五分钟左右，父亲的喘气声又渐渐平静下来。父亲很累，满脸疲惫不堪的样子，既没说话，也没睁开眼睛，只是把头埋在左胳膊弯里。母亲在边上轻轻叫了一声，父亲才睁开半只眼睛，看了母亲一眼又重新闭上。岳龙叫大家都散开，让父亲休息一会。好多人下楼了，我仍然回到后间，舅舅、岳龙和母亲坐在父亲床前看着父亲。我坐在后间完全麻木了，脑子里一片空白。

6 点 25 分，父亲出现胸闷，岳龙仍用喘定，他说不用喘定可能过不了关。岳龙忧心忡忡，我看他推针的手都在发抖。岳翔揉着父亲的左手，父亲刚才说左手很累，也不知道是什么原因。我在父亲的后背不停地抚摩。隔了十来分钟，父亲又缓过气来，扭过头看了我一眼，我看见父亲尽管用力，但目光仍然萎靡不振。

7 点 31 分，父亲又出现胸闷。还是老样子，岳龙只好又用喘定给父亲推了一针。

8点25分，由于父亲胸闷没有缓解，反而加剧，无奈之下，岳龙又用了喘定。爱虎和凤素抚摩着父亲的后背，父亲不停地咳嗽，终于咳出一口血痰。我在一旁窃喜，我怀疑都是这口致命的血痰作祟，我想，父亲咳出这口血痰胸闷可能会缓和些。但我错了，我完全是一厢情愿，父亲咳出痰后境况更惨，脸都有些变形了，看来极度痛苦。我提示岳龙用杜冷丁，岳龙去后间取了一支杜冷丁，但只用了一半，岳龙说慢慢来，这种药摄入量不能过多。岳翔他们仍在给父亲抚摩，母亲让他们停下来，不要再抚摩了。母亲的话音里充斥着哭腔。过了三四分钟，注射了半支杜冷丁的父亲渐渐平静下来，睡着了。

9点27分，父亲又被胸闷惊醒，不得已，岳龙只好又给父亲注射喘定。父亲说想大便，但人已经起不来了，我们就劝其躺着大便，父亲仍有一定的控制力，大便未出，但小便却出来了，母亲给他换了干净的裤子。其实，父亲这小便也只有一点点，换下来的裤子在日光灯下只有一小片深蓝的尿渍。我看大势已去，父亲即将离去，我把岳龙叫到后间，我说事情已经无法挽回了，父亲这么痛苦，是否再打一针杜冷丁。岳龙生气了，他说，连打两支杜冷丁，你去打。我无言，他也无言。我们默默相视片刻，低头沉默了一阵子，回到父亲床前。此时，父亲喘气的节奏又平缓下来，但仍闭着眼睛。

10点20分，父亲又一次胸闷，岳龙照样给父亲注射了喘定。十几分钟后，父亲的喘息声又依次减弱。

11点20分，昏睡中的父亲突然间感到闷热，呼吸又急促起来，用手推开盖在身上的线毯。岳龙急忙上前扯开父亲身上的毯子。我看见父亲目光无神，我让岳龙用杜冷丁，岳龙很快取了半支杜冷丁给父亲注射。三分钟后，父亲慢慢昏睡过去。我去后间取了照相机回到前间，此时，我发现好多亲戚已闻讯而来，满屋子都是人，我让他们让开，给父亲拍了几张照片。

12点20分，父亲又在昏睡中惊醒。父亲呼吸急促，喘息沉重，已难受至极。岳龙只好又取了一支杜冷丁给父亲皮下注射。过了一会，父亲又安静下来，闭上眼睛。屋里的人都肃立着，站在父亲床前的人都注视着父亲，谁也不说话。我退出来，回到后间。大约过了十几分钟，我突然听见姨妈惊恐的叫声：清阿！快来，快来，你爸不行了。我霍地站起来冲出门，前间黑压压的人群马上给我让开一条路，我看见父亲平躺着身子，向外吐了四五口气，父亲吐气时嘴巴形成O形，发出“扑扑”的声音。此时，房间里的哭喊声早已让人毛骨悚然。吐完气后的父亲突然瞪大眼睛，转动着硕大的眼球。我看见父亲的眼睛已无光泽，白糊糊的，与死鱼的眼睛已无区别。我猛然意识到父亲转动着眼球是在寻找我，他已说不出话来，他的眼球向左上翻转。因为，此时我正站在他的左上角，我突然间明白他的意思：你是长子，这个大家庭的重担落在你的肩上了，你要保护好这个大家庭。我下意识地举起手向父亲挥了挥，放下手，我发现我八岁的女儿站在我边上，她正扁着嘴大哭。这时候，有人送进来半碗红糖水，母亲一边哭，一边把一羹匙红糖水喂进父亲嘴里，我不知道给父亲喂糖水的含义，但我猜测喂了糖水会使父亲来生的日子比蜜甜。喂完红糖水，父亲的眼睛还瞪着，有些吓人。母亲哭叫着说：你不要骇了家小，你不要骇了家小，你在生有时瞪眼睛，你走了也不要瞪着眼睛骇了家小。我们全都朝着父亲跪了下来，哭声四起，甚是伤人心怀。不知道什么时候有人已点燃了父亲床前的“千岁”，顷刻间，屋里烟雾弥漫，呛得人咳嗽不止。母亲一边哭喊，一边抢上去用手把父亲的眼皮抹下来，又合上父亲的嘴巴，因为父亲的嘴巴还开着，保持着刚才吐气的姿势。做完这一切，母亲一屁股坐在地板上，嚎啕大哭。我们把母亲扶到木沙发上，凤素一边哭，一边摘下母亲两耳上的金耳环。

此时，我看了一下表，时间是0点49分。我在心底里重复了一遍：2001年8月8日0点49分。农历：二〇〇一年六月十九日零点四十九分。

这是后话

8月8日。早晨5点半，凤素取父亲呢大衣，哭声凄厉，我流泪，半抱其身。她执意要看一眼父亲，舅舅不让看，我劝舅舅让她再看一眼，钥匙在我手里，且只有一把，我为她打开门。昨夜我已将空调调至18℃，房间里冷气逼人，父亲被裹在那条旧线毯里，身子挺直，条状，面部表情极安详。我抑制不住，哭出声来。上午请罗瑞武先生来为父亲选墓地，罗先生从白水洋坐公共汽车来，由岳翔在杜桥车站接。先到徐岙，后到铁路头，后者山亦不高，但眼前一片辽阔，极目东海，隐约可见。墓选山冈西南偏南处。罗先生对我说，金生赤土，暖你父亲寒骨，以示后人暖意洋洋。我谢过先生。罗先生又手拿"格盘"站在墓前，直对远处东海边的两山山岙，看过"格盘"刻表，沉吟良久，先生说，你家日后会在财经方面出人才。我说好吧，就定这里。下午3点半，轿夫来给父亲穿衣，我站在边上给父亲拍照，父亲右眼微启，轿夫用手捍合。穿好衣服，其他均得体，唯帽很大，且过于女性，竟然极像祖母。晚上守灵，坐在后间，不时开门探望，父亲头枕着《唐诗研究》，安详而宁静。

8月9日。早晨进父亲房间，窗台玻璃上水汽弥漫。7点半，殡仪馆来电，说车已出发。8 点，给父亲照相。11 点父亲进火化炉，再照相。12 点 33 分，有人让我去取父亲骨灰盒，骨灰盒已放在大厅窗口台面上，下面摊着印有黄色“奠”字的红布。岳龙等把父亲骨灰盒用红布包好，我双手抱住，放在胸前，一股暖意袭来，我悲伤至极，下巴抵住骨灰盒的顶盖，哭出声来。谦杰在前面拍照，我缓步前移，两脚十分沉重，泪水落在红布上，一片水渍。大厅内所有人的目光都看着我，我泣不成声。到了门口，我对着胸前温暖的骨灰盒说：“爸，我们回家吧！”此时，我才发现我左手中还捏着三支特制的清香。下午 1 点 55 分，车到家门，鞭炮炸响，如五雷轰顶。我跨出车门，双脚发软，门口全是人，哭声四起，如暴风骤雨，我已听不清谁和谁的声音。我低头痛哭，迈不开步履，有人走过来搀扶我，舅舅帮我打着黑伞。踏上门前台阶，我在抽泣中把脸贴着手中的骨灰盒说：“爸，到家了。”走过水泥道地，泪眼婆娑中，我已看见屋檐下放着一把旧竹椅，我把父亲的骨灰盒放在旧竹椅上，上面遮着一顶黑伞。傍晚有雨，风声雨声伴有雷声，我怕父亲的骨灰盒被风吹翻，与母亲一起用铁墩压住竹椅，又用红丝绳拴住父亲的骨灰盒，系在竹椅上。有几点小雨飘在黑伞上，打湿了一角。

8 月 10 日。岳龙、岳翔去亲戚家报信，我在家里安排父亲出殡。

8 月 11 日。为了暖和父亲遗骨，我请同村吕济老师给父亲的骨灰盒做了一个木板垫子，木板垫长五十八厘米，宽四十五厘米，厚一寸有余。是将一张长木板锯成三截，再拼在一起。届时先将此木板放在砖上，再把父亲的骨灰盒放在木板上，这样，不会让地上的寒气直接渗透到骨灰盒里，骨灰盒里的父亲就会暖和一些。

8月12日。王志超来，帮我做挽幛。金纪夫先生撰联：含泪念椿颜，孤零半世，辛劳半纪；思亲承遗德，耿直一身，宽厚一生。挽幛挂在正门，黑布白字，庄严肃穆。

昨夜停电，有风。也无法点蜡烛给父亲照明，想必父亲也无怨。因为，父亲最通达，也最理解我。凌晨有梦，梦见父亲坐在床上，一手按着床沿，仍是穿着那件青灰色卡其中山装，黝黑酡红的脸庞有些消瘦。有两个男子一前一后坐着，似乎来看望父亲的。父亲好像有病，但从他的气色与精神来看，又没有什么病。父亲心情极好，边说边笑，意思是祖母走了，一个人怪伶仃的，让阿婆去陪她。醒来大惊，不知真否，父亲若真有灵性，阿婆的日子又肯定不会久长了。

8月17日。父亲出殡，念佛。时天大热。

2006年8月14日—2014年4月3日初稿
2015年7月9日改于凤凰台

图书在版编目(CIP)数据

呼愁/金岳清著. —上海：东方出版中心，2015.10

ISBN 978-7-5473-0860-8

Ⅰ.①呼… Ⅱ.①金… Ⅲ.①散文集-中国-当代 Ⅳ.①I267

中国版本图书馆 CIP 数据核字(2015)第 228726 号

呼愁

出版发行：东方出版中心
地　　址：上海市仙霞路 345 号
电　　话：(021)62417400
邮政编码：200336
经　　销：全国新华书店
印　　刷：昆山亭林印刷有限责任公司
开　　本：890×1240 毫米　1/32
字　　数：221 千字
印　　张：10.375
版　　次：2015 年 10 月第 1 版第 1 次印刷
ISBN 978-7-5473-0860-8
定　　价：36.00 元

东方出版中心邮购部　电话：(021)52069798